Rodrigo Díaz Cortez

Der mieseste aller Krieger

aufbau

Rodrigo Díaz Cortez

Der mieseste aller Krieger

Roman

Aus dem chilenischen Spanisch
von Petra Strien

aufbau

Die Originalausgabe mit dem Titel
El peor de los guerreros
erschien 2011 bei Los libros del lince, Barcelona.

MIX
Papier aus verantwortungsvollen Quellen
FSC® C083411

ISBN 978-3-351-03535-8

Aufbau ist eine Marke der Aufbau Verlag GmbH & Co. KG

1. Auflage 2013

Einbandgestaltung hißmann, heilmann, Hamburg
Satz LVD GmbH, Berlin
Druck und Binden CPI – Clausen & Bosse, Leck
Printed in Germany

www.aufbau-verlag.de

Für Luisa,
die rückhaltlos treibende Kraft dieses Romans

Und für Guido,
wegen des narkotisierenden Gifts seiner Lektüre

Und es war mir unmöglich, die Augen zu verschließen, nicht zu sehen, welch seltsames Schauspiel sich bot, seltsam schleppend, wenngleich in eine rasende Wirklichkeit eingezwängt:

Tausende junger Männer wie ich, mit oder ohne Bart, doch alle Lateinamerikaner, Wange an Wange mit dem Tod.

Roberto Bolaño
»Selbstbildnis mit zwanzig Jahren«
(aus: *Fragmente der Unbekannten Universität*)

Paitanás, 19. September 1939

Das Schrillen des Glockenweckers konnte das Paar nicht mehr aus dem Schlaf reißen, denn es war schon tot. Der Strauß Rosen lag über das Bett verstreut, die seidigen Blütenblätter umgaben die hingestreckte Engländerin, die Inglesa. Ihr Engelsgesicht sah aus wie von Pollen bedeckt, und ihre Schlangenaugen waren auf das Grauen gerichtet. Sofanor saß in einer Ecke des Zimmers. Der feine Blutfaden, der sich aus dem Loch in seiner Stirn zog, war bereits getrocknet, und unter dem Schnurrbart hatte sich sein frisches Lächeln bewahrt. In der Atacamawüste erzählt man sich seither diese Geschichte, ihre Geschichte, die sich während der Nationalfeierlichkeiten ereignete. Viele halten sie für eine Legende, aber sie hat sich tatsächlich zugetragen.

Ich habe alles in meinem Gedächtnis gespeichert, Benito, und ich werde dir diesen ganzen Mist erklären, der uns umgebracht hat. Die Zeit verging wie im Flug und vernebelte uns die Sicht mit ihrem Staub; schweigend wie im Stummfilm zog sie vorüber, was mich nervös machte. Du ahnst noch nicht, wem die Stimme gehört, die da zu dir spricht, doch ich sehe deine losen Blätter, die verstreuten Bücher und das Heft unter deinem Kopfkissen – alles wirkt wie von einem Erdbeben durchgeschüttelt. Ein einziges Chaos herrscht in deinem Zimmer, Benito, abgesehen von dem Foto, das an der Wand hängt. Es zeigt einen Mann in tadelloser Uniform und mit einem stillen Bärtchen; er war es, der dich damals mitnahm. Aber wir wollen nicht vorgreifen. Wie gesagt, es war ein Ereignis, von dem die Besucher der Pension noch heute sprechen. Die Ermordung des Paares verhalf dem *Chanchoquín* zu einer gewissen Berühmtheit. Von da an schoss der Preis dieses Zimmers in die Höhe. Die morbide Neigung der Hauptstädter, einmal am Ort des Verbrechens zu übernachten, bescherte der Ojerosa einige Gäste.

Die Toten brannten darauf, aus der Erde aufzusteigen, um zu tanzen. Sie brauchten das Orchester und die Jungs aus der Schule, die dem Umzug folgten. Durch Straßen, in denen sich ein paar alte Häuser, die Backsteinfassaden mit Zement und Farbe verkleidet, dem von den vielen Erdstößen rissigen Pflaster zuneigten. Und während ein Geier langsam und sicher an einem wolkenlosen Himmel kreiste, probten sie glühend ihren Aufstieg aus der Hölle. Mit wahnhaftem Blick streckten sie die Beine, vollführten Luftsprünge, immer dem Trompeter nach, der beim Blasen seine roten Backen aufpumpte. Der weiße Salpeterstaub stob zwischen den sich im Tanz windenden Geistern auf und verwandelte sich in wirbelnde Staubwolken, die den Schatten der Lebenden folgten. Das einfache Volk, dunkel wie der Kautschuk, tanzt nur in der Benommenheit des Schnapses. Denn es lebt gefangen in seinem versteinerten Willen und macht, das Hirn von der Sonne versengt, nicht die geringsten Anstalten, sich gegen die Machthaber aufzulehnen. Nur manchmal erhascht es einen Blick auf den roten Schein des Fegefeuers.

Die Musik der Trommeln, Becken und Trompeten auf der Straße hatte den Schuss übertönt, und alle zogen sich spät zurück, um schlafen zu gehen. Die Ojerosa vom *Chanchoquín* hätte wohl aufbleiben müssen, um zu wachen, während die Landsleute ruhten, doch dann wurde sie vom Schlaf übermannt, bis um halb sechs ein Wecker scheppernd Alarm schlug. Die Witwe des italienischen Musikers riss die Augen auf. Dann erhob sie sich und drückte ihr weißes Haar mit einem Wolltuch platt. Noch schlaftrunken verstand sie nicht, warum keiner dieses ohrenbetäubende Ding zum Schweigen brachte. Und nachdem sie laut klopfend an der Tür gerüttelt hatte, beschloss sie, den Schlüssel von der Rezeption zu holen. Während sie mit langen Schritten durch den Flur eilte, dachte sie, Sofanor und die Inglesa seien schon früher aufgebrochen und hätten diesen verfluchten Wecker vergessen – doch dann trat sie über die Schwelle. Das schrille Rasseln hatte auch andere Pensionsgäste herbeigelockt, und die Ojerosa wusste nicht, ob sie zuerst den Wecker abstellen oder López-Cuervo II rufen sollte, den Offizier der Carabineros, diesen Sohn des Satans.

Als ich die beiden sah – ich war die zwei Straßen hergerannt –, hielt ich wie erstarrt inne, wortlos. Ich konnte keinen Fuß mehr vor den anderen setzen, während ich versuchte, den Anblick zu verdauen. Ich war viel mit ihnen zusammen gewesen, hatte sie sogar das eine oder andere Mal auf einen Raubzug begleitet, so dass sie fast schon zur Familie gehörten. Doch das lauwarme Bier mit dem kleinen Schierlingszweig und dieser Haufen Rosenblätter auf dem Bett hatten nichts mehr mit mir zu tun. Sofanor hatte mich in letzter Zeit vergessen, oder sie hatte dafür gesorgt, dass er mich vergaß. Tatsache war, dass sie wieder einmal einen Geldschrank auf einem dieser englischen Schiffe ausgeraubt hatten, die sie so gut kannte wie den blitzenden Revolver von Sofanor – denselben, den du dort auf deinem Tisch liegen hast, Benito, um dich von ihm inspirieren zu lassen. Auch wenn meine Stimme kratziger klingt als eine Brise, die durch einen trockenen Dornbusch bläst, hör mir zu, mein Junge. Lass diese Kriminalgeschichte sein und konzentriere dich auf unsere, die ein echtes Heldenstück war. Du bist gerade ein wenig verwirrt, aber du kannst mich hören. Mich mit dem alten Webley Mark herbeizurufen ist deine Art, nicht zuzulassen, dass ich aus deinen Seiten verschwinde, und zu verhindern, dass der unvorhergesehene Schmerz, deine Familie kennenzulernen, sich auf ewig festsetzt.

Sofanor und die Inglesa hatten sich also einer Menge Schmuck und einer beträchtlichen Summe englischer Pfund bemächtigt. Dennoch schien diesmal alles merkwürdig gelaufen zu sein, anders als sonst. Laut Sofanor kannte die Lorenzona die Spuren der Wüste besser als jeder andere, besser selbst als die Runzeln in ihrem Gesicht.

Irgendwann muss die Inglesa kapituliert haben, und wahrscheinlich ist sie darüber schier verrückt vor Eifersucht geworden. Und je stärker dieses Gefühl, desto heftiger brannte womöglich ihr Wunsch, ihn umzubringen. Damit du mich recht verstehst, mein lieber Benito, die Beziehung zwischen Sofanor und der Engländerin war reichlich eigenartig. Die Inglesa hatte Beine so lang wie ihr Haar, das sie immer glänzend gebürstet trug. Ihre großen grünen Augen schienen gleich auf den ersten Blick alles zu begreifen, und ihre weiße Haut war, das will ich nicht leugnen, der Grund, warum die Strolche ihr an den Fersen klebten, ihr phantasievolle Komplimente zuraunten und die Parfümwolke, die sie im Vorübergehen hinterließ, begierig aufsogen. Damit du es dir in das Heft, in dem du Ideen sammelst, notieren kannst, Benito: Die Strolche mit den Sandalen waren Bauern aus dem Süden, Pampinos, die dem Ruf des Salpeters in die Wüste gefolgt waren, um dort ihr Glück zu versuchen. In Wahrheit bestand für uns Jugendliche damals die einzige Altersvorsorge in der Hoffnung auf einen vorzeitigen Tod.

Dem Anschein nach hatte Sofanor den Webley Mark fest in der Hand gehalten: Das saubere Loch in seiner Stirn zeugte von einem sicheren Schuss, und unter dem mächtigen Schnurrbart war ihm sein Lächeln gefroren. Bevor die Inglesa starb, hatten ihre Hände noch mit aller Macht den Blumenstrauß umklammert. Es hieß, sie habe mit einer dritten Person gerungen, bis ihr Körper reglos auf das Bett gesunken sei, übersät von den wüst verstreuten roten Rosenblättern. So weit die Rekonstruktion des Verbrechens, die Hintergründe wurden indes nie ganz aufgeklärt. Eines kann ich dir jedoch versichern: Die beiden waren froh über die Art, wie sie gestorben sind. Für dich mag das zwar unsinnig und wenig einleuchtend klingen, aber es ist so, wie ich sage, Benito. Sofanor wusste, dass er an ihrer Seite den Tod finden würde. Wenngleich sie mehr Zeit damit verbrachten, sich zu streiten als sich zu lieben, waren sie schon seit Jahren ein Paar. Die Inglesa hatte lange auf den Schiffen gearbeitet, weshalb ihr überhaupt die Idee kam, diese Raubzüge zu planen. Sofanor hatte sie schnell mit ihrem Hüftwackeln zu manipulieren gewusst und als Komplizen gewonnen. Doch irgendwann ging ihr seine Sauferei auf die Nerven, und als sie das Gefühl bekam, ihr langes Haar würde langsam fahl, verließ sie ihn für einen aus ihrem Land. Nachdem einige Zeit verstrichen war, tauchte sie wieder in der Kneipe auf und zerrte ihn zu sich ins Bett, wo sie Versöhnung feierten. Bei einem dieser Wiedersehen zeugten sie die Tita.

Ich war seit vier Jahren aus dem Gefängnis raus, als die Sache sich zutrug, und López-Cuervo II war überzeugt, dass ein Kompagnon oder ein Rivale sie umgebracht hatte und dann durch das schmale Zimmerfenster entkommen war. Als Verdächtiger kam in seinen Augen nur ich in Frage, da es niemanden sonst gab, auf den dieses Profil gepasst hätte. Aber dann tauchte ich früh am Morgen im *Chanchoquín* auf, um festzustellen, dass es meinen Freund Sofanor erwischt hatte. Die Ojerosa wollte mich in die Sache hineinziehen. Einen ganzen Tag lang beschuldigte sie mich, sie habe mich in der Nähe ihrer Pension gesehen. Das sei ja logisch, erwiderte ich, unser Lokal befinde sich schließlich nur zwei Straßen entfernt vom *Chanchoquín*. Ich denke, die Alte war bloß neidisch auf unsere *Arche Noah*, die mehr Leute an Bord lockte als ihre Pension – alle, die nach Paitanás hereinkamen, mussten zuerst an unserem Laden vorbei. Die Ojerosa war zwar eine Witwe mit viel Geld, dafür aber war sie malträtiert worden von dem italienischen Musiker, mit dem sie verheiratet gewesen war. Die Ärmste sah aus wie eine versteinerte Kuh wegen der Arthritis, die ihr Gesicht beinahe zur Karikatur verunstaltete. Mit deiner Großmutter, du wirst noch erfahren, welche ich meine, war sie von Kindesbeinen an befreundet gewesen, deshalb wussten wir, dass sie pingelig war bis zur Besessenheit. Noch tief in der Nacht trocknete sie Löffel und Teller ab und polierte alles blitzblank.

López-Cuervo II und seine Agenten verhörten sie mehrmals, ebenso wie mich. Sich die Tränen mit einem Zipfel ihres Taschentuchs abtupfend, beteuerte die Ojerosa, Sofanor und die Inglesa hätten am Tag zuvor gegen sechs Uhr abends seelenruhig die Pension betreten. Sie sagte, Sofanor habe glücklich gewirkt. Vielleicht hatte die Inglesa ihm ja erzählt, dass sie seit ihrem letzten Treffen ein reizendes kleines Geschöpf zur Welt gebracht hatte – oder sie hatte das Geheimnis doch lieber für sich behalten, um die Dinge nicht noch komplizierter zu machen. Das werden wir wohl nie erfahren.

Sofanor habe davon geredet, dass sie drei oder vier Tage bleiben würden, sie seien frisch verheiratet und wollten später über die Kordilleren ans Meer weiter, um ihre Hochzeitsreise auf dem Ozean zu verbringen. Die Ojerosa war ganz aus dem Häuschen darüber, wie sehr mein Freund sich verändert hatte und dass mit seiner Gefährtin eine so elegante Lady in ihrem *Chanchoquín* logierte. Deshalb beeilte sie sich, als sie Sofanor später mit einem Rosenstrauß und einem Kasten teuersten Bieres beladen sah, ihre italienische Vase mit Wasser zu füllen. Zwei Tage später musste sie dann von López-Cuervo II erfahren, die beiden seien gefährliche Verbrecher gewesen. Die Alte weinte über ihre kostbare Vase, die nun als Scherbenhaufen vor dem Bett lag. Natürlich war das damals eine raue Zeit, in der das Gute nichts galt und die abartigsten Schamlosigkeiten unser tägliches Brot waren, das will ich gar nicht leugnen. Aber Sofanor mit seinem erstarrten Schnurrbartlächeln hatte nichts gemein mit dem Verbrecher, zu dem die Zeitungen ihn abstempelten.

Ich hatte keine Ahnung, dass er zu der Inglesa zurückgekehrt war und sie bei all den ausgeraubten Klippern in Iquique ihre Hand im Spiel gehabt hatten. Am Abend des Nationalfeiertags, kurz vor den Festlichkeiten, hatte Sofanor mich im *Arche* besucht. Ich hatte ihm einen Hocker hingeschoben und eine Flasche Bier vorgesetzt.

»Was ist mit dir los, Alter? Hat es dir die Sprache verschlagen?«, fragte ich ihn, als er sich schweigsamer als eine Mumie gab. Er leerte die Flasche fast in einem Zug und fragte mich dann, ob ich den Wecker noch hätte.

»Klar habe ich den noch«, sagte ich. »Die Trinidad hütet ihn wie ihren Augapfel.«

»Sehr gut!«, rief er und zeigte grinsend seine weißen Zähne.

»Aber wozu brauchst du denn meinen Wecker, wo du doch eine goldene Uhr da in der Tasche hast«, hakte ich nach. »Wem hast du die geklaut, du alter Gauner?«

Mein Freund grinste vergnügt und strich sich zufrieden über den Bart.

»Ich muss früh aufstehen und brauche ein ordentliches Glockengeläut, um wach zu werden.«

»Warum bittest du nicht die Ojerosa, dich zu wecken?«

»Ich sehe, es geht dir gut, Samu …«

Er ließ den Satz in der Schwebe, ohne die geringste Absicht, ihn zu beenden. Ich versuchte, auf die kumpelhafte Tour herauszukriegen, was er vorhatte, aber der Mistkerl ließ mich auflaufen. Er wusste genau, dass dieser Wecker alles war, was mir von der Petronila geblieben war. Schließlich schob er sich das lockige Haar aus der Stirn, blickte sich verstohlen nach allen Seiten um und legte ein paar Scheine auf die Theke. Das Angebot war verlockend, es kostete ihn letztlich nicht viel, mich zu überzeugen, den Wecker wider Willen herauszurücken. Ich wollte ihn noch fragen, in welche Art von Geschäften er gerade verwickelt sei, aber dann hielt ich lieber den Mund. Stattdessen erklärte ich ihm ausführlich, obwohl er es eilig zu haben schien, den Aufziehmechanismus, wie man die Zahnräder einstellte, welche die Zeiger in Gang setzten und den kleinen Zeiger, der hinterherlief und das Klingeln auslöste. Ich dachte, er wollte ihn als Geschenk für die Inglesa, später wurde mir dann klar, dass ich mich gründlich geirrt hatte. Für sie war es wichtig, einen Wecker zu haben, der ihnen die Müdigkeit und den Schlaf austrieb, um so rasch wie möglich ihre Fahrt zur Hölle fortzusetzen. Schließlich stellte mir das Großmaul einen Vitrola auf die Theke und wollte mich umarmen, was ich abwehrte. Ich verstand seine Euphorie nicht.

»Dieses Grammophon ist für dein Lokal, Samu. Leg eine Platte auf und lass sie tanzen!«

Das war das Letzte, was er sagte, bevor er sich davonmachte. Ich weiß noch, wie ich dachte: elender Mistkerl. Was wusste ich schon über die neuen Methoden, mit denen sie jetzt Tresore knackten! Das habe ich auch López-Cuervo II erzählt, doch er beharrte darauf, es müsse jemanden aus ihrer Vergangenheit geben, der sie tot sehen wollte, und dieser Verdächtige könne nur ich sein. Er wollte mich unbedingt hinter Schloss und Riegel bringen, er fand bloß keine schlüssigen Beweise. Ich hatte ein Jahr im Knast gesessen, weil ich der Flor diese Bluse besorgt hatte. Das restliche Geld meines Überfalls wartete geduldig in einer Flasche zwischen den Felsen auf mich, ganz in der Nähe des Felsentors von Antofagasta. Als ich rauskam, habe ich den Fischkarren aufgegeben und die Beute umgehend ins *Arche Noah* investiert, ein rentables Geschäft, wo die Leute ihre Einsamkeit in der Wüste totschlagen konnten. Deine Großmutter hatte auf mich gewartet, Benito. Sie arbeitete als Serviererin in einer Schenke, aber dann hat sie ihren Job dort geschmissen, um mit mir gemeinsam den Laden aufzubauen. Flor war so warmherzig, dass es eine Freude war, sie zu lieben. Sie kümmerte sich mit einem heiligen Eifer um streunende Hunde, solche, die vom Zug angefahren worden waren oder morgens tot auf der Landstraße lagen. Eines Tages kehrte sie von ihren Mittagsbesorgungen mit einem Hundebaby heim, mein Gott, ein Hündchen, und später noch eins. Sie konnte den Anblick schutzloser Tiere einfach nicht ertragen. »All die verhungerten Straßenkinder, die in den Salpeterlagern um Arbeit betteln, all die Einsamen, die von einem Ort zum anderen ziehen auf der Suche nach etwas zu tun. All das Zeugen und Gebären, nur um sie anschließend auf die Straße zu jagen«, klagte meine Florcita bekümmert, als sie erfuhr, dass sie selbst keine Kinder kriegen konnte.

Tagsüber betrieben wir das *Arche Noah* als Schenke, und zu später Stunde kamen dann die Mädchen, um ihre nächtlichen Künste zu beweisen. Meine Aufgabe war es, abends zu öffnen. Ich stand hinter der Theke und freute mich, die Taugenichtse aus dem Süden mit ihren Sandalen hereinströmen zu sehen, ausgelaugt vom Anblick der Wüste und vom Gefühl der brennenden Sonne auf der Haut. Tag für Tag trafen mehr von ihnen ein, enttäuscht und durstig verhökerten sie ihre wenigen mitgebrachten

Ersparnisse im Wirtshaus. Die Soldaten, die man abgestellt hatte, um in unserem Dorf für Ordnung zu sorgen, hielten es ebenfalls nicht lange aus und desertierten bei der erstbesten Gelegenheit. Die Niedergestochenen, die man am Morgen nach einer Feier auf der staubigen Straße fand, und der Geierschwarm, der anschließend kreiste und auf ein Stück Fleisch lauerte, waren ein allzu grotesker Anblick für junge Männer, die gerade erst den Wehrdienst hinter sich hatten.

Aber da gab es noch Pater Alzamora, der alle Gewalttaten absegnete und sich beim Bürgermeister über den Namen unseres Bordells beschwerte. Ich hatte immer die gleiche Ausrede auf Lager.

»Was soll ich machen, Hochwürden? Daheim hat die Hausherrin das Sagen, und sie liebt nun mal ihre Tiere. Wenn Sie wüssten, wie es bei uns zu Hause aussieht. Daher der Name – *Arche Noah*. Außerdem ist cs cin Zugeständnis an Ihre Freundin Trinidad, eines der beliebtesten Mädchen.«

Dem Pfaffen stieg die Zornesröte ins Gesicht bei der Erwähnung von Trini, dem Mädchen, das ihm manch eine Nacht zu Willen war. Mir waren Alzamoras Nachstellungen gleichgültig. Jedem Tierchen sein Pläsierchen.

Valparaíso, 1917–1920

Ich lief dicht am Wasser entlang, wo ich auf all die von der Brandung angespülten Äste und Muscheln trat, neugierig, was es mit dem Lumpenbündel auf sich hatte, das weiter hinten trieb. Meine Schritte hinterließen kein Geräusch. Als ich näher kam, sah ich eine Leiche. Ich erkannte sofort, dass es meine war. Der vom Rumpf abgetrennte Kopf bewegte sich über den Steinen am Ufer, ein Anblick, der mich rührte, obwohl ich wusste, was es hieß, wie ein Gespenst zu hausen. Seit sie mich in den Siebzigern aus dem Flugzeug warfen. Aber ich werde nicht schweigen, weil ich es nicht darf, bis du die ganze Tragikomödie kennst. Manchmal ist es besser, nicht zu viel zu wissen, geben sie mir zu verstehen. Vielleicht haben sie ja nicht ganz unrecht. Aber mir gefällt deine Neugier zu erfahren, was geschehen ist, Benito. Du verhältst dich so, wie wir es uns immer von dir gewünscht haben. Du bist ein junger Mann, der noch nicht mit beiden Beinen auf der Erde steht, der den Dingen auf den Grund gehen will. Daher rührt deine leidenschaftliche Melancholie. Doch mehr noch beeindruckt mich, wie du dein Gedächtnis mit meinem verschmelzen lässt, wie du mit dieser Methode die Zeit deiner Eltern zurückholst, wie du die Themen findest, die dein Heft füllen sollen. Das hast du dir geschworen. Du tastest dich in der Unordnung deines Zimmers vorsichtig voran, schließt die Augen und öffnest sie wieder, stehst auf und kehrst zurück zu dem Möbelstück, wo du den Webley Mark VI, Kaliber .38, gefunden hast, kramst einige vergilbte Seiten des *Atacameño* hervor, breitest die Zeitung wie eine Decke auf dem Tisch aus und gehst den alten Bericht über Sofanor und die Inglesa noch einmal durch. Du suchst den erzählerischen Impuls, deshalb willst du den Rest der Geschichte von mir erfahren.

Wie gesagt: Da war mein Körper. Ich hätte ihn am liebsten auf meinen Fischkarren geladen, um ihn zu irgendeinem Friedhof zu bringen und meinen Namen auf den Grabstein zu schreiben, doch ich besaß nicht die nötige Körperlichkeit, um diese Aufgabe zu bewältigen. So viel beerdigtes Leben, Kopf an Kopf, die Augen mit dem Fetzen eines alten Hemdes verbunden, all das schlug Pater Alzamora schwer auf den Magen. Er betete für die armen Würmer, die selten in unserer Atacamawüste gedeihen. Dabei hatte der Pfaffe schon das brutale Vorgehen von López-Cuervo senior gebilligt. Gott und Satan arbeiteten schon seit Jahren, seit Jahrzehnten Hand in Hand, seit der Entstehung der Welt waren sie Komplizen, der Satan López-Cuervo beeinflusste jede Entscheidung, die der Gott Alzamora traf. Mir stehen die Haare zu Berge, wenn ich mir vorstelle, was sie mit meiner Petronila gemacht haben. Als Sofanor mich damals so verzweifelt sah, weil man mir genommen hatte, was ich am meisten liebte, floh er aus der Klosteranstalt, um mir beizustehen.

»Bist du dir ganz sicher?«, fragte ich ihn.

»Samu, für das, was dieser Hurensohn verbrochen hat, gibt es keine Worte. Ich gehe mit dir, wir werden ihn finden.«

Wir schnürten unsere Bündel und machten uns auf die Suche nach dem Mörder. Ich weiß nicht mehr, wie uns zu Ohren kam, dass López-Cuervo nach Santiago umgezogen sei. Jedenfalls begaben wir uns dorthin, um ihm die Stirn mit einer Kugel zu dekorieren. Mit einem Foto in der Hand zogen wir durch die Straßen der Hauptstadt, durch die hübschen Gärten und Parks, und versuchten, die wenigen Informationen, die wir über den Satan bekommen konnten, zusammenzufügen. Wir träumten in jener Zeit von nichts anderem, als davon, diesen Verbrecher zur Strecke zu bringen. Das war unsere Art, mit Petronilas Tod umzugehen. In schlechten Momenten dachten wir verzweifelt, der Erdboden habe López-Cuervo verschluckt, doch bald darauf durchkämmten wir wieder optimistisch die Straßen, klapperten die Polizeireviere der Stadt ab und zeigten sein Foto herum, damit wir ihm endlich unsere Nachricht überbringen könnten – die seines eigenen Todes.

Das Leben in Santiago machte uns bisweilen zu schaffen. Nirgendwo schlug uns die Vertrautheit unseres Dorfes entgegen. Die Leute interessierten sich ungeheuer dafür, wo man herkam, welchen Familiennamen man führte, und viele blickten verächtlich auf uns Provinzler herab, die man schon von weitem an ihrem Gang, an ihrer Art zu sprechen und sich zu kleiden erkannte. Wir hatten auf einem riesigen Freigelände in der Nähe des Río Mapocho unser notdürftiges Lager aufgeschlagen, das uns drei lange Jahre ein Zuhause war. Abends schmuggelten wir uns in Dichterlesungen, um gratis zu essen und zu trinken. Manchmal suchten wir uns auch Beerdigungsfeiern, wo lauwarmer Wein ausgeschenkt wurde.

Sofanor war Frühaufsteher, und oft wusch er bereits zusammen mit den Frauen vom Gelände am Flussufer seine Wäsche, wenn ich noch meinen Kater auskotzte. Oder er reinigte mit Hingabe seinen deutschen Revolver. Eines Tages dann erfuhren wir aus dem *Atacameño*, dass der Satan in Valparaíso vor Gericht geladen war. Der Tod des jungen Dichters José Monteforte aus Antofagasta hatte zwei Carabineros ins Gefängnis gebracht. Aufgeregt wedelte ich mit der Zeitungsseite vor Sofanors Nase herum, aber der Idiot konnte nicht lesen, zumindest konnte er es schlechter als ich. Er setzte zwar ein interessiertes Gesicht auf und ließ dabei den Revolver um seinen Zeigefinger kreisen, doch später musste ich ihm alles noch mal genau erklären.

»Steck die Knarre weg«, sagte ich. Es machte mich nervös, dass er den ganzen Tag diese Waffe polierte. »Nicht dass sie mit ihrem Glitzern noch die Geier anlockt.«

»Entspann dich, du Spinner«, sagte er. »In der Hauptstadt gibt es keine Geier.«

Nach der Neuigkeit, dass López-Cuervo sich offenbar in Valparaíso aufhielt, beschlossen wir, auf der Stelle aufzubrechen. In die nördlichen oder südlichen Provinzen reiste man von der Hauptstadt aus grundsätzlich auf dem Seeweg, auf Dampfern, die die gesamte Westküste Südamerikas entlangschipperten. Von Santiago nach Valparaíso allerdings mussten wir den Zug nehmen. Eine unserer Mitbewohnerinnen auf dem Gelände hatte uns den Namen und die Adresse einer alten Frau gegeben, die in Valparaíso auf dem Markt am Hafen arbeitete. Und tatsächlich ließ die Alte uns drei oder vier Tage in ihrem Lagerschuppen übernachten. Ich erinnere mich noch, dass er vergittert war und ein Schloss hatte, zu dem ein verflixter Schlüssel gehörte, auf den wir gut aufpassen sollten. Und daran, dass wir, als wir keinen Tabak mehr hatten, dauernd auf getrockneten Eukalyptusblättern herumkauten oder auf Blättern von irgendeinem anderen Baum.

Viele Jahre später sollte ich dich in einer Ecke sitzen sehen, Sofanor, mit fröhlichem Blick, einem spöttischen Lächeln auf deinen erstarrten Lippen, tot mit gerade mal vierunddreißig, aus übertriebenem Stolz. Warum hast du die Inglesa nicht gefragt, was sie in diesen elf Monaten getrieben hat? Was hat dir nur so die Sprache verschlagen, verdammt? Aber du wolltest dich ja lieber weiter mit deinen Zweifeln herumplagen, hast die quälenden Gedanken geschluckt, um deiner Ausländerin mit dem atemberaubenden Körper und dem gebürsteten Haar zu gefallen, verflucht, dabei zerfraß dir die Ungewissheit die Eingeweide. Ich weiß nicht, wer von uns der miesere Krieger war, du wegen der Zeremonie mit den zerfledderten Rosen oder ich, weil ich mich feige von den Raubzügen zu den Geschäften am Hafen zurückgezogen hatte, um schließlich das *Arche* zu führen. Dieses Bordell war die rettende Idee. Ich gestehe, dass ich für keine der Arbeiten geeignet war, um die ich mich bewarb. Wegen meiner Angst vor der See musste ich selbst die Jobs als Fischer ausschlagen, ich taugte gerade mal dazu, mit dem Fischkarren durch die Gegend zu ziehen.

Nun, wie gesagt, für drei, vier Nächte machte uns die Alte also Platz in ihrem Lagerschuppen auf dem städtischen Markt. Dort schliefen wir viel besser als zuvor auf dem Gelände, und ihre Fischsuppe richtete uns wieder auf. Manchmal strich sie uns sogar über den Kopf, als wären wir ihre Enkel. Den Schlüssel überließ sie uns, damit wir zum Pinkeln rein- und rausgehen konnten. Und dieser verfluchte Schlüssel war ein wichtiges Detail in dem Plan, den Sofanor heimlich ausheckte. Eines Abends nämlich, es waren genau drei Jahre seit Petronilas Tod vergangen, entdeckte mein Freund den Satan López-Cuervo zufällig in einem Restaurant auf dem Cerro de Concepción. Er folgte ihm auf Schritt und Tritt, bis er herausfand, dass er in einem von Pflanzen und Sträuchern umgebenen Gemäuer mit seiner Frau und seinem fünfjährigen Sohn López-Cuervo II lebte. Doch verriet er mir nichts von seiner Entdeckung, obwohl wir so lange schon an einem gemeinsamen Racheplan feilten.

Als ich nach unserer dritten durchzechten Nacht in Valparaíso erst spät aufwachte, war er nicht da. Der Mistkerl hatte das Gitter abgesperrt und mich wie einen Gefangenen in dem Schuppen zurückgelassen. Erst am Nachmittag kam er zurück, der Schweiß stand ihm im Gesicht und rann ihm bis in den Hemdkragen.

»Gehen wir, Samu, es ist Zeit, in den Norden abzuhauen.«

»He, was ist passiert, du Arschloch?«, fragte ich.

»Ich habe ein paar Päckchen Colmena besorgt und genug Geld, um aus uns Herumtreibern ehrbare Passagiere zu machen.«

Sofanor schloss das Gitter auf und ließ den Schlüssel stecken. Er schnappte sich seine Sackleinentasche und grinste mich an mit seinen weißen Zähnen.

»Der hat es bereut, Samu. Ich werde dir noch erzählen, was er mir gesagt hat, bevor er starb.«

»Du hast ihn umgebracht? Du verdammter Mistkerl, das war meine Aufgabe!«

»Der Dampfer läuft in zehn Minuten aus!«

»Ich hätte diesen Satan töten müssen.«

»Beeil dich und halt die Klappe. Ich habe eine Kugel für dich aufgehoben.«

Paitanás, 1939–1948

Das Esszimmer hatte ein großes Panoramafenster, und Flor saß gerne auf dem Sofa, um Papierfiguren zu basteln und auf die staubige Straße hinauszublicken, die vor urewigen Zeiten einmal eine Landstraße gewesen war und quer durch Paitanás führte, von einem Ende zum anderen, wo sie sich dann in der unendlichen Wüste verlor. Ich hatte gelernt, in der Sprache der Gauner zu reden, wie sie zu denken und zu fühlen, wie ein Herz fühlt, wenn es in die Falle gerät. Niemals hätte ich gedacht, dass Flors Schrulle mit der Bluse uns dazu bringen würde, das Bordell zu kaufen. Ihre dunkle Hautfarbe, die zur ewigen Umarmung einlud, ihre prallen Brüste und ihr feuriger Blick verzauberten mich dermaßen, dass ich sie jeden Abend besuchte. Und was mir an deiner Großmutter besonders gefiel, war, dass, immer wenn sie sich zu mir gesellte, ein frischer Blumenduft in meine Nase stieg. Außerdem ist sie mit mir gekommen, kaum dass ich sie darum bat, und nachdem sie das Haus mit Hunden und Katzen gefüllt hatte, brachte der Gott Alzamora, damals noch blutjung, uns dieses Mädchen ins Haus, so dass wir unverhofft doch noch zu einer Familie wurden. Und wer wäre besser geeignet als eine Tierliebhaberin, um sich eines Waisenmädchens anzunehmen?

Die Nachbarn versicherten, ein Matrose der in Coquimbo überfallenen *Natal Star* sei es gewesen, der die Tita in einem Weidenkorb nach Paitanás gebracht und die Beerdigung für Sofanor und die Inglesa bezahlt habe. Doch der Priester wollte nie über den Umschlag mit dem Geld reden, den er unter dem Kissen der improvisierten Wiege gefunden hatte. Flor allerdings fühlte sich gekränkt durch das Geschenk des Priesters – sie war unfruchtbar, da mochte ich sie mit noch so viel Samen versorgen. Und so weigerte sie sich zunächst, sich um einen fremden Säugling zu kümmern. Doch dann geschah das Wunder. Die Tita blickte ihr in die Augen und schenkte ihr ein wundervolles zahnloses Lächeln, woraufhin deiner Großmutter die Tränen kamen, Benito. Unverzüglich meldeten wir das Mädchen auf unseren Familiennamen an.

Unablässig strömten die Leute herbei, um das kleine Püppchen zu bestaunen. Unsere hübsche Tita verzauberte alle. Ihre Äuglein blitzten neugierig, so gesehen besaß sie etwas von der Inglesa; auch ihr Temperament zeugte von jenem Stachel der Ungeduld, wie meine Flor zu sagen pflegte. Alle meinten, wir sollten die Tita taufen lassen, um sie vor dem bösen Geist ihrer leiblichen Eltern zu schützen. Erst als das Mädchen verständig genug war, erwähnte niemand mehr die beiden, um das Geheimnis ihrer Herkunft zu wahren.

Von Sofanor war nie so viel die Rede gewesen wie von der Inglesa. Über sie erzählte man sich, ein alter dänischer Taucher, der sie aus England mitbrachte, habe sie bereits mit dreizehn Jahren zur Frau gemacht und sie anderen Landsleuten, wenn er sich mit ihnen betrank, schon mal für eine Nacht ausgeliehen. Sie ging mit jedem mit, so hieß es, der ihr einen guten Preis bot. Und schon bald verließ sie den alten Dänen, der sich als ihr Gebieter aufgespielt hatte, und verliebte sich in Ronal, einen Seemann, der dem Alten immer bei seinen Tauchgängen zur Seite stand. Aber auch dem wurde sie schließlich wieder untreu. Die Inglesa suchte Zuflucht auf den Klippern, die Iquique anliefen, wo sie immer sehr freundlich aufgenommen wurde. Wer sie mit dem Schrubber den Kabinenboden putzen sah, hätte ihr niemals eine Zukunft als Einbrecherin und Diebin vorhergesagt, denn jede ihrer Bewegungen strahlte Unschuld aus. Später starb der dänische Taucher, er ertrank unter merkwürdigen Umständen. Wie es scheint, war er mit Arbeiten am Meeresboden beschäftigt, als jemand ihm den Sauerstoffhahn zudrehte.

Das Auftauchen der kleinen Tita in unserem Städtchen löste bei Alzamora einen Anfall von geheuchelter Christlichkeit aus. Der Pfaffe war ein Profi, er hortete sein Geld in einer verschließbaren Truhe, deren Schlüssel er wie ein Kruzifix an einer Kette um den Hals trug. Seine wahre Berufung bestand darin, fremdes Vermögen anzuhäufen – in der Gewissheit, dass er eines Tages, wenn er am wenigsten damit rechnete, Paitanás würde verlassen müssen. Ich kann mich noch erinnern, wie er eines Morgens zu uns nach Hause kam, auf dem Sofa vor dem großen Fenster Platz nahm und um ein Gläschen Sherry bat. Er bereitete uns keine Schwierigkeiten bei den Taufformalitäten auf unseren Familiennamen. Tatsächlich war er der Erste, der uns klarmachte, dass es besser sei, der Kleinen nichts von ihren wahren Eltern zu erzählen. Flor sagte zu allem ja und amen, um jeden Konflikt zu vermeiden und zu verhindern, dass der Pfaffe uns das Kind womöglich wieder wegnahm. Dabei wusste die Tita ohnehin, seit sie ihren Verstand gebrauchen konnte, dass wir nicht ihre leiblichen Eltern waren. Als er plötzlich einen von Flors Hunden bellen hörte, sprang der Priester auf und hatte es mit einem Mal furchtbar eilig. Flor rief das Tier laut zur Ordnung, doch da war Alzamora längst über alle Berge.

Eines Sonntags stahl sich ein besonders rebellisches Hündchen davon, das jede Unachtsamkeit seiner Herrin nutzte, um ein bisschen Freiheit zu schnuppern. Als es am Mittag wider Erwarten nicht zum Fressen wiederauftauchte, begab sich die Tita auf die Suche nach ihm. Sie schaute im Brunnenbecken auf dem Platz nach, auf der staubigen Landstraße, wo ein paar Kinder Ball spielten, aber nirgends war eine Spur von ihrem Lieblingshündchen. Als sie gerade in der brennenden Mittagssonne das Handtuch werfen wollte, entdeckte sie von weitem ein Hündchen, das aussah wie ihres. Sie sah es in der Kirche verschwinden, durch das Portal, das einen Spalt offen stand, um für ein wenig frische Luft zu sorgen. Verkündete Alzamora nicht ständig, dass alle Lebewesen Kinder Gottes seien? Die Tita rannte zur Kirche, denn sie wusste, dass der Priester dieses Gotteskind mit Fußtritten und

Stockschlägen aus seinem bröckelnden Tempel befördern würde. Und kaum war sie über die Schwelle getreten, sah sie das Hündchen – es war ihr Hündchen – schwanzwedelnd und bellend herumspringen, um auf sich aufmerksam zu machen. Doch keiner der frommen Kirchgänger wagte es anzurühren, denn Alzamora brüllte, der Hund sei des Teufels. Da lief das Tier nach vorne, um den Priester anzubellen, der sich sogleich hinter dem Kreuz mit dem angenagelten Christus verkroch.

»Schafft diesen verdammten Köter hier raus!«, krächzte Alzamora.

Der Pfaffe hatte noch nie eine Schwäche preisgegeben, und nun wurde seine panische Angst selbst vor Hunden offenkundig: Hysterisch erklomm er den Balken des Kreuzes, so dass die gesamte, aus massivem Pinienholz gefertigte Konstruktion bedrohlich ins Wanken geriet. Sprachlos starrten die Gläubigen auf ihren Priester, und als einige losstürmten, um den frechen Welpen einzufangen, hielt die Tita sie mit einem schrillen Pfiff zurück, der allen durch Mark und Bein ging. Indes begann der Balken unter dem zitternden Pfaffen zu knirschen. Seelenruhig ging die Tita zu ihrem Hündchen und legte ihm die Leine um den Hals.

»Du Teufelsgöre, diese Töle konnte ja nur dir gehören.«

»Sie sind ein erbärmlicher Hosenscheißer, niemand hat Ihnen etwas zuleide getan!«

»Wenn du nicht auf der Stelle verschwindest«, keuchte

Alzamora, »verpasse ich dir einen Tritt in den Allerwertesten, der sich gewaschen hat!«

Der Priester wollte keinen Streit, er wollte nur dieses beängstigende Vieh aus der Kirche haben. Die Tita, die es mit ihren zarten acht oder neun Jahren schon faustdick hinter den Ohren hatte, wartete, bis mit dem nächsten Knirschen der Holzbalken auseinanderbrach und der Priester polternd zu Boden fiel. Die Gläubigen, die sich bis dahin ein Lachen verkniffen hatten, konnten nun nicht mehr an sich halten, als sie den Priester ungeschickt in seiner Soutane straucheln sahen.

Und dann rief die kleine Tita ihm von dem schweren Portal aus zu, vor dem sie der unbekannte Reiter einst abgelegt hatte:

»Gott ist reine Zeitverschwendung! Wenn es ihn wirklich gibt, hat er uns schon vor Jahren zum Teufel gejagt.«

Das Mädchen war empört. Wenn sie es auch noch nicht mit den richtigen Worten ausdrücken konnte, so spürte sie doch, dass der Gott Alzamora den guten Glauben seiner Gemeinde ausnutzte, dass er seinen Landsleuten im Prinzip nicht mal ein Stück Brot gönnte. All das dachte sie, während der Priester sich an den Kopf fasste, zum Himmel aufblickte und fluchte, das Weihwasser, das er ihr über den Kopf habe rinnen lassen, sei aber auch zu gar nichts nutze gewesen.

»Mein Gott! Heiliger Vater!«, rief deine Großmutter Flor entsetzt, als sie von dem Zwischenfall erfuhr. »Dieses Mädchen hat die Aufsässigkeit im Blut.«

Ich biss mir auf die Lippen, um nicht zu lachen. Aber die Tita wusste genau, auf welcher Klaviatur sie spielen musste, um Flor zu besänftigen und sie sich wieder gewogen zu machen.

»Tita«, ermahnte meine Frau die Kleine, »versprich mir, dass du damit aufhörst, Pater Alzamora zu verhöhnen.«

»Ich werde mir Mühe geben, Mami.«

Tocopilla, vor 1920

Ich war neunundsechzig Jahre alt. In der Nase hatte ich den stechenden Geruch angstschwitzender Leiber, meine Augen waren verbunden mit einem Stofffetzen, meine Hände mit einem Draht gefesselt, meine Kehle ausgetrocknet. Mein Herz raste, während die Gewehrsalven mit dem Rattern der Lokomotive verschmolzen. Später, im Flugzeug, krallten sich Dutzende Finger in meine nackte Haut, um mich über dem Meer abzuwerfen. Der Geist neigt dazu, das Grauen auszulöschen. Es durch etwas anderes zu ersetzen. Ich hörte den Gesang des Regens auf den Wellen eines aufgepeitschten Ozeans. Ich hörte das Lachen deiner Großmutter Flor. Und als das Licht der Pampa mich blendete, wusste ich, dass ich tot war.

Ich hätte lieber bei der Gegenüberstellung mit López-Cuervo den Tod gefunden, aber Sofanor hat mir diese Genugtuung vorenthalten, hat mich in diesen Käfig auf dem Markt von Valparaíso gesperrt, um mich zu schützen. Als ich mich mit ihm messen wollte, verfügte der Schakal bereits über eine Menge Macht in Tocopilla. Dass der verfluchte Schurke diesen Posten bei den Carabineros bekam, war mit Sicherheit eine abgemachte Sache. Bei seiner feierlichen Amtseinführung hatten er und Carlos Ibáñez del

Campo, der gerade zum Direktor der Kavallerie-Schule ernannt worden war, verschwörerische und verräterische Blicke ausgetauscht. Und ich fand es immer wieder auffällig, wie der junge Gott Alzamora dem Satan López-Cuervo Grausamkeiten durchgehen ließ, während er andere Pechvögel schon wegen geringfügiger Lappalien tadelte.

Sehr bald gelang es López-Cuervo, von allen gefürchtet zu werden. Er war ein stämmiges Monster mit tiefer Stimme, berüchtigt wegen seiner Eigenart, auf Trockenfeigen herumzukauen: Den ganzen Tag spuckte er aus, und sein walrossartiger Schnurrbart bewegte sich dabei unentwegt auf und ab. Berüchtigt aber vor allem wegen seines herrischen Charakters. Niemand wagte es je, sich über seine Glatze lustig zu machen oder über seinen dicken Wanst, aus Furcht vor Repressalien. Ein Wort von ihm genügte, und schon waren alle aus dem Süden herbeigeholten Soldaten ihm zu Diensten. Fünfzehn bis an die Zähne bewaffnete Männer verfolgten jeden Christenmenschen, der wegen Diebstahls oder wegen einer Keilerei nach einer nächtlichen Sauftour oder wegen irgendwelcher anderen Verbrechen, die der Satan ihm anhängen wollte, auf der Flucht war. Freiwillige rissen sich darum, seine Befehle ohne Rücksicht auf Verluste auszuführen. Ohne sich um die Tageszeit oder den Hunger zu scheren, jagten sie dem Flüchtigen tagelang über die trostlosen Berge, durch die verborgensten Schluchten der Kordilleren nach, bis es gelang, ihn zu schnappen. Jeder huldigte dem Satan auf seine Art, denn besser, man war für ihn als gegen ihn.

In jener Zeit sprang ich barfuß über die Steine, lief Hand in Hand mit meiner hübschen Petronila umher, aß im Haus ihrer Mutter, so dass man hätte behaupten können, ich wäre ein weiteres Kind der Familie. Ich wusste genau, wie sehr die Mutter ihre Tochter liebte, und ich war glücklich – bis der Bürgermeister eines Tages alle zu einem Fest versammelte, von dem ich nicht mehr zu sagen wüsste, ob es am Nationalfeiertag stattfand. Als Ehrengast geladen war, wie sollte es anders sein, der Satan in Person. Ich entsinne mich noch, dass all die Strolche mit den Sandalen, die von weit her angereisten Händler und die Mädchen aus dem Dorf herbeiströmten, angelockt von Musik und Tanz. Wir ließen uns in der Menge treiben, ich hatte die Petronila immer fest an der Hand. Plötzlich packte López-Cuervo mich bei der Schulter, so dass ich ihm in seine höllischen Augen blicken musste, und sagte:

»Sehr hübsch, dein Mädchen, sehr hübsch, mal sehen, ob du sie mir dieser Tage nicht mal ausleihen kannst.«

Mir stieg die heiße Wut ins Gesicht, als ich ihn so reden hörte. Mit meinen dreizehn oder vierzehn Jahren verstand ich nichts von derlei Komplimenten, aber ich verstand sofort, dass ich meine Petronila mehr denn je beschützen musste. Denn sie war ein folgsames, tugendhaftes Mädchen, eine Lichtgestalt inmitten dieser Prahlhänse. Ich begann darunter zu leiden, wenn ich mitbekam, wie einige Rüpel ihr gegenüber grob wurden. Sie sagten Dinge, wie sie die Landarbeiter aus dem Süden im

Munde führen, aber so hübsch vorgebracht, dass mir gar keine Zeit blieb, ihnen Bescheid zu stoßen.

López-Cuervo folgte uns auf Schritt und Tritt, war uns immer auf den Fersen. Ich hätte die Gefahr wittern müssen, aber als Grünschnabel ist man eben nicht auf der Hut. Wenn er sich im Wirtshaus über die körperlichen Vorzüge meiner Petronila ausließ, als sei ich gar nicht da, platzte mir fast der Kopf vor nicht abgelassenem Dampf. Und bezog er mich doch einmal in das Gespräch mit ein, dann nur, um mir auf die Nase zu binden:

»Hör mal, Samuel, dieses Mädchen ist ein bisschen viel Fleisch für einen mageren Kater wie dich.«

»Lass uns in Frieden! Du bist hergekommen, um uns zu beschützen, nicht um uns einzuschüchtern«, erwiderte ich.

Aber das Monster ließ sich nicht provozieren. Ganz im Gegenteil, er lachte mich aus. Wenn ich bis zu den Knien im Meer stand und fischte, träumte ich davon, ihn hineinzustoßen, ihn am Kragen zu packen, um ihm zu zeigen, dass ich auch eine Bestie von mehr als hundert Kilo sein konnte. Dass ich für eine Frau sorgen, sie an die Hand nehmen und ohne Furcht vor der Brandung am Strand entlangführen konnte. Doch der Hurenbock fügte mir, sooft er nur konnte, Demütigungen zu, wobei seine Soldaten und Speichellecker ihm jedes Mal sekundierten.

Eines Tages kam ich mit meinem Karren voller Schalentiere beim Haus von Petronilas Mutter an. Als ich sie mit einem Taschentuch ihre Tränen trocknen sah, wusste ich, dass etwas Schlimmes vorgefallen sein musste. Der

Satan war gekommen, meine Petro zu holen. Als die Mutter ihre Schreie hörte, war es zu spät. Sie musste mit ansehen, wie das Monster ihrer Tochter die Hände fesselte und sie auf sein Pferd zog. Sie erzählte mir, dass der Satan schon mehrere Male versucht habe, die Petronila auf dem Weg zum Brunnen zu überwältigen, wenn sie dort ihre Wäsche waschen ging.

»Samuel, heirate sie. Heirate sie, und du wirst sehen, alles kommt wieder in Ordnung«, riet mir die verzweifelte Mutter.

Das brachte mich vollends aus dem Gleichgewicht. Ich muss erst ein richtiger Kerl werden, bevor ich heirate, dachte ich, und lernen, mit dem Papageienschnabelmesser umzugehen oder mit einem Revolver, um eine Frau besser beschützen zu können. Dennoch versprach ich es ihr. Ich verließ das Haus mit einer Lanzette zum Muschelknacken und legte einen Sack auf meinen Karren, um mir meine Petronila zurückzuholen. Ich weiß nicht, warum ich die schlimmsten Befürchtungen hegte. Stundenlang lief ich in Richtung Tridente-Berg. Die Sonne brannte mir auf den Kopf, und die Knie zitterten mir vor Hunger. Als der Satan schließlich vor mir stand, zog ich die spitze Lanzette. Doch das Monster lachte nur und empfahl mir, mich fortzuscheren.

»Du Hurensohn, gib sie mir heraus!«, verlangte ich.

»Die Reste sind für die Hunde und Katzen. Mach, dass du wegkommst!«, herrschte er mich an. »Die Kleine ist längst zu Hause.«

Doch ich glaubte ihm nicht und gab keine Ruhe. Ich wollte ihn tot sehen, aber leider fehlte es mir an der Verwegenheit Sofanors. Der Schweiß vernebelte mir die Sicht, als ich mich auf ihn stürzte, um ihm die gekrümmte Lanzette in den Hals zu rammen. Und bevor ich tun konnte, was ich tun wollte, versetzte mir der Satan einen solchen Fausthieb, dass ich durch die Luft wirbelte. Was dann passierte, weiß ich nicht mehr. Ich muss auf eine scharfe Mauerkante geprallt sein, denn ich blutete heftig am Kopf. Ich erwachte erst wieder in meiner Hütte beim Fischerhafen von Tocopilla, umringt von Petronila und ihrer gesamten Familie. Sie hatten mich mit dem Karren hergeschafft, mit dem ich zuvor so heldenhaft aufgebrochen war.

»Zum Glück hat er dich nicht gleich umgebracht, Samu«, sagte Petronila. Ihre warme Hand umklammerte meine.

Obwohl es nur das Heiratsversprechen gab, hatte ihre Mutter nichts dagegen, dass Petronila bei mir blieb. Ein paar Tage lang traten wir nicht vor die Tür, wagten es nicht, im Ort herumzulaufen, wir wollten unbedingt vermeiden, dass die Leute mit dem Finger auf Petronila zeigten. Davor fürchtete sie sich sehr, und es kostete mich einige Mühe, sie davon zu überzeugen, dass allein wichtig sei, dass es ihr gutgehe. Sie war so mager, dass ich meine Ellenbogen mit den Händen fassen konnte, wenn ich sie umarmte. Trotzdem fand ich sie ungeheuer begehrenswert, und um mich davon abzulenken, erzählte ich ihr vom Kiosk der alten Elmira und von den Sportfotos in den Zeitungen. Sie träumte von einer Reise nach Iquique, um dort die Boxkämpfe mitzuerleben, von denen in bunten Farben die Fischverkäufer und die frisch von den Salpeterbüros Entlohnten berichteten, deren Schulden die alte Elmira haarklein in einem Heftchen notierte, selbst wenn es sich nur um Kinkerlitzchen handelte.

Petronilas Familie war vielköpfig und laut, wie es eben ist, wenn viele Geschwister, Vettern und Kusinen, Onkel und Tanten auf einen Haufen kommen. Manchmal wirkten sie wie eine Horde von Gaunern, die sich nicht wirklich trauten, welche zu sein, oder die nur groß tönten und schon deshalb ständig mächtige Probleme hatten. Was ich zunächst für einen enormen Vorteil hielt, um gegen López-Cuervo Front zu machen, stellte sich später als wenig hilfreich heraus, denn weder die Onkel noch die Vettern wagten es, mir Schützenhilfe zu leisten. Alle weigerten sie sich, den Satan den Aasgeiern zum Fraß vorzuwerfen. Allein Sofanor war später bereit, mit mir zu reisen, damit jeder von uns sich für seine erlittene Kränkung rächen konnte. Petronilas Verwandte, diese Neider und Streithähne, zogen es vor, uns herzlich zu hassen, mit Ausnahme der Mutter und der Tanten, die stumm litten und sich in die Schande fügten, indem sie ständig zu Gott Alzamora rannten, der ihnen einen Haufen Gebete auftrug, um die Schmach des Mädchens zu lindern.

Nicht wenige dachten, ich hätte den Verstand verloren, und ich glaube, ich verhielt mich auch entsprechend.

Mehr als einer wich zurück, wenn er diesen Ausdruck von Irrsinn in meinen Augen zu erkennen glaubte. Dabei habe ich nie jemanden umgebracht. Auch wenn López-Cuervo II, der Sohn des Satans, immer anders über mich denken sollte. Drei Jahre lang habe ich danach gelechzt, seinen Vater zu töten, weshalb er womöglich doch recht hatte. Vielleicht war ich im Grunde meines Herzens ein Mörder, zumindest ein potentieller. Aber ist das nicht jeder von uns?

Eines Tages saß ich mit Petros Angehörigen an einem langen Tisch, wir waren fünfzehn oder zwanzig Personen. Ich aß gebratenen Fisch, lauschte ihren Unterhaltungen und ihrem Gelächter, während ich nach draußen schaute auf die aus allen erdenklichen Materialien erbauten Häuschen, die der Zufall ihren Bewohnern an die Hand gegeben hatte. Plötzlich meinte ich die Silhouette eines Geiers in der Dunkelhcit auf den Wellblechdächern zu entdecken, der sich über ein Stück Aas hermachte oder etwas, das ich nicht richtig erkennen konnte. Ich weiß nicht, warum ich mir vorstellte, es sei Menschenfleisch und der Geier nicht irgendein Vogel, sondern ein Geist, der unseren Tod witterte.

»Heirate sie, Samu!«, drängte die Mutter mich, diesmal in Petronilas Beisein, und wiederholte es lauthals, damit es auch alle mitbekamen. Ich hatte es ihr versprochen, deshalb verkündete sie es wie einen Antrag.

»Selbstverständlich«, versicherte ich, ohne zu wissen, was ich tat. Ich erhob mich von meinem Stuhl und musste tief Luft holen, um einer Familie, die ich nie als die meine betrachten würde, gefasst gegenüberzutreten. Mit einem Mal verebbte das Stimmengewirr am Tisch. Ich versuchte Petronilas Augen zu ergründen. »Und du, Petro, willst du mich heiraten?«

Sie blickte verblüfft in die Runde, damit hatte sie nicht gerechnet. Ich auch nicht, gestand ich ihr in Gedanken. Sie erwiderte, ja, sie habe sich gewünscht, dass ich ihr einen Antrag mache, und dann warf sie sich mir in die Arme, während die Familie in Freudengeheul ausbrach. Sie schienen alle toll geworden zu sein in Erwartung des Ereignisses, das in wenigen Monaten gefeiert werden sollte. Mein Kapital waren zwei schmutzige Hände, ein Fischkarren mit zwei Geländerädern und eine Hütte mit zwei Räumen und einem Gemeinschaftsbad. Und obwohl unsere Hochzeitsfeier eine für Arme sein würde, freute sich die gesamte Fischerbucht. Nachbarn, Leute aus der Umgebung und Freundinnen meiner Schwiegermutter gaben sich die Türklinke in die Hand, um uns kleine Geschenke vorbeizubringen. So kam ich zu jenem Wecker, Benito, der so viele Jahre später bei der Ojerosa im *Chanchoquín* wieder auftauchte.

Petronila und ich waren blind, aber nur so war es uns überhaupt möglich, glücklich zu sein. Am Tag unserer Verlobung tanzten die Leute ausgelassen, und auch Alzamora erschien mit einem teuflischen Grinsen auf den Lippen im Haus meiner künftigen Schwiegermutter. Er sah mich an, als hätte ich nichts mit der Sache zu tun, und gab meinem Mädchen einen Zettel in die Hand. Es ging um die Bedingungen, die wir für die Hochzeit erfüllen mussten.

»Bestimmt will dieser Pfaffe Geld«, sagte ich zu ihr.

»Na logisch, er muss ja die Kirche unterhalten.«

»Er sollte es sich bei den Engländern holen.«

»Schon. Aber wer wirklich Geld hat, geht nicht zur Messe.«

»Ein reines Theater, das Ganze.«

Petronila beharrte mir gegenüber jedoch auf der Wichtigkeit der Kirche. Einmal erklärte sie mir, ihr sei klargeworden, dass alle Menschen in gewisser Weise erbärmlich seien, und deshalb fühle sie sich irgendwie schuldig.

»Was kannst du denn dafür?«, erwiderte ich. »Wenn du willst, machen wir ein Freudenhaus auf, damit die Kerle, die dir immer Komplimente machen, sich nicht so einsam fühlen.«

Als ich ihr das vorschlug, dachte ich nicht im Traum daran, dass ich zwanzig Jahre später das *Arche Noah* führen würde. Sie errötete und prustete dann los. Und mit einem Mal ließ sie sich von der Atmosphäre, die uns umgab, hinreißen und bat mich, unsere Unschuld zu opfern. Ich vergaß in dem Augenblick, was ihr der Satan angetan hatte, und wurde verlegen angesichts ihrer Direktheit. Da ich in diesen Dingen keinerlei Erfahrung hatte, dachte ich, ich könnte ihr weh tun. Wir hatten zwar gelegentlich unsere Knutschereien, aber zu mehr war es nie gekommen.

Laut Petronila war unsere Liebe gegen alles gefeit, trotzdem war ich in jenen Tagen von Angst erfüllt und gestand ihr meine Sorge jedes Mal, wenn ich unser wurmstichiges Haus verlassen musste, um zum Fischen zu gehen.

»Wenn das nicht aufhört, Samu, sollten wir lieber von hier wegziehen. Du weißt doch, dass ich mit dir gehe, wann immer du es sagst.«

»Ja, sobald wir verheiratet sind und ein wenig Geld zusammengespart haben, gehen wir. Ich will so weit wie möglich fort von diesem Schurken.«

Wenn ich mit meinem Fischkarren loszog, verabschiedete mich Petronila mit einem innigen Kuss, der mir eine Erleichterung angesichts der Härte bedeutete, mit der die Brandung gegen die Felsen schlug. Ich ging dann ein wenig ruhiger von ihr fort, und wenn ich ehrlich bin, hatte ich nie wirklich vor, an einem anderen Ort als dieser tagsüber von der Höllenglut der Wüste und nachts von Eiseskälte geplagten Fischerbucht zu leben.

Als ich eines Morgens mit meinem Karren auf dem Weg zu ihr war, hörte ich Pferdegetrappel. Sofort schoss mir durch den Kopf, der Satan treibe sich in der Gegend herum. Ich ließ den Karren mit den Schalentieren stehen, ohne mich darum zu scheren, ob sie gestohlen wurden, und rannte los. Ich fand Petronila auf dem Schaffell unseres Bettes ausgestreckt. Rock, Bluse, Schürze, alles hing in Fetzen, und die umgestoßenen Möbel zeugten von dem erbitterten Kampf, mit dem sich meine Kleine gegen den Schakal zur Wehr gesetzt hatte. Ich konnte mich nicht mehr von ihr verabschieden. Mein Körper verweigerte jede Reaktion, doch offenbar habe ich geschrien, bis mir die Stimme versagte. Und dann vernahm ich die rostige Stimme von López-Cuervo hinter mir, er drohte mir oder beleidigte mich oder alles zusammen. Ich drückte meiner Petro einen Kuss auf die Lippen, sie fühlten sich noch frisch und saftig an wie die roten Blütenblätter jener Rosen, die Sofanor Jahre später auf dem Markt kaufen und seiner Engländerin ins *Chanchoquín* mitbringen sollte.

Arche Noah, 1946

Ein ums andere Mal wurden die Flaschen geöffnet, es flossen Schnaps, Pipeño-Weißwein, Branntwein oder Rotwein, denn lieber betrunken sterben als an Staublunge, verflucht, das war die Devise. Und wenn die rote Glühbirne das Gesicht des Kumpels aufleuchten ließ, der an der Reihe war, die Freuden von einem der Mädchen zu empfangen, hatte ich das Gefühl, wir alle feierten den Tod im Voraus. Insgeheim natürlich, während in der Ferne die Musik spielte, am Ende der Schotterstraße, dort, wo der Wirbelwind die Erinnerungen aufwühlte.

Es konnte nichts Schlimmeres geben als das Gefühl, ein armer Schlucker zu sein, der seine vier Buchstaben auf einen Barhocker drückte, der Cufina mit ihrem prallen Hintern dümmlich dabei zusah, wie sie das nächste Glas füllte und gerade genug Aufmerksamkeit verteilte, um den Kumpel bei Laune zu halten. Während das Bier in seiner Hand schal wurde, schwärmte er sie sich im verrauchten *Arche* schön. Das Grammophon leierte dazu die ewig gleiche Melodie herunter, doch darauf achtete keiner der Männer, denn ihre Blicke folgten der Trini, die gerade aus dem Séparée trat, um etwas Erfrischendes zu trinken und rasch zu der Bande von Strolchen zurückzukehren, die ihrer harrten. Auch die Chola oder die Ela waren fleißig, denn unser Schiff durfte nicht sinken.

Das trübe Licht fiel auch auf die winzige Bühne, wo sich schwitzende Leiber im Rhythmus der Musik wanden. Dorthin starrten die Kumpel, darauf wartend, dass die Trini, die Ela oder die Chola sie endlich rannahmen, wer eben gerade frei war, denn am Zahltag mussten die Scheine auf den Kopf gehauen werden.

Der Kumpel auf dem Barhocker schlug die Beine übereinander, kniff die Augen zusammen und zündete sich eine weitere Zigarette an, um die nächtliche Illusion zu vernebeln. Geduldig harrte er einer Reaktion der Cufina, die immer noch Gläser abtrocknete und für Ordnung sorgte, während er mit dem Daumen die Asche der Zigarette auf den Boden schnippte, um sich nicht die Eier zu versengen. Endlich wandte sich die Cufina ihm zu und nannte ihm den Preis für ihre Dienste, doch der Freier war schon zu betrunken, um zu kapieren. Er starrte an die Decke, die Glühbirne tauchte sein Gesicht in den roten Schein des Fegefeuers. Die Cufina wurde ungeduldig mit diesem armen Teufel, der nicht mehr wusste, was er tat. Wie auch, pflichtete ich ihr bei, sie schleppen sich den Rücken mit Nitratsäcken krumm, immer rauf und runter über ein schmales Brett in den Laderaum der *Natal Star,* eines dieser Klipper, die den Salpeter transportieren. Aber die Cufina meinte, sie habe genug zu tun mit ihrer eigenen Geschichte und ihrem Traum, sich einen Kerl zu angeln, der sie mit Heiratsurkunde möglichst weit von hier fortbrachte – einen ohne Staublunge, die ihn innerlich zerfraß. So lautete ihre Antwort. Derweil sammelte sie weiter leere Bierflaschen ein, bevor sie zu einem anderen wartenden Kumpel ins Séparée ging, der glückstrahlend bezahlt hatte, ohne auf den Preis für den ersehnten und doch so flüchtigen Moment zu achten, den er sich sauer verdient hatte, indem er mit einem fünfundzwanzig Pfund schweren Hammer den ganzen Tag lang den Calichestein zu einem Haufen winziger Steinchen zerhauen hatte, fertig für den Abtransport zum Siedevorgang. Aber die Plackerei war es wert, wenn man sich anschließend eines dieser Prachtweiber leisten konnte für einen Augenblick der Lust, dessen Dauer ein Wecker diktierte, das Ticken einer erstorbenen Liebe, taub für die romantischen Weisen des Grammophons, über das Sofanor auf dem staubigen Jahrmarkt gestolpert war.

Am Ende machte der Kerl auf dem Hocker den Schein locker oder erbettelte ihn sich tuschelnd von seinen Saufkumpanen, um sich mit der Cufina hinter dem Vorhang eine Sinnestäuschung der Wüste zu erfüllen. Nacht für Nacht wiederholte sich das Szenario in immer neuen Varianten für irgendeinen einsamen Kerl mit Bierglas in der Hand, auf einem Barhocker.

Die Cufina bremste mit gespieltem Zorn den wilden Viehtreiberinstinkt des jeweiligen Freiers, des Kriegers, den es juckte, das Liebesspiel wie Dynamit zur Explosion zu bringen, während ihm im schummrigen Licht noch die Sonne auf der Haut und in den Augen brannte. Ich verlangte immer denselben Preis, auch wenn der Kerl mir noch nicht volljährig zu sein schien. Die Scheine steckte ich in einen geheimen Briefkasten hinter der Theke, unter der scharfen Machete für Notfälle. Während der nächste Kunde schon wartete, verließ die Cufina das Separée, machte sich im Bad frisch: Sie wusch sich zwischen den Schenkeln, parfümierte sich mit ein wenig Kölnischwasser, und weiter ging es mit der Plackerei. Oder sie fing an, die Glasscherben aufzufegen, Reste eines Strolches, der ausgerastet war, weil er keinen Preisnachlass erhalten hatte.

So lief es auf unserem Schiff, Benito, alles wiederholte sich, drehte sich im Kreis wie der Staub, den der Wind in der Pampa aufwirbelte. Die Kerle betraten das *Arche Noah*, die Zigarette lässig im Mundwinkel, O-beinig wie die Cowboys aus den Westernfilmen, die wir als Kinder auf einem Besenstiel nachspielten, mit Revolverduellen und dergleichen, während wir den blauäugigen Europäerinnen nachgafften, die auf den Schiffen eintrafen. Hellhäutige Frauen, fröhlich und strahlend, Prachtweiber wie die Cufina, die im Lokal beim Fegen des rissigen Bodenbelags ihren prallen Hintern im Takt mit dem Besen schwang.

Und wir, die wir uns für etwas Besseres als diese Hungerleider mit den Sandalen hielten, taten es ihnen gleich, machten uns an diese hellhäutigen Frauen heran und luden sie spontan mit einer poetischen Albernheit ein, gemeinsam die Friedenspfeife zu rauchen. Sie lächelten uns an, die Hand in die Wespentaille gestützt, und träumten von einem schönen Leben, das man ihnen so oft ausgemalt hatte. Dabei klimperten sie mit ihren getuschten Wimpern, die aussahen wie Insektenbeinchen. Getäuscht von ähnlichen Geschichten, waren auch die Pampinos mit den Sandalen aus dem Süden hergekommen. Ich glaube, die Phantasie schreit immer nach ein wenig Schönheit.

Zu den immer wiederkehrenden Nationalfeierlichkeiten streckten die Kumpel aus den Salpeterminen jedenfalls phantasierend die Finger nach alkoholischen Getränken und nach unseren Mädchen aus. Sie wollten tanzen und Luftsprünge vollführen, sobald sie die Trommeln, Becken und Trompeten hörten. Ich weiß nicht, warum es mir so vorkam, aber dieses ganze fröhliche Spektakel schien mir auch den glorreichen Tod meines Freundes Sofanor und der Inglesa zu feiern.

Paitanás, 1940

Als ich erfuhr, dass die Tita das Töchterchen meines Freundes Sofanor war, wollte ich mich um sie kümmern. Nicht nur, weil er mir den Satan López-Cuervo aus dem Weg geräumt hatte, fühlte ich mich in seiner Schuld. Ich wollte nicht, dass das Mädchen aufwuchs wie diese ausgemergelten Hunde, die in den Parks umherstreunten. Sie brauchte einen Vater, so wie ich einen gebraucht hätte. Obwohl es natürlich deine Großmutter war, die die Last ihrer Erziehung trug; sie war es, die die kleine Tita fütterte und sich um sie kümmerte. Jetzt, wo seither so viele Dinge passiert sind, weiß ich nicht, ob ich sie so erzählen kann, wie es für dich nötig wäre, Benito. Trotz deiner siebenundzwanzig Jahre bist du immer noch ein Grünschnabel. Und das nicht etwa, weil dein angeblicher Vater, der schwört, es zu sein, dich in Watte gepackt hätte. Von klein auf hat er dich mit unnachgiebiger Strenge und dem Drill der Kaserne erzogen, die er leitete. Nie hatte er ein Lob für dich übrig, aber er hat dich auch nicht über Gebühr geschlagen, vielleicht weil er nicht vergessen konnte, dass du der Sohn deiner Mutter warst, und die hatte er geliebt. Deshalb behielt er, als er sie nicht vor dem Tod retten konnte, das Leben, das sie gerade erst zur Welt gebracht hatte. Nun bist du ein erwachsener Mann, und er ist ein hinfälliger Greis. Und du streifst durchs ganze Haus, von einem Ende zum anderen, wie damals als kleiner Junge. Doch diesmal in der Hoffnung, irgendwo auf etwas zu stoßen, das dir bestätigt, was du immer schon ahntest. Du hast es gewagt, sein Arbeitszimmer zu betreten und die Schubläden seines Schreibtischs zu durchstöbern. Dort bist du auf die Zeitungsausschnitte gestoßen, die er über alle seine Heldentaten in der Wüste gesammelt hat. Von den Beweisstücken seiner Ermittlungen hast du dir den legendären Webley Mark gegriffen – es hätte nur noch gefehlt, dass du ihn um den Zeigefinger hättest kreisen lassen. Alles auf der Suche nach Inspiration für deinen Roman. Aber die Geschichte, die ich dir erzähle, ist besser als der Ausschnitt aus dem *Atacameño* über den Mord an Sofanor und der Inglesa im *Chanchoquín*. Mag sein, dass du dort die eine oder andere Information findest, die mir entfallen ist. Der Mann, der vorgibt, dein Vater zu sein, hat den Revolver, der dem Leben von López-Cuervo, seinem Vater, ein Ende setzte, aufbewahrt wie eine Trophäe.

Nachtarbeit ist hart, da man den Tag zum Schlafen braucht und für nichts mehr Zeit bleibt. So erlebten es all die Tagelöhner aus den Minen und die Mädchen, die in unserem Lokal ein und aus gingen. Die Trinidad allerdings war nicht wie die anderen. Sie wollte sparen, für ein Leben anderswo, obwohl sie am Ende doch in Paitanás hängenblieb. Klein, aber gut proportioniert, trug die Trini immer Schuhe mit hohen Absätzen, um größer zu wirken. Ich erinnere mich noch an die Nacht, als es so weit war, meinen Plan in die Tat umzusetzen und ich das *Arche Noah* verließ, um sie abzuholen.

»Ich hoffe, er ist mit mir zufrieden, Don Samu«, sagte sie, als wir aufbrachen.

»Du gehörst zu denen, die man schwerlich ablehnt, du wirst schon sehen, es klappt bestimmt.«

Sie schwankte auf ihren Stelzen, obwohl sie es immer beherrscht hatte, darauf zu gehen. Aber sie hatte das gleiche Leuchten in den Augen wie an dem Tag im Lokal, als sie anfing, mir von Alzamora zu erzählen. Ich erfuhr, dass der Gott ihr über den Bauchnabel gestrichen und sie mit allzu irdischen Blicken bedacht hatte. Wie sie mit ihren Absätzen über das steinige Gelände stelzte und dabei die Hüften schwang, hätte man meinen können, sie tanzte. Im *Arche* beklagte sie sich gern darüber, die Verbote der Soutane seien nicht gerecht, Alzamora entgingen dadurch die wenigen Freuden des Lebens. Und dann entfuhr ihr: »Und ich könnte ihn so glücklich machen.« Sofort kam mir die Idee, wie ich davon profitieren konnte. Ich war darauf angewiesen, dass der Gott aufhörte, unser Lokal wegen des Namens zu attackieren, den wir ihm gegeben hatten, und eine Romanze mit der Trini schien mir ein sehr vernünftiger Ausweg zu sein.

Wir passierten die Ecke Calle Serrano, beide untergehakt wie der Großvater, der seine Enkelin begleitet, um ihr eine kindliche Laune zu erfüllen. Als ich die Ojerosa am Fenster erspähte, hielt ich inne. Vorsichtig löste ich meinen Arm von der zarten Trini und bedeutete ihr, weiterzugehen bis zum Platz, damit sie pünktlich bei dem Priester eintreffe. Nicht etwa weil die Herbergsmutter mich mit meiner heiligen Trinidad hätte sehen können, sondern weil ich nicht wollte, dass man die Idylle zwischen der Trini und dem Pfarrer mit meiner Person in Verbindung brachte.

Trini setzte unbeirrt ihren Weg auf der Straßenseite des *Chanchoquín* fort, während ich mich abseits hielt, um zu sehen, was geschah. Ihr Mantel wehte im Rhythmus ihrer Hüften, und, soweit ich es erkennen konnte, reagierte sie nicht auf das Winken der Ojerosa. Also spurtete ich los, einmal um den gesamten Block. Ich nahm die Sargento Aldea und flüchtete mich hinter eine Palme – die einzige, die diese höllischen Trockenperioden überlebt hatte! Dann drückte ich mich im Dunkel weiter bis hinter einen unförmigen Pfefferstrauch. Von meinem Versteck aus lauschte ich erstaunt Trinis Worten und biss mir auf die Lippen, um nicht laut loszulachen. Gerade erklärte sie Alzamora theatralisch, wie sehr sie ihre Sünde bedrücke, und bat ihn, ihr unbedingt und sofort die Beichte abzunehmen. Der Pfaffe kam soeben vom Gesellschaftsklub, wo er bisweilen mit dem Bürgermeister und anderen Würdenträgern zu Abend speiste. Deshalb blickte er auch noch einmal die Calle Prat hinauf, aus Furcht, jemand könnte ihn mit dieser Dame sehen. Trini knöpfte ihren Mantel auf, schlug ihn unter dem Licht auseinander, um gut sichtbar ihre Figur zur Schau zu stellen, nicht ohne sich zerknirscht zu geben. Alzamora strich sich mit der Hand über den Kopf, blickte sich nach allen Seiten um und sagte schließlich: »Tritt ein, mein Kind, tritt ein, bevor uns noch jemand sieht.« Beide verschwanden sie durch die schwere Seitentür der Kirche. Der Gott hatte den Köder tatsächlich geschluckt, mitsamt Haken und Angel, und einen Moment lang konnte ich es gar nicht fassen.

Ich machte mich wieder auf den Weg Richtung *Arche Noah*. Es wurde allmählich kalt, die Wolken begannen sich auf den Boden der Dorfstraßen zu setzen.

Der erste Teil des Plans schien geglückt, aber das Wesentliche fehlte noch. Ich überlegte, ob ich den Bonzen aus erster Hand berichten sollte, was sich soeben zugetragen hatte, doch besann ich mich eines Besseren. Das konnte Alzamora Ärger einbringen. Und obwohl der Pfarrer es redlich verdiente, weil er mir den Krieg erklärt hatte, konnte ich die englischen Bosse, den jungen Oberst, Sohn des Satans, López-Cuervo II, und seine Anhänger noch weniger leiden. Die bemerkten nicht einmal etwas von dem Hass, den die Leute bei der Suppenküche auf dem Markt oder bei der Lebensmittelsammelstelle vor der Gewerkschaft in der Calle Maule inzwischen aufgestaut hatten, während sie mit ansehen mussten, wie die feinen Herren genüsslich die Speisen verzehrten, die man ihnen im Gesellschaftsklub kredenzte. Nichts ließen die sich entgehen! Gott Alzamora duldete wenigstens unsere Mädchen in der Sonntagsmesse und würde zärtlich zu einer von ihnen sein, worin unsere einzige Hoffnung lag.

In derlei Gedanken versunken bog ich in die steinige Straße zum *Arche Noah* ein, als ich plötzlich, auf Höhe des *Chanchoquín*, eine Hand bemerkte, die mir ein Zeichen machte. Es war die Ojerosa, diese arthritische Kuh, die immer noch an der Fensterscheibe klebte auf der Suche nach Klatsch, den sie weitererzählen konnte. Ich hob die Hand, um ihren Gruß zu erwidern, und sie klimperte mit ihren Wimpern wie ein versilberter Schmetterling.

»Hallo«, sagte ich, »wie geht es dir?«

Die Alte deutete auf ihre Ohren. Ich wusste, dass sie mich nicht hören konnte, trotzdem wiederholte ich stur: »Hallo, wie geht es dir?«

So musste die Ojerosa notgedrungen das Fenster öffnen.

»Tut mir leid, aber ich konnte dich nicht hören. Was hast du gesagt?«

»Ich habe dich gefragt, wie es dir geht. Flor erkundigt sich ständig nach dir.«

Es folgte Schweigen. Ihr Verstummen war das Zeichen unserer zukünftigen Feindschaft. Unter meinem eindringlichen Blick entschloss sie sich schließlich doch zu reden: »Wenn sie an mir interessiert wäre, würde sie mich mal besuchen, oder?«

»Stimmt«, erwiderte ich. »Aber Flor ist schon seit fast einem Monat in der Hauptstadt. Sie musste mit der Tita dorthin, wegen des Papierkrams mit der Adoption.«

»Und wie geht es der Kleinen?«

»Sehr gut, danke.«

»Hör mal, Samuel, glaubst du nicht, dass es zu kalt ist, um hier so herumzulaufen?«

»Ja, ja. Eigentlich bin ich nur los, um die Trinidad zu suchen. Du hast sie nicht zufällig gesehen?«

»Doch, doch. Vor einer Weile ist sie hier vorbeigekommen.« Sie hielt kurz inne, um dann die Frage zu wagen: »Du wirkst besorgt. Ist irgendwas passiert?«

»Ach, ich will dich da nicht mit reinziehen, aber ihre Kolleginnen liegen mir in den Ohren, sie habe sich mit Alzamora in seinem Zimmer eingeschlossen. Ich wollte nur nachschauen, ob das stimmt, aber ich trau mich nicht, ihn aufzusuchen.«

Die Ojerosa ließ ihre Wimpernflügel hastig auf und ab flattern. Sie machte große Augen. Darin vermengten sich Erstaunen und Zweifel. Ich kannte ihre Leidenschaft, sich in das Leben der anderen einzumischen, weshalb mich ihr übertriebenes Interesse für diese Neuigkeit nicht überraschte.

»Und du sagst, die Trini, diese Zwergin, befindet sich in diesem Augenblick mit dem Priester in seinem Zimmer neben der Kirche?«

»Ich schwöre, so habe ich es gehört.« Dabei küsste ich mir auf den Daumen und erhob ihn gen Himmel, bemüht, als der frommste Mann des Abends zu erscheinen.

»Das muss ich mit eigenen Augen sehen«, verkündete sie und schnappte sich ihren abgewetzten Mantel, entschlossen, mich zum Platz zu begleiten.

Wir liefen schweigend nebeneinanderher, aber so wie ich die Alte kannte, würde das Schweigen nur von kurzer Dauer sein. Die Nachricht würde sich bald in ganz Paitanás herumgesprochen haben, und zwar noch bevor die Tageszeitungen in die Kioske gelangten. Vor der Seitentür der Kirche blieben wir stehen. Ich warf einen Blick auf die Palme, die in der Mitte des Platzes stand, und auf die Häuser rundum. Das ganze Städtchen schlief. Die Ojerosa wirkte wie ein Gespenst im Nebel. Sie legte das Ohr an die Tür und bat mich unmissverständlich, den Mund zu halten. Sehr bald vernahmen wir Gekicher und Getuschel, dann das Geräusch des Schlüssels im Schloss, und schon öffnete sich die Tür. Die Trini trat zuerst heraus und starrte uns verblüfft an, gab aber keinen Laut von sich. Dann streckte Alzamora den Kopf heraus, um sich von ihr zu verabschieden, und erschrak, als er uns sah.

»Auweia«, murmelte die Ojerosa.

Alle starrten wir uns wortlos an.

»Alzamora, wir beide, du und ich, wir haben noch was zu besprechen«, sagte ich schließlich.

Der Gott schloss die Augen und schüttelte ungläubig den Kopf, dass ausgerechnet ihm so etwas passieren musste. Und bevor die Ojerosa noch etwas hinzufügen konnte, verkündete der Priester, er werde uns am nächsten Tag aufsuchen. Mit diesen Worten blies er das Licht aus.

Die Hunde kläfften wie wild, als sie die beiden Pferde hörten, die vor dem Haus haltmachten. Ich wollte gerade aufbrechen, um das *Arche Noah* zu putzen, als der junge López-Cuervo II mit einem Soldaten auftauchte, der aber draußen wartete. Der junge Oberst der Nationalpolizei machte mir ganz den Anschein, als suchte er Streit – so kannte ich es von seinem Vater. Er trat ein, während Flor hinauseilte, um die Hunde im Patio zu beruhigen. In seinem Gesicht entdeckte ich die hitzigen Züge seines Vaters, nur dass der Sohn sich ein wenig beherrschter, zivilisierter gab. Er ließ den Blick über die Wände in unserem Haus schweifen, wanderte durch das Esszimmer, als gehörte es ihm und als suchte er etwas in längst vergessenen, völlig verstaubten Winkeln. Ich fragte ihn, was zum Teufel er wolle, ob der Grund seines Besuchs der Name des Lokals sei, woraufhin er mir erklärte, er ermittle immer noch im Zusammenhang mit dem Tod von Sofanor und der Inglesa im *Chanchoquín*.

»Wir haben Spuren an der zerbrochenen Vase und an dem Wecker gefunden, und die vom Wecker gehören zweifelsfrei dir«, sagte er.

»Ich habe dir schon erzählt, dass der Wecker einmal mir gehörte. Ich habe ihn an Sofanor verkauft. Da ist es nur logisch, dass Spuren von mir dran sind, aber von der Vase weiß ich nichts.«

»Deshalb habe ich beides ins Labor in die Hauptstadt geschickt. Um Klarheit zu schaffen.«

»Ich sag dir doch, damit habe ich nichts zu tun.«

»Das werden wir ja sehen.«

Er blickte durch den Flur zu der Tür, hinter der sich die

Tita befand. Dann wanderte er wieder eine Weile im Esszimmer auf und ab, legte nachdenklich die Finger ans Kinn. Er wollte den entscheidenden Beweis zur Lösung des Falls unbedingt im Umfeld seines Verdächtigen finden – und der war nun mal ich. Später kam Flor hinzu und bot ihm ein Bier an, doch López-Cuervo II lehnte ab mit der Begründung, er befinde sich im Dienst – also musste ich es trinken.

»Na schön«, sagte Flor entschlossen, »Sie glauben also tatsächlich, dass der Mörder ein befreundetes Paar umbringt und dann sein Töchterchen adoptiert?«

»Tut mir leid für Sie, Señora Flor, aber solange nicht das Gegenteil bewiesen ist, bleibt Ihr Mann unser Hauptverdächtiger.«

»Wenn Samu etwas damit zu tun hätte, wären Sie schon längst dahintergekommen.«

López-Cuervo II hörte die Hunde bellend an der Tür zum Patio kratzen, und dorthin lenkte er seine Schritte. Nachdem er die dünne Gardine vor dem Fenster am Ende des Flurs beiseitegeschoben hatte, fragte er: »Warum haben Sie so viele Hunde?«

»Weil ich sie mag«, beeilte Flor sich zu sagen.

Ich warf einen Blick aus dem Esszimmerfenster. Der Soldat, der draußen mit einem Karabiner über der Schulter wartete, wischte sich die Stirn mit dem Ärmel seines Uniformrocks ab, die typische Geste eines Mannes, der eine solche Hitze nicht gewöhnt war. Ich folgte seinem Blick: Er sah den Schatten eines Aasgeiers an seinem Pferd vorbeihuschen, was ihm nicht geheuer war. Ich öffnete die Tür.

»Vorsicht!«, rief ich ihm zu. »Wenn dich sein Schatten berührt, bringt es dir für die nächsten zehn Jahre Unglück.«

Der junge Soldat starrte mich entsetzt an.

»Es ist das erste Mal, dass ich so einen Vogel sehe.«

»Ach ja? Prächtige Dinger«, sagte ich, nur um etwas zu sagen. »Sie ähneln dem Kondor.«

Darüber redeten wir gerade, als López-Cuervo II, mich kaum eines Blickes würdigend, zur Tür schritt und den Soldaten anherrschte: »Stillgestanden!«

»Jawohl, Señor!«, antwortete er.

»Ich habe Sie mitgenommen, damit Sie mir Rückendeckung geben, und nicht, damit Sie sich sonnen und mit den Leuten plaudern.«

»Jawohl, Señor!«, wiederholte er.

»Und knöpfen Sie sich den Uniformrock zu, Soldat!«

Dann wandte sich López-Cuervo II an mich. »Verfluchter Gauner! Ich kann nur für dich hoffen, dass du nichts damit zu tun hast, denn wenn doch, ist die Einzige, die darunter leiden wird, die Señora Flor.«

»Keine Sorge, mein lieber Cuervo«, gab ich zurück. »Wenn der Mörder mit einem meiner Mädchen ins Bett geht, gebe ich dir Bescheid!«

»Du spielst den Witzbold, aber ich finde das gar nicht komisch. Ich werde dich im Auge behalten. Hast du mich verstanden?«

»Aber sicher«, erwiderte ich.

In dem Moment spiegelte sein Gesicht etwas wider, das ich nur schwer zu deuten wusste. Es war nicht der Satansblick des Vaters, den ich in den Augen des Sohnes erkannte, auch nicht die Herablassung gegenüber dem Soldaten aus der Hauptstadt, sondern etwas weitaus Schrecklicheres. Wofür zum Teufel hielt sich dieser Schnösel! Ich hätte meinem Freund niemals etwas antun können, auch wenn er als Tor geboren wurde und als Narr starb, Benito! Flor bat mich, ihm keine Beachtung zu schenken, er sei ein verwöhntes Bürschchen und so weiter. Aber ich wusste, dass er nicht lockerlassen würde, bis er mir irgendetwas anhängen könnte. Alzamora verbreitete das Gerücht, López-Cuervo II habe Verbrechen aufgeklärt, die seit Jahrzehnten in den Archiven lagen, er habe sie entstaubt, sich ans Werk gemacht und am Ende den Schuldigen überführt. Aber die Leute wussten auch, dass der Sohn des Satans sich gern vor den Frauen brüstete, um sein ödes Leben mit einer geheimnisvollen Aura zu umgeben, oder vielleicht auch auf der Suche nach Anerkennung aus der Hauptstadt.

Ich hätte ganz ruhig sein können, da ich nichts verbrochen hatte, doch die Art, wie López-Cuervo II sich verabschiedet hatte, ließ mich manchmal aus dem Schlaf hochschrecken. In solchen Momenten sah ich Petronila mit einem Gegenstand in den Händen zurückkehren, den ich nicht mehr sehen konnte, weil ich die Augen öffnete. Vielleicht kannte López-Cuervo II die Geschichte meiner

Petronila und wusste, was mir sein Vater knapp zwanzig Jahre zuvor angetan hatte, oder eine göttliche Erleuchtung von Alzamora hatte ihm verraten, was er hier in Paitanás finden konnte, nämlich den Mann, der in Valparaíso seinen Vater in den Tod geschickt hatte. Womöglich hatte er eins und eins zusammengezählt und vermutete, dass Sofanor und ich etwas über diese Kugel wussten, die dem Dreckskerl die Stirn durchlöchert hatte. Natürlich hatte ich eine Kugel für ihn reserviert, als Rache, aber Sofanor war mir zuvorgekommen. Obwohl der Satan bestimmt gewusst hatte, von wem diese besondere Auszeichnung mitten in die Stirn eigentlich kam … Dieser Dreckskerl hatte sich tatsächlich noch erdreistet, zu behaupten, er habe sich in das Mädchen verliebt und nie beabsichtigt, ihr weh zu tun. Das war das Letzte gewesen, was er gesagt hatte, um Vergebung heischend, jedoch ohne Erfolg. Wie das Leben sich doch im Kreis dreht, Benito. Jahre später betrachtete der Sohn des Satans das Bett, auf dem die Inglesa lag, und untersuchte ihren Hals, um zu sehen, ob jemand sie erwürgt hatte. Sofanor lächelte mit dem Loch in der Stirn beim Anblick dieser unfreiwilligen Ironie des Schicksals. Über ihm zeigte ein Fleck an der Wand an, dass aus wenigen Metern Entfernung auf ihn geschossen worden war, doch sein Revolver, der Jahre zuvor geblitzt hatte wie Kristall, steckte festgehakt an seinem Zeigefinger. Es war derselbe Revolver, aus dem die Kugel stammte, die seinen Vater getötet hatte, derselbe Webley Mark, Kaliber .38, derselbe, Benito, mit dem du als Kind spielen wolltest.

López-Cuervo II, dieser verfluchte Lump, war ganz versessen darauf, mir die Toten anzuhängen. Irgendein Hinweis zu dem, was 1920 in Valparaíso passiert war, muss ihm in die Hände gefallen sein. Und obwohl meine Flor mich beruhigte mit dem Argument, diese Geschichte mit Petronila sei längst in Vergessenheit geraten, hegte ich den Verdacht, dass die Aufdringlichkeit des Satanssohnes bereits ein Fingerzeig auf die begrenzte Zeitspanne unseres Erdendaseins war.

Ich zitterte mehr als die Toten, die unseren Boden erschüttern.

López-Cuervo II hatte die Ergebnisse erhalten und versicherte mir, dass es einen Abdruck meines Daumens auf einer Scherbe der zerbrochenen Vase gebe. Anfangs wusste ich nicht, ob ich ihm glauben sollte oder nicht. Aber mir blieb nichts weiter übrig, als ihn aufs Kommissariat zu begleiten, wo man mich weiter über die Art meiner Beziehung zu dem ermordeten Pärchen verhörte. Meine Polizeiakte aufgeschlagen vor sich auf dem Tisch, eröffnete ein Orang-Utan das Verhör. Zwischen Sofanor und der Inglesa bestand eine Anziehungskraft, die bei einigen von uns Neid erzeugte. Sie brauchten sich die Dinge nicht zu sagen, sondern kommunizierten im Schlaf oder im Wachen über Ultrakurzwellen wie die Satelliten. Doch die elektrische Ladung dieser Wellen war zu stark, weshalb es, so glaube ich, zu Kurzschlüssen kam. Die Blicke endeten im Streit, und darin bestand ein gewisses Einvernehmen zwischen beiden, als könnten sie anders nicht leben. All das sagte ich ihm ganz langsam, damit er mich verstand, aber er hörte mir überhaupt nicht zu. Er stellte mir immer wieder die gleiche Frage, um mich zu ermüden, damit ich gestand, dass ich mich durch das Fenster ins *Chanchoquín* eingeschlichen und Sofanor und die Inglesa getötet hätte, um ihnen das Geld und den Schmuck ihres letzten Einbruchs zu stehlen. Er war bemüht, Widersprüche in meiner Aussage aufzudecken, die kleinste Ungereimtheit reichte. Anschließend stellte López-Cuervo II mir erneut die Frage, was ich an dem Tag gemacht hätte, wo ich gewesen sei, ob ich ein Alibi vorweisen könne.

Noch in der Woche des Verhörs, ich weiß nicht mehr, ob morgens oder abends, rannte die Ojerosa aufs Polizeirevier, um mit López-Cuervo II zu sprechen. Mit vor Entsetzen bleichem Gesicht und zerflossenem Make-up, das ihr bis über den Hals rann, flehte sie ihn an, sofort zur Kirche zu kommen. Gott Alzamora habe einen wichtigen Hinweis für seine Ermittlungen. Er versichere, die Lorenzona sei am Abend zuvor in der Kirche gewesen und habe ihn dort festgehalten, oder so ähnlich, und der Inhalt des Gesprächs habe sich um das tote Pärchen gedreht.

Die Lorenzona war ein merkwürdiges Weib. Sie hatte strohiges Drahthaar wie ein Maultier und wer ihr begegnete, wich ihr aus oder wich zurück, als sei diese Fremde ein gefährliches Raubtier. Alle zwei Monate tauchte sie bei Antonio Wasaf auf, dem Besitzer eines Ladens, in dem fast alle Maultiertreiber aus der Umgebung von Paitanás ihre Lebensmittel und Munition kauften. Wer sie sah, ging davon aus, dass sie auf dem Weg dorthin war. Diesmal habe sich das schlampig gekleidete Weib allerdings nach Sofanor erkundigt. Ganz in der Nähe der Palme auf dem Platz sei sie vom Pferd abgesprungen, zu dem Wasserbecken vor der Kirche gegangen und habe jeden angesprochen, der ihr über den Weg lief, ohne jedoch eine befriedigende Antwort zu erhalten. Die Ergebnisse der Autopsie seien noch nicht aus der Hauptstadt eingetroffen, erklärten ihr die Leute, überrascht, dass sie plötzlich aufgetaucht war. Mit ihrer dröhnenden Mannweibstimme, dem Kopftuch, unter dem das im Nacken zusammengebundene Haar zum Vorschein kam, und ihrer unwirschen Art gegenüber jedem, der sie anglotzte, jagte sie fast allen Ortsbewohnern Angst ein.

Sie habe auf dem Rand des Wasserbeckens gesessen, sagte die Ojerosa weiter, und aufs Wasser gestarrt, in dem sich noch nicht die Sterne spiegelten. Ihre Kleidung sei völlig verstaubt gewesen, was davon zeuge, dass sie einen langen Ritt hinter sich hatte. Sie habe den Mund unter den Wasserstrahl gehalten, um zu trinken, und sich dann das Gesicht erfrischt.

Es hieß, die Lorenzona schwinge sich mit einem Satz aufs Pferd und sei die geborene Räuberbraut. So innig sei sie mit der Wüste, ihren Stollen, Bergen und Pfaden verwoben, dass sie dort immer Zuflucht finde. Ich glaube, sie war selbst erstaunt über ihren Ruf. Den wahren Kern dessen, was ich dir hier erzähle, Benito, haben die Leute bis zur Unglaubwürdigkeit übertrieben, und die Mütter machten sich die Berühmtheit der Lorenzona zunutze, indem sie ihren Kindern drohten: Wenn du den Teller nicht leer isst, sage ich der Lorenzona, sie soll kommen, dich auf ihr Pferd packen und in ihre Räuberhöhle verschleppen. Die Kinder rannten ängstlich nach Hause, sobald sie nur die Staubwolke sahen, die ihr Pferd aufwirbelte.

An jenem Abend aber verschwand sie nicht spurlos, sondern kehrte nachts zurück. Angeblich hatte sie an der Seitentür der Kirche gepocht. Und kaum hatte Alzamora die Nase herausgestreckt, da wurde er schon von dem Mordsweib hineingestoßen, das mitsamt Pferd eintrat. Im Innenhof band sie es an einem Weinstock fest. Dann zog sie den Säbel aus dem Futteral, das sie am Gürtel trug, und sagte, sie würde ihm nichts zuleide tun, wenn er ihr nur ein paar Fragen beantworte. Der Pfarrer lud sie freundlich, aber kühl zu einer Fischsuppe ein, er schien unbeeindruckt von der Gegenwart jener Räuberbraut. Die Leute fanden das Auftreten Alzamoras mutig, aber nur wenige wussten, dass eine gewisse Vertrautheit zwischen ihnen bestand, denn diese Frau hatte ihm bei mehreren Gelegenheiten Kräuter zweifelhaften Ursprungs besorgt. Was die Lorenzona nicht wusste, war, dass die Trinidad in eine Decke gehüllt unter dem Bett lag und beobachtete, wie das Mannweib sich ständig über den feinen Bartflaum strich. So hat es mir, wenn ich mich recht erinnere, die Trini erzählt. Alzamora nahm den Topf mit der Fischsuppe. Sobald er den

Teller gefüllt hatte, reichte er ihn unterwürfig seinem unverhofften Gast. Die Lorenzona zeigte sich besonders interessiert daran, zu erfahren, wie Sofanor und die Inglesa umgekommen waren. Der Pfarrer erzählte ihr alles, was er wusste, woraufhin sie gegen die Frau mit den grünen Augen wetterte.

»Ich habe ihn gewarnt, diese Hure würde ihn umbringen!«, zeterte die Lorenzona.

Anschließend brach sie vor dem Pfarrer zusammen. Sie gestand ihm ihre besondere Freundschaft zu Sofanor und dass sie ihn in seinem Kummer getröstet habe, als die Inglesa ihn wegen eines anderen aus ihrem Land habe sitzenlassen. Doch offenbar brachte unser geliebter göttlicher Verirrter nichts Genaueres über die Beziehung ans Tageslicht, die die Lorenzona die Nerven verlieren ließ.

Dieser skandalöse Vorfall, der die gesamte Atacamawüste in Aufregung versetzte, sicherte mir die Freiheit. Im Wissen, dass die Lorenzona sich rühmte, eine ausgezeichnete Schützin zu sein, mit dem Karabiner wie mit der Pistole, richtete López-Cuervo II seine Ermittlungen fortan auf sie. Der Mord im *Chanchoquín* blieb damit vorläufig ungesühnt. Denn die Lorenzona hatte einen Unterschlupf im Olivenhain des Huasco-Tals, und noch einen in den steilen, steinigen Bergen und einen weiteren hinter dem Friedhof, doch der wichtigste war eine Höhle an der Stelle, wo sich jetzt die Ortschaft Baquedano befindet. Dort entdeckte López-Cuervo II ein mit Pech und Gestrüpp verdecktes Loch. Er drang in den eineinhalb

Meter hohen Gang vor, der sich dahinter verbarg und bald immer breiter wurde. Es hieß, diese Höhle sei auf natürliche Weise entstanden, andere behaupteten hingegen, sie sei einst von Goldsuchern ausgehoben worden, doch der Sohn des Satans fand nur einen kleinen Petroleumherd vor und eine Truhe mit Stofflappen und Schaffellen, die das Weib als Bett benutzte. Anschließend durchkämmten López-Cuervo II und seine Männer die Olivenhaine in der Nähe von Huasco und starteten dort eine minutiöse Untersuchung, doch alle Mühe war vergebens.

»Die Situation ist untragbar!«, schimpfte López-Cuervo II.

Die Leute gaben an, die Lorenzona sei in Paitanás geblieben, als Bettler oder als Mann verkleidet, um keinen Verdacht zu erregen, aber López-Cuervo II wusste, dass das unsinnig war, denn das Dorf war nicht groß genug, er hätte Wind davon bekommen. Er verstand nicht, wie dieses Weib, das wuchtig war wie ein Walfisch, unbemerkt bleiben konnte. Obwohl ihr Aussehen und ihr Ruf die Menschen in Angst und Schrecken versetzten, kam nie heraus, dass sie irgendein Verbrechen verübt hätte. Irgendwie schaffte sie es immer, dass die Krieger, die Strolche mit den Sandalen oder andere Fremde falsche Auskünfte über ihren Verbleib erteilten: Suchte man sie an diesem oder jenem Ort, hielt sie sich immer gerade ganz woanders auf.

Iquique, 1953

»Und warum hast du ihr nicht einen Tritt in den Arsch versetzt, Tita?« Sie zuckte mit den Schultern und gab mir zu verstehen, dass die Direktorin sie noch nie so behandelt habe. Flor erklärte mir, die Tita hege gegenüber der Frau großen Respekt, wenn nicht gar Angst und so weiter. Deine Mutter war sehr temperamentvoll, Benito, bisweilen überforderte mich ihre überbordende Energie. Und nun das: Als sie sich mit der Direktorin auseinandersetzen sollte, hatte es der kleinen Teufelin plötzlich die Sprache verschlagen, und sie flog von der Schule.

Flor hatte sich schon länger mit dem Gedanken getragen, Paitanás zu verlassen und die Tita auf eine Schule in Iquique zu schicken. Nur die Hunde hielten sie zurück. Wenn sie auch von unserer Schotterstraße schwärmte, die sich in der endlosen Wüste verlor, sich je nach Tageszeit und Einfall des Sonnen- oder Mondlichts orange oder weiß färbte und morgens in sanfte Blautöne getaucht war, war Flor es doch leid, in einem Dorf zu leben, das sich des Nachts in ein Schlachtfeld der größten Maulhelden verwandelte, in dem an manchen Tagen nicht einmal mehr das Gesetz des Urwalds galt. Die Liebe deiner Großmutter zu unserem Ort endete spätestens, wenn die Flaschen bis auf den letzten Tropfen geleert waren und ich die Kerle aus dem *Arche* rausbefördern musste, damit sie sich einander nicht unter meinem Dach den Bauch aufschlitzten.

Ich wollte nicht, dass die Tita eine Kindheit erlebte wie meine, also stimmte ich zu, dass deine Mutter im Alter von sechs Jahren auf das *Iquique English College* kam. Ihre Lehrerinnen waren hingerissen von ihrer »fast britischen Schönheit«. Jedes Mal wenn sie sich über Titas Gesichtszüge wunderten, erklärte Flor, ihr Vater – ihr Vater! – habe englisches Blut. Gleich nach einem Monat mussten sie die Tita in die zweite Klasse versetzen. Es gehört sich zwar nicht, wenn ich das sage, aber die Kleine wusste schon alles, was man ihr beibringen wollte, denn meine Frau, die ihr immer alle Zeit der Welt widmete, hatte mit ihr diese Methode gepaukt, die sie das »hispanoamerikanische Silbensystem« nennen und von der die Lehrer ständig redeten, um die Chilenen zu alphabetisieren. Daher war ich ja auch so überrascht, als man die Tita der Schule verwies.

Ich weiß nicht, warum ich glaubte, die Lehrerin habe von ihrer wahren Herkunft Wind bekommen. Jedenfalls nahm ich den nächsten Zug von Paitanás nach Iquique, was fast eine Tagesreise bedeutete. Ich hatte mich für diese Fahrt ordentlich mit Papier, Stiften und anderen Utensilien eingedeckt. Auch ein paar Hunde für meine Frau hatte ich aufgetrieben und mitgenommen. Und wie ich so eingehüllt in den Geruch nach Radiergummi und Papier war, betrachtete ich durch das Abteilfenster die

Mondlandschaft und träumte von einer besseren Welt für unser Mädchen. Gleichzeitig meinte ich, die schwarzen Schwingen eines Aasgeiers auszumachen, der hoch oben am Himmel kreiste, und wandte rasch den Blick ab.

Ich habe dir noch nicht erzählt, Benito, dass ich bei der alten Elmira aufgewachsen bin, der Besitzerin des Kiosks, die uns mit dem Verkauf von Zeitungen und Illustrierten, die sie alle drei Monate geliefert bekam, von Bleistiften, Bonbons und Zigaretten über Wasser gehalten hat. An dem Tag, als sie mich bei sich aufnahm, hatte ich Fieber und glich einem räudigen Straßenköter. Sie schaffte mich, der ich nur noch aus Haut und Knochen bestand und von Durchfall geplagt war, zur Krankenstation, wo sie der Arzt beschimpfte, was ihr einfiele, mich in diesem Zustand herzubringen. Ich muss wohl übel dran gewesen sein, denn er gab ihr zu verstehen, dass ich es nicht mehr lange machen würde. Aber am Ende habe ich das Ganze doch überstanden, weil ich nur an einer Magenverstimmung litt – das zumindest hat mir die alte Elmira erzählt, von der ich als Kind schreckliche Prügel bezog, aber da sie mir zu essen gab, bin ich immer wieder zu ihr zurückgekehrt. Sie rechtfertigte die Prügel damit, dass regelmäßig ein Teller Essen für mich auf dem Tisch stand. Ich bin also, wenn du so willst, in einer Hängematte in einem Kiosk großgeworden, die die Alte hinter einer Stellwand mit Lutschern, Kaugummis, Bleistiften, Heften und Karamellbonbons befestigt hatte. Immer ordentlich in Decken gehüllt und in der Nähe des Kohleofens, den die Kioskbesitzerin anzündete, um den Teekessel warm zu machen. Aber das gehört zum Friedhof der Erinnerungen, das Ganze hat ja nichts mit Titas ersten Schuljahren zu tun.

»Warum hast du der Direktorin nicht einfach einen Tritt versetzt?«, fragte ich sie also. Aber die Kleine wusste keine Antwort und zuckte nur mit den Schultern. In der Schule hatte dieser Wildfang offenbar einen Wandel durchgemacht, der mir entgangen war. Da blieb sie brav auf dem Platz sitzen, den die Lehrerin ihr zuwies, konnte lange Zeit völlig konzentriert an Ort und Stelle ausharren und erhob sich erst, wenn die Direktorin es ihr auftrug. In jenen Jahren stellte die Regierung eine bestimmte Menge an Material zur Verfügung, das von den Schulen eifersüchtig verwaltet wurde. Und es war üblich, dass ein Schüler jeder Klasse die Bögen verwaltete und bei Bedarf an die Klassenkameraden austeilte. Diese Aufgabe war der Tita anvertraut worden. Doch ihre Kameraden rissen ihr das Papier jedes Mal aus der Hand, spielten damit, verlangten neues. So kam es, dass nach dem ersten Halbjahr das Papierfach bereits leer war. Die Lehrerin konnte sich den Vorfall nicht erklären, und als sie die Klasse fragte, was sie mit dem Papier angestellt hätten, zeigten alle auf Tita. Die Direktorin begleitete sie nach Hause, sie wollte wissen, ob Tita das Papier gestohlen habe, und dachte, vor der Mutter würde das Kind nicht wagen zu lügen. Flor öffnete die Tür, bat sie herein und musste sich eine Weile um die Hunde kümmern, die kaum zur Ruhe zu bringen waren – auch in Iquique las meine Frau streunende Hunde von der Straße auf. Die Direktorin nutzte den Augenblick, um Titas Zimmer zu betreten, wo sie nicht nur eine Unmenge an Papier, sondern auch Stifte, Lineale und Tafeln entdeckte. Als Flor ins Esszimmer zurückkehrte, hatte die Direktorin das Haus bereits zusammen mit dem Mädchen verlassen. Tita konnte nicht klarstellen, dass ich jedes Mal voll beladen mit Papier, Stiften, Linealen, Tafeln und einer Menge anderer Dinge für sie und ihre Mama anzureisen pflegte, denn die Frau hatte ihr Urteil bereits gefällt: Tita galt als Lügnerin. Unsere Kleine war derart erschüttert darüber, dass sie verstummte und keine Anstalten machte, sich zu verteidigen. Als Flor sie an jenem Nachmittag von der Schule abholte, um mit der Direktorin zu reden, fand sie die Tita, über ihrem Pult zusammengesunken, ganz allein im Klassenzimmer vor. Sie war wegen dieses Zwischenfalls der Schule verwiesen worden.

Flor ging die Dinge stets frontal an und meldete die Tita kurzerhand an einer anderen Schule an.

»Die Direktorin hat dir unrecht getan, aber von jetzt an wird dich keiner mehr verleumden, meine Kleine. Jetzt wirst du eine nettere Lehrerin und nettere Klassenkameraden bekommen.«

Die Aufregung vom Vortag legte sich mit meiner Ankunft. Kaum hatte Tita mich von weitem entdeckt, rannte sie mir entgegen bis zur Straßenecke und warf sich mir in die Arme. Wir gingen an den Strand, wo sie mit Hingabe Muscheln und andere Dinge sammelte, die das Meer angespült hatte. Sie füllte eifrig Flors, ihre und meine Taschen damit, als ein heruntergekommenes, verspieltes Hündchen herausfordernd um sie herumsprang. Später folgte es uns auf dem Bürgersteig bis zum Markt. Als Flor sah, dass niemand es holen kam, untersuchte sie seine Ohren und Pfoten wie eine echte Tierärztin und band ihm eine dünne Leine um den Hals.

»Eines Tages, wenn wir am wenigsten damit rechnen, werden sie sich noch zusammenrotten und uns aus dem Haus jagen«, warnte ich sie kopfschüttelnd.

»Du irrst dich, Samu. Solange sie nicht kochen lernen, sind wir sicher«, verteidigte Flor kichernd ihre Tierliebe, für die sie allenthalben nur Unverständnis oder gar Missbilligung erntete.

Paitanás, nach Samus Tod 1974

Tagelang habe ich diesen Trauermarsch vernommen, ohne zu wissen, dass einige unter der Erde mit ihren Geisterfüßen stampften und manch einer von uns umherirrte, um die Leere zu füllen. Tag für Tag bin ich durch die Luft gestreunt, die ich früher atmete, unter der unerbittlichen Sonne, ohne sie noch zu spüren. Und zwar, seit ich wusste, dass du, Titas Sohn, zur Welt gekommen warst und in einer anderen als deiner eigenen Familie aufwuchst – aber du hast, schlau wie dein Großvater, den Verrat gleich gerochen. Ich durchquerte die Wogen des Pazifiks, dem trotz seines Namens nichts Friedliches anhaftete. Die Musik des Trauerzugs begleitete mein Treiben.

Nach und nach verließen die Menschen Paitanás, die Füße müde von der Last der Resignation. Immer mehr Salpeterbüros schlossen ihre Pforten, entließen die gesamte Belegschaft, die mit ihren Familien auf der Straße landete, und die Leute mühten sich zu Tode, um einen Posten zu ergattern.

Einige Hunde blieben kläffend zwischen den Trümmern zurück. Manchmal träume ich noch vom *Arche*, wie es wieder auftaucht aus den sandigen Wogen unter einem tiefblauen Himmel. Ich sehe das schummrige Licht der roten Glühbirnen und höre das Stimmengewirr und das Lachen der Frauen, das die romantische Melodie, die das Grammophon abspielt, verstummen lässt. Dieses Grammophon – beschlagnahmt wegen des Tötungsbefehls. Das du wenige Tage, bevor dich der Tod ereilen sollte, gekauft hattest, Sofanor, um unser in der Wüste gestrandetes Schiff mit Musik zu erfüllen. Die Ironie dieser Ereignisse machte mich rasend. Es gab Zeiten, da hätte ich etwas tun können, um dich aufzuhalten, aber irgendwann hatte ich einfach resigniert und deine krankhafte Gier nach den Truhen mit dem Kupferverschluss hingenommen.

Ich sage dir, Benito, dass auch ein Toter manchmal, wenngleich es ihm nicht gestattet ist, etwas anderes zu tun als der Stille zu lauschen, mit einem gewissen Groll auf die Welt blickt, müde vom schlechten Schlaf in seinem unbequemen Bett, eben jener Grube, in der sie auch die Tita, Carmelo und so viele andere verscharrt haben.

Manch ein toter Kumpel setzt einen Fuß auf den Boden, als wollte er sich vergewissern, dass die Erde noch steht, tastet sich Schritt für Schritt voran, angelockt von den festlichen Rhythmen der Trommeln, Becken und Trompeten, die Jahr für Jahr zum Nationalfeiertag aufspielen. Als wollte er das begangene Unrecht wettmachen, tanzt er wie besessen drauflos, hält nicht eine Minute inne, wirbelt mit den Schuhen den Staub auf, denn die Lebenden werfen Schatten zum Beweis ihrer Lebensfreude. Als Zeuge so vieler zerstörter Umarmungen, nach so vielen stillen Stunden, die er seit seinem zu frühen Tod verbracht hat, erliegt er nun der Versuchung, das Irreale zu erfinden, endlich erklären zu wollen, was er nie ausgesprochen hat, eine Begegnung mit einem Verwandten herbeizuführen, so wie ich es mit dir getan habe, um dir diese Geschichte, unsere Geschichte zu erzählen.

Auch wenn sie bemüht sind, unsere Spuren zu verwischen, bleiben mir Erinnerungen, verdammt noch mal, mein Leben als lateinamerikanischer Waisenjunge sollte an irgendeiner Stelle deines Romans auftauchen, Benito. Die Geschichte von uns armen streunenden Hunden, die wir im Dreck aufwuchsen. Hier in Chile war selbst der Unabhängigkeitskämpfer Bernardo O'Higgins ein Bastard. Als Beispiel reicht schon dein Großvater Sofanor. Mit Sofanor wollte die Person, der er sein Leben verdankt, wohl nie über die Angelegenheit reden. Falls einer Bescheid wusste, habe ich jedenfalls nie etwas davon mitbekommen. Mir war nur bekannt, dass Sofanor aus der Klosteranstalt, in der er aufwuchs, geflohen war, nicht ohne vorher den Revolver zu stehlen, den der Priester im Schreibtischfach aufbewahrte. Diesen blitzblanken Webley Mark VI mit silbernen Kugeln hatte der berühmte Gewerkschaftsführer und Gründer der Kommunistischen Partei, Luis Emilio Recabarren, aus Deutschland mitgebracht. Bis er bei Sofanor landete, war er allerdings durch mehrere Hände gewandert. Man erzählte sich, dieser Revolver sei der Untersuchungskommission auf unerklärliche Weise abhanden gekommen. Mein Freund sann leidenschaftlich auf Rache, deshalb jagte er dem Satan

López-Cuervo in Valparaíso eine Kugel in den Schädel. Erst zwanzig Jahre später tauchte der Revolver, aus dem diese Kugel stammte, wieder auf – an Sofanors Zeigefinger, nachdem jemand ihm die Stirn durchlöchert hatte. Du könntest deinen Roman an dieser Stelle enden lassen, Benito. Ich erzähle dir die Geschichte, die dahintersteckt, sie sollte aufgeschrieben werden. Du kannst sie um den Raubüberfall auf das englische Schiff ranken oder um den Tod von Sofanor und der Inglesa, aber diesen deutschen Revolver darfst du nicht weglassen. Er ist das Herzstück. Genauso wie im Laufe deiner Erzählung noch eine weitere Person in Erscheinung treten muss.

Wie so viele träge Menschen habe auch ich den Versuch unternommen, zu schreiben. Ich habe mich bemüht, die Geschichte des Dichters José zu Papier zu bringen, der im Jahr 1931 inhaftiert und ins Meer geworfen wurde. Wie in Trance hämmerte ich das, was er erlebt hat, in die Tasten der Underwood-Schreibmaschine. Damals huldigte man dem Satan López-Cuervo. Die Zeitungen feierten seinen Mut, den er bei der Besetzung von Talcahuano bewiesen hatte, wo er an der Spitze des Regiments Chillán den Platz stürmte. Bevor Sofanor ihm den roten Orden seiner Rache an die Stirn heftete, war López-Cuervo Militärattaché der Chilenischen Botschaft in Italien gewesen, während der glanzvollsten Regierungszeit Mussolinis. Nach dem Mord an der Petronila hielt sich der Satan also in Italien auf, was erklärt, warum wir ihn nicht finden konnten. Dort muss etwas vorgefallen sein, weshalb er vorzeitig zurückkehrte und sich in Valparaíso niederließ. Sein Sohn López-Cuervo II trat schließlich in seine Fußstapfen und spezialisierte sich auf Ermittlungen in Mordfällen. Am Tag des Mordes an Sofanor und der Inglesa setzte er sich auf das Bett, auf dem die Tote inmitten der Blütenblätter lag. López-Cuervo II nahm den glänzenden Revolver an sich, von dem Sofanor sich so gut wie nie getrennt hatte. Denselben Webley Mark VI, Kaliber .38, Benito, der sich jetzt in deinem Besitz befindet.

Iquique, Mai 1939

Als die Lorenzona die drei Pferde hinter einem Stapel Fässer zur Ruhe gebracht hatte, trennten sich Sofanor und die Inglesa. Die Lorenzona beobachtete, wie die Inglesa ohne Scheu den Lichtern am Kai entgegenschritt. Als die Matrosen sie kommen sahen, fingen sie an, um ihre Gunst zu buhlen, riefen ihr Komplimente zu, Sprüche, die sie mit einem Lächeln beantwortete, ihrem verführerischsten Lächeln. Dann schwenkte die Lorenzona, als Piratin verkleidet, ihr Taschentuch. Das war das vereinbarte Zeichen für Sofanor, der sich sogleich mit einem mehr protzigen als scharfen Messer im Mund über das Seil, mit dem der Kahn an Land festgebunden war, an Bord hangelte. Die Lorenzona bemühte sich im Rahmen ihrer Möglichkeiten, die Inglesa freundlich zu behandeln, denn Sofanors Wort war ihr heilig, aber sie vertraute ihr nie.

»Diese falsche Schlange, eines Tages wird sie dich umbringen, weil du solch ein Trottel bist!«, warnte sie Sofanor düster.

Mein Freund fühlte sich der Lorenzona innig verbunden. Und bei der Verteilung der Beute hatte er die Neigung, sie leicht zu bevorzugen, was die Inglesa rasend machte. Das gute Verhältnis zwischen der Alten und Sofanor war ihr ohnehin ein Dorn im Auge. Und so ließ auch sie keine Gelegenheit aus, ihre Nebenbuhlerin vor Sofanor zu verunglimpfen.

»Ich ertrage sie nicht länger als fünf Minuten an meiner Seite. Die Alte stinkt. Ich verstehe nicht, wie du dich von ihr umarmen lassen kannst. Mich würde ihr Gestank umbringen, ich würde daran ersticken.«

Sofanor versicherte ihr, dass man die Lorenzona brauchte. Keiner kenne die Fluchtwege in die Berge so gut wie sie. Ihr Orientierungssinn in der Wüste sei beneidenswert. Doch blind vor Eifersucht, verschloss sich die Inglesa jeder Erklärung, sie war wie besessen von dem Gedanken, der vertraute Umgang, den die beiden pflegten, müsse daher rühren, dass sie irgendwann einmal etwas miteinander gehabt hätten.

Aber zurück zu dem Schiff, wo Sofanor sich wie ein Affe an einem Seil vorwärtshangelte. Von seinem Versteck an Deck aus verschaffte er sich einen Überblick und musste zugeben, dass der Klipper ein echtes Schmuckstück war. Geduckt wartete er auf das nächste Zeichen. Die Inglesa verwickelte einen der Matrosen mit ihrer strotzenden Weiblichkeit von Land aus in ein Gespräch. Sofort sprangen die anderen Besatzungsmitglieder in ihren Kajüten auf und traten, obschon müde von der täglichen Routine, hinaus, um nachzusehen, was los sei. Die Inglesa sorgte dafür, dass ihr Gesicht unter einer Laterne aufs Beste ausgeleuchtet war, damit niemandem das strahlende Grün ihrer Augen entging. Provokativ wickelte sie sich ein paar

Strähnen ihrer sorgfältig gebürsteten Haare um den Finger und hörte nicht auf, den angestachelten Matrosen zuzulächeln. Als sie sich sicher war, dass alle an Deck auf sie konzentriert waren, schwenkte sie kokett ihr Taschentuch wie die Mädchen beim Volkstanz. Das war das Kommando, auf das Sofanor gewartet hatte. Er warf kurz einen Blick hinüber zu den von der Schönheit seiner Geliebten verzauberten Geiferern und robbte dann, einen Leinensack auf dem Rücken, zum Heckraum. Er richtete sich auf und blieb für einige Sekunden reglos stehen, um den Blick auf den Ankerplatz und die Anhöhe dahinter zu genießen, ein traumhaftes Panorama. Dann nahm er rasch die Stufen, die nach unten zu den Kajüten führten. Mit dem Webley Mark VI in der Hand durchsuchte er routiniert die kleinen Schubfächer und ließ kleine Schätze in seinen Sack gleiten.

Unterdessen legte die Inglesa, immer noch lächelnd, eine Hand an die Taille und schwatzte mit den Matrosen darüber, wie schön die Nacht sei und erkundigte sich, was sie auf dem Schiff geladen hätten. Die Männer traten über den Steg auf sie zu, umringten sie und erfanden Heldengeschichten, um sich wichtig zu tun. Staunend hielt sich die Inglesa die Hand vor den Mund und heuchelte mit großen Augen Bewunderung. Derweil suchte Sofanor unter den Polstern nach Wertsachen, und allmählich füllte sich sein Sack mit Schmuck. Mit seinem Messer und dem deutschen Revolver bewaffnet, schlich er sich in die Kapitänskajüte, die größte von allen. Hinter einem Gemälde befand sich, ganz wie die Inglesa es ihm beschrieben hatte, der Tresor. Ich vermute, dass er dort die Uhr herhatte, Benito, die vergoldete Taschenuhr, die später die Stunde seines Todes anzeigen sollte.

Sobald sie Sofanor mit dem Leinensack voller Schmuck und englischer Pfund auftauchen sah, sprang die Lorenzona auf ihr Pferd und galoppierte in rasendem Tempo auf die Inglesa zu.

»Tut mir leid, Matrosen«, verkündete die Angebetete. »Meine Freundin ist eifersüchtig und kommt mich jetzt holen.«

Die Schiffsbesatzung war entsetzt vom Anblick des herangaloppierenden Mordsweibs mit dem stacheligen Bartwuchs. Die Inglesa griff blitzschnell nach dem Unterarm der Lorenzona, schwang sich hinter ihr aufs Ross und klammerte sich an ihr fest.

»Sie hat uns reingelegt«, schrie ein Matrose von Deck.

Ein anderer rief, man solle sie aufhalten, man habe den Kapitän ausgeraubt. Alle beeilten sich, ihre Kajüten zu durchsuchen. Als sie entdeckten, dass der Tresor leergeräumt war, hatten sich die drei Banditen bereits im Straßengewirr von Iquique verloren.

Hauptbahnhof von Paitanás, 1954

In Paitanás, dieser zwischen Bergen eingezwängten Oase, blies eine frische Brise. Eine von der Sonne ausgeblichene, an den Enden ausgefranste Nationalflagge wehte über dem Bahnhofseingang. Drei Mal am Tag liefen Züge, vollbesetzt mit arbeitsuchenden Pampinos aus der nördlichen Pampa, ein. Dort wie hier schlossen die Salpeterwerke eines nach dem anderen, Benito, weil die Deutschen die synthetischen Nitrate entwickelt hatten, die billiger waren als der natürliche Nitratabbau. Das chilenische Salpetergeschäft war längst nicht mehr rentabel, und die Menschen mussten fortziehen, um sich ihr Brot in anderen Städten zu verdienen.

Ich beobachtete an jenem Morgen voller Ungeduld und Furcht, was López-Cuervo II dort im Bahnhof ausheckte. Die Tita hatte Schulferien, und mit einem dieser Züge sollte sie zusammen mit meiner Flor eintreffen.

Morgens waren die Leute auf die Straße hinausgestürmt, um voller Neugier die Truppe zu bestaunen, die in Paitanás Einzug hielt. López-Cuervo II brachte alle seine Soldaten in Stellung, um die Pampinos, sobald sie aus dem Zug stiegen, in geordneten Reihen vom Bahnhof zu einem anderen Konvoi zu geleiten. Die Schuhputzerjungen hatten sich mit ihren Holzkisten an einen anderen Platz zurückgezogen, und es lag eine gewisse Spannung in der Luft. Ich erkundigte mich, ob man die Leute, die ihr Heimatdorf besuchten, aussteigen lassen würde, doch keiner wusste eine Antwort. Jedes Mal, wenn sie jemanden passieren ließen, schaute ich auf, aber keine Spur von meinen beiden Frauen.

Pater Alzamora hielt sich ein wenig im Hintergrund, er wartete im Bahnhofsgebäude, während López-Cuervo II die endlose Schlange kontrollierte und all jene herauspickte, die aussahen, als führten sie etwas von Wert bei sich. Er schickte sie weiter zu Gott Alzamora, damit der ihnen erklärte, es gebe zwar vereinzelt Arbeit in der einen oder anderen Kupfer-, Silber- oder Goldmine, aber die Zahl der benötigten Minenarbeiter sei begrenzt. Dann stützte er sich auf seine Predigten, um ihnen zu verstehen zu geben, dass er ihnen vielleicht zu einer Anstellung verhelfen könne, je nachdem, wie viel der Einzelne bereit sei, seiner Kirche zu spenden.

»Meine lieben Söhne«, hob er an. »Wir leben in einer nie gekannten Krisenzeit, weshalb ich mich gezwungen sehe, euch um diese Spende zu bitten.«

Unterdessen verfrachtete López-Cuervo II die armen Teufel munter in andere Güterwaggons. Der Bahnsteig füllte sich mit immer noch mehr armen Schluckern. Trotz der Schließung der Salpeterbüros heuerten die Werber weiter Leute für eine Arbeit an, die nur noch in der Phantasie bestand. Einige der Ankömmlinge waren schon wochenlang unterwegs, tausend Kilometer rauf, tausend Kilometer runter. Die Soldaten hielten den Ansturm in Schach, indem sie die halbverhungerten Männer festnahmen, plünderten und anschließend zu einem anderen Güterwaggon führten, der sie wieder dorthin bringen würde, woher sie gekommen waren. Das war der Dienst, den sie an dem Tag verrichteten, als ich Tita und Flor aus Iquique erwartete. Ich machte mir Sorgen, López-Cuervo II könnte jetzt seine Rache nehmen, indem er Tita und Flor nach Iquique zurückschickte. Ich wusste nicht, ob man ihnen erlauben würde, den Bahnhof zu verlassen.

Die Leute überquerten in Scharen den Bahnsteig zum Zug gegenüber. Als das Murren der Menge in Protestgeschrei umschlug, erhob López-Cuervo II seine Stimme und bat um allgemeine Aufmerksamkeit:

»Hört mal alle her! Ich will es euch erklären!« Einige Männer begehrten auf, blieben nicht stehen. »Mir liegt mehr als jedem anderen daran, dass ihr versteht.«

Nach und nach beruhigte sich die Menge, während die Soldaten die Gewehre an die Brust drückten, bereit, jeden Moment zu schießen. López-Cuervo II marschierte den Bahnsteig auf und ab, von einem Ende zum anderen, während er seine Ansprache hielt.

»Ich verstehe ja euer Leid, aber hier laufen die Dinge noch schlechter als in anderen Dörfern.«

Sein fester Schritt, den er den Bodenplatten einhämmerte, verlieh jedem Wort, das er sagte, besonderen Nachdruck. Indes fertigte Pater Alzamora im Bahnhofsgebäude von einer leeren Dynamitkiste herab die Leute ab, die in Paitanás bleiben durften. Auf den Protest eines Pampinos hin, dem man einen Arbeitsplatz in unserem Dorf zugesagt hatte, legten die Soldaten ihre Karabiner an, sie schienen das Feuer endlich eröffnen zu wollen.

»Verzeiht den Jungs, aber sie führen nur Befehle aus, ihr wisst ja, was ihre Pflicht ist«, heuchelte López-Cuervo II.

Niemand wagte es mehr, auch nur leise zu protestieren. Einige Soldaten behaupteten, in dem Zug, der für alle, die nicht bleiben könnten, bereitstehe, gäbe es Wasser, ein Stück Brot, Äpfel und Birnen. In stummem Misstrauen blickten die Tagelöhner einander an. López-Cuervo II wusste, dass sich keiner der von weit her angereisten Pampabewohner vertreiben lassen würde, hätte er sich erst einmal in Paitanás eingenistet, weder von Pater Alzamora und seinem dummen Geschwätz noch vom finsteren Ruf der Lorenzona, die in den Bergen ihr Unwesen trieb.

Mit einem Mal merkte der Sohn des Satans auf, er hatte etwas entdeckt, das ihn kurzzeitig von seinem Diensteifer ablenkte. Die Tita war aus der Menge herausgetreten, um zu mir zu laufen. López-Cuervo II fielen sofort ihre feinen Gesichtszüge mit den grünen Augen auf; ihr blondes Haar – das sie sich ohne Einverständnis meiner Flor hatte kurzschneiden lassen, da sie endlich, mit fünfzehn, ihrem puppenhaften Aussehen entkommen wollte – und ihr luftiges Kleid, mit dem der Wind spielte, erregten seine Aufmerksamkeit, wobei er sich ausmalte, wie es wohl unter dem Stoff aussah.

Kaum hatte er Gott Alzamora eine weitere Abordnung möglicher Schäfchen geschickt, begrüßte López-Cuervo II meine Flor und bot an, dass man sie und Tita begleite. Beim Durchqueren des Bahnhofs beobachtete die Tita, wie Pater Alzamora scharenweise die Männer abfertigte, die dort festgehalten wurden. Einige ließen sie in die Ortschaft hinaus, andere schickten sie in die Viehwaggons eines weiteren Zuges. Ihr entgingen auch nicht die schwerbeladenen Taschen mancher Soldaten, vollgestopft mit den Habseligkeiten derer, denen man erlaubte, in Paitanás zu verweilen.

Als meine Frauen an unserem Bibelverdreher vorbeikamen, nutzte die Tita die Gelegenheit, ihm einen Tritt in den Hintern zu versetzen. Niemand bemerkte diesen verstohlenen, aber kräftigen Fußtritt, der den Pfaffen vornüber wanken ließ. López-Cuervo II konnte ihn gerade noch rechtzeitig auffangen, bevor er zu Boden ging.

»Aber was soll denn das, Mädchen?«, fragte Alzamora entgeistert.

»Tut mir leid, Señor Alzamora, das Kind ist ein wenig überdreht nach der langen Fahrt«, sagte Flor errötend und zog hastig am Arm ihrer Tochter.

Der Pfaffe wollte das ihm widerfahrene Unrecht schon zum Himmel schreien, als ihm aber klar wurde, dass dieses Mädchen meine Tochter war, überlegte er es sich zweimal. Er wollte sein Geheimnis mit der Trini doch lieber für sich behalten.

»Eines Tages wird mir noch das Herz stehen bleiben vor lauter Ärger, den du mir bereitest!«, fauchte Flor die Tita an.

»Einer meiner Männer wird Sie begleiten«, sagte López-Cuervo II, darum bemüht, den Zwischenfall nicht aufzubauschen.

Flor bedankte sich für dieses Angebot, zu überschwänglich, wie ich fand. Es hätte nur noch gefehlt, dass sie sich vor ihm verneigt hätte. Unterdessen schaute die Tita sich um und vergewisserte sich, dass der Pfaffe ihr immer noch hinterherblickte. Aus sicherer Entfernung streckte sie ihm dann die Zunge heraus, um ihm zu zeigen, wie sehr sie verachtete, was er da im Bahnhof trieb. Schließlich wandte sie sich an López-Cuervo II, der sie mit seinen Blicken förmlich verschlang.

»Danke, wir kennen den Weg. Nicht dass du uns hinters Licht führst, wie all die Pampinos hier, und uns ganz woanders hinbringst.«

López-Cuervo II war längst dem Stachel ihres Naturells erlegen. Doch nachdem sie ihn derart hatte abblitzen lassen, wandte er sich wieder seinem Problem mit den Pampinos zu. Er brüllte, sie sollten sich gefälligst sputen, der neue Zug in Richtung Norden setze sich jeden Moment in Bewegung. Nichts hatte er mehr an sich von einem versöhnlichen Kerl, er war der Kommandant, jederzeit bereit, seine Hetzhunde von der Kette zu lassen.

Endlich entdeckten die beiden mich. Sogleich riss die Tita sich von ihrer Mutter los und stürzte auf mich zu.

»Dieses Kind sorgt noch dafür, dass ich einen Herzschlag kriege, Samu. Sie hat Pater Alzamora einen Tritt in den Hintern versetzt.«

Geschieht ihm ganz recht, diesem Hampelmann, dachte ich, sagte aber natürlich nichts, um meine Flor nicht noch mehr in Rage zu bringen.

»Stimmt das?«, fragte ich und strengte mich an, nicht zu grinsen.

»Diese Mistkerle nutzen die armen Landsleute aus«, sagte die Tita trotzig.

Später bestätigten einige Nachbarn, sie hätten ein Goldkreuz, einen Ring oder was auch immer herausgeben müssen, um nach Paitanás durchgelassen zu werden. Unser Kind hatte vollkommen recht, ihre grünen Augen waren absolut hellsichtig. Und sie nahm kein Blatt vor den Mund, haargenau wie mein Freund.

Der Wind heulte wie ein Stier und wirbelte auf der steinigen Straße Staub auf und was ihm sonst noch unterwegs an kleinen Abfällen in die Quere kam. Flor erkundigte sich besorgt nach den Hunden.

»Hast du ihnen auch jeden Tag zu fressen gegeben?«

»Aber ja doch.«

Seit meine beiden Frauen nach Iquique gezogen waren, kümmerte ich mich – unter anfänglichem Protest zwar – um die Tiere und verhätschelte sie am Ende mehr als Flor selbst. Ohne dass es mir bewusst gewesen wäre, vermisste ich meine abwesenden Mädchen doch sehr, und die Gesellschaft der Hunde spendete mir Trost. Ich überraschte mich dabei, dass mir ihr lautes Gebell im Morgengrauen liebgeworden war.

Kaum traten wir in den Hausflur, eilte Flor in den Patio. Schwanzwedelnd drängten die Kläffer sich um sie und sprangen freudig an ihr hoch. Lachend strich sie ihnen über das Fell, fast hätte man meinen können, dass sie sich mehr über das Wiedersehen mit den Hunden als mit mir freute. Zugegebenermaßen veranstalte ich auch nicht so ein Begrüßungsspektakel wie die Vierbeiner.

Copiapó-Paitanás, Mai-September 1939

Während der letzten Tage ihres Lebens legten Sofanor und die Inglesa endlose Kilometer zu Pferd an der Seite der Lorenzona zurück. Es heißt, das Mordsweib sei vornübergebeugt geritten, ihre große Hand auf den staubigen, verschwitzten Bug der Stute gestützt, die sie in Iquique gekauft hatte, und die sie ununterbrochen antreiben musste, da das Tier angesichts dieser Masse Mensch auf seinem Rücken kaum Schritt halten konnte mit den beiden anderen.

Bevor sie in die unwegsamen Gegenden in den Wüstenbergen gelangten, die sie abschirmten, hatte die Inglesa sich in Antofagasta noch ein scharlachrotes Satinkleid gekauft und, um ihrer Garderobe den letzten Schliff zu geben, lange weiße Handschuhe und Schlangenlederstiefel. Bei der Durchsicht ihres Schmucks beklagte sie mit Engelsmiene das Fehlen eines Diadems, das sich gut in Kombination mit den drei viktorianischen Ringen gemacht hätte, die Sofanor aus dem Tresor zusammengeklaubt hatte. Die Inglesa kannte sich in den Schlafkabinen der Kapitäne bestens aus, und ich kann mir vorstellen, dass dies meinem Kumpel einiges Kopfzerbrechen bereitete.

Elf Monate lang hatte er die Inglesa nicht gesehen und verstand nicht, warum er plötzlich ihre Brüste nicht mehr küssen durfte. Um nicht zu sagen: Es ärgerte ihn maßlos. Die Inglesa wiederum fand es nicht im Geringsten komisch, dass er über all die Zoten lachte, die die Lorenzona von sich gab. Und als ein schwarzer Aasgeier im Vorbeifliegen seinen Schatten auf die Gesichter der beiden Frauen warf, schwante Sofanor erst recht nichts Gutes.

Als sie den geplanten Unterschlupf erreichten, eine aus Holzlatten zusammengenagelte Hütte, verkündete die Lorenzona, sie werde draußen nächtigen. Unter einem Wellblechdach bettete sie ihren üppigen Körper und sank, bis zum Hals in eine Decke gehüllt, den Blick auf unzählige Sterne gerichtet, in tiefen Schlaf.

Sofanor ließ sich todmüde auf eine Pritsche fallen, wo sich seine Erschöpfung umgehend in lautem Schnarchen Luft machte, was die Inglesa um ihren Schlaf brachte. Fast eine ganze Stunde hatte sie im Bad zugebracht, um sich heimlich die Milch aus ihren Brüsten zu pumpen, und wie sie nun neben Sofanor lag, konnte sie trotz der Müdigkeit nicht einschlafen. Die Hitze bereitete ihr nicht nur Schwindel, sondern verursachte ihr auch Ausschlag an Armen und Beinen. Energisch versuchte sie meinen Freund wachzurütteln, um ihm von ihrem Geheimnis zu erzählen, doch Sofanor drehte sich lediglich auf die andere Seite und kehrte ihr den Rücken zu. Ich glaube, da begann die Inglesa in ihrer Schlaflosigkeit wild drauflos zu phantasieren, mein Kumpan und die Lorenzona hätten eine

Romanze gehabt und führten sie hinters Licht. Sie hörte sein Schnarchen und hasste ihn, weil er solch ein Idiot war. Die Polizei war hinter ihnen her, aber er und die Alte mit ihren grauenvollen Bartstoppeln schliefen seelenruhig. Sofanor hatte ihr oft genug versichert, dieses Weibsbild sei ihm eine wichtige Stütze, sie sei wie eine Schwester für ihn.

»Na, dann zieh doch mit deiner hübschen Schwester los!«, warf sie ihm an den Kopf, mit besonderer Betonung auf dem Wort »hübsch«.

In jener Nacht musste die Inglesa pausenlos an den Rubin aus dem Beutegut denken, den die Lorenzona beanspruchte. Ihre Eifersucht hatte sich derart gesteigert, dass sie sich vornahm, der Alten alles wegzunehmen, was ihr etwas wert war. Sie musste Sofanor auf die Probe stellen, um herauszufinden, wie sehr er sie liebte, und als sie endlich einschlief, träumte sie davon, wie perfekt der Rubin zu ihrem Satinkleid und den Schlangenlederstiefeln passte.

Am nächsten Morgen gab es Ziegenmilch und Rühreier zum Frühstück. Sie beschlossen, sich rasch wieder auf den Weg zu machen, die Nachricht von dem Überfall auf das englische Schiff hatte sich sicher schon wie ein Lauffeuer durch die Dörfer verbreitet. Tagelang ritten sie, bis die Tiere vor Erschöpfung schnaubten. Der Hunger trieb sie so weit, dass sie unterwegs mit neidvollem Blick in der Ferne ein paar wilde Hunde beobachteten, die wütend über einen Kadaver herfielen, ohne dass man zweifelsfrei erkennen konnte, ob es sich um einen menschlichen oder einen tierischen handelte. Endlich in Copiapó, erfrischten sie sich am Brunnen auf dem Platz und besprachen, wie sie die restliche Beute aufteilen sollten. Da ergriff die Inglesa das Wort und warf ihre Forderung in die Runde.

»Ich will den Rubin«, verlangte sie entschlossen, so als duldete sie keinen Widerspruch.

In einer der vorherigen Nächte hatte sie, weniger wegen der Milch, die sie in den Fieberwahn trieb, als wegen ihrer Eifersucht, davon geträumt, dass Sofanor und die Lorenzona mitsamt der Beute verschwanden und sie in der Wüste zurückließen. Wutentbrannt war sie aus dem Schlaf aufgeschreckt, sie wusste nicht, was ihr mehr zusetzte: der pekuniäre oder der emotionale Betrug. Sofanor atmete tief durch und übte sich in Geduld. Er wusste, dass es ihr darum ging, die Lorenzona zu ärgern, und dass er den Streit würde schlichten müssen.

»Aber vor ein paar Tagen habe ich doch gesagt, dass mir der Rubin gefällt«, protestierte die Lorenzona.

»Das heißt noch lange nicht, dass du ihn auch bekommen wirst«, sagte die Inglesa schnippisch.

»Dich habe ich nicht einmal sagen hören, dass er dir gefällt«, klagte die Lorenzona.

»Na und? Dann habe ich es eben jetzt gesagt.«

Sosehr sie in Hinblick auf ihre körperliche Kraft und Erscheinung als Frau einzigartig war, unterlag die Lorenzona der anderen doch haushoch in punkto weiblicher List. Genervt von der Dreistigkeit seiner englischen Raubkatze, nahm Sofanor den Rubin aus einer der Taschen und legte ihn der Lorenzona in ihre große knochige Hand. Kochend vor Wut sprang die Inglesa auf ihr Pferd, während die Lorenzona Sofanor in aller Dankbarkeit ein Kräutersäckchen und einen Anhänger um den Hals hängte. Die Inglesa verlor beinahe die Fassung über diese Geste, in der Annahme, die hässliche Alte wolle ihm einen Kuss aufdrücken.

»Hier hast du ein bisschen Marihuana, damit du gut schläfst«, meinte die Lorenzona und raunte ihm dann noch ins Ohr: »So bleibt auch das Raubtier ruhiger.«

Die Inglesa hörte nicht, was getuschelt wurde, aber es war klar, dass Sofanor Ärger erwartete, wenn er sich nicht auf der Stelle von der Alten verabschiedete. Während die Inglesa kurz in Richtung der kahlen Berge blickte, steckte die Lorenzona Sofanor ein weiteres Säckchen zu, das er in seiner Anoraktasche verschwinden ließ. Das hat sie mir später so erzählt: Dieses geheimnisvolle Säckchen habe sie ihm in Copiapó geschenkt, dem Ort, an dem sie sich auf Nimmerwiedersehen trennten.

»Was hat dir diese Hexe da gegeben?«, wollte die Inglesa wissen, als sie schon ein gutes Stück ohne die Lorenzona weitergeritten waren.

Sofanor fürchtete, sie habe das zweite Säckchen gesehen, und heuchelte, nichts, das sei doch unwichtig.

»Wie, nichts?«, beharrte die Inglesa. »Glaubst du, ich bin blind und sehe nicht, was dir da um den Hals hängt?«

Sofanor atmete erleichtert auf. Er nahm das Amulett ab und gab es ihr, damit sie es sich anschauen konnte.

»Nichts Unheilbringendes, keine Sorge«, sagte er.

»Wenn wir nach Paitanás kommen, werde ich dich verlassen und mir einen anderen suchen. Diesmal wirklich«, drohte ihm die Inglesa, erhitzt von der Milch, die sich in ihren Brüsten ansammelte.

Sofanor war gekränkt und sagte nichts. Nach dem Schock über ihr Verschwinden und der Ungewissheit über ihren Verbleib während dieser verfluchten elf Monate, machte ihn die Vorstellung irre, dass seine Frau durch die Hände eines anderen ging – weshalb er den Gedanken daran immer vermieden hatte. Doch in der letzten Zeit ließ es ihm keine Ruhe, und allmählich begann der Wahnsinn seine Schritte zu beherrschen. Dabei wusste die Inglesa selbst nicht, ob sie ihre Drohung ernst meinte. Ich glaube, in dem Augenblick hasste sie ihn nur, weil er ihr den Wunsch nach dem Rubin abgeschlagen hatte. Bisher hatte Sofanor immer gespurt, doch inzwischen wirkte der Gauner vernünftiger, und sie kostete, krank vor Eifersucht, von ihrer eigenen Medizin.

Als sie schließlich in Paitanás eintrafen, herrschte in der ganzen Stadt Festtagsstimmung zur Feier von Mariä Lichtmess. In den Straßen tummelten sich unzählige Bruderschaften und führten religiöse Tänze um die Virgen de la Candelaria auf, die nur fünfzehn Zentimeter groß war. Diese aus Stein gearbeitete Figur war die allerkleinste, die von den Landsleuten jedoch am meisten verehrt wurde. Die beiden stiegen im *Chanchoquín* ab, wo sich Sofanor, frisch geduscht, ein sauberes Hemd, eine Weste und ein

Jackett anzog – darin sah er aus wie einer dieser Gläubiger, die nach Copiapó kamen, um mit den Minenbesitzern zu reden. Er hatte jedenfalls Lust, sich gleich ins Vergnügen zu stürzen, während die Inglesa ihm unmissverständlich klarmachte, dass sie den Rummel auf den Straßen nicht ausstehen konnte. Sie blieb fast eine Stunde im Bad, machte sich frisch, pumpte die Milch aus ihren Brüsten ab – keiner erfuhr je, ob sie zu diesem Zeitpunkt noch die Absicht hatte, ihn irgendwie an dem Mädchen, das sie zur Welt gebracht hatte, teilhaben zu lassen, ob sie Heiratspläne oder dergleichen hegte. Mit dem scharlachroten Satinkleid trat sie wieder ins Zimmer und legte sich allen Schmuck an, den sie erbeutet hatten. Sofanor atmete schwer, als er sie so erblickte, ihm war, als nahte eine Königin.

Draußen hatte sich indes auf der endlosen Landstraße, und auch rund um die Gold- und Silberminen, ein großer Korso aus Karren mit Lebensmitteln und Getränken, singenden Frauen und Drehorgeln gebildet. Man tanzte die Zamacueca zur Blasmusik und pries lauthals alle möglichen Waren an. Auf einem seiner Rundgänge kaufte Sofanor den Rosenstrauß – und vermutlich auch das Grammophon, das der Mistkerl mir schenkte, als er mich Tage später im *Arche Noah* besuchte, um mir den Wecker abzuluchsen.

Derweil führte die leiseste Berührung ihrer Brüste bei der Inglesa zur totalen Verweigerung, und Sofanor musste alle Register ziehen – er flüsterte beruhigend auf sie ein, ich werde dir nichts tun, mein kleines unbezähmbares Raubkätzchen, vertrau mir –, um ihr wenigstens das Kleid ein wenig hochschieben zu dürfen. Er ahnte ja nicht, dass ihre Weigerung damit zu tun hatte, dass sie zwei Monate zuvor die Tita zur Welt gebracht hatte.

Arche Noah, 1954

Sie zogen quer durch Paitanás, von Nord nach Süd, über die verlassenen Straßen, auf denen nur noch wenige Kumpel unterwegs waren. Ein Kommando, das sich auf dem Weg zu López-Cuervo II befand. Sein Einzug ins Dorf blieb natürlich nicht unbemerkt, vor allem, weil sich das Verhalten der Soldaten deutlich von dem der Strolche mit den Sandalen oder der Pampinos unterschied, die bei uns einkehrten. Die Soldaten waren Nachtschwärmer und Despoten. Sie taten so, als stünden sie über uns und hätten die Macht, nach Lust und Laune mit unserem Leben zu spielen.

López-Cuervo II ergriff sogleich für sie Partei. Er gewährte ihnen Unterschlupf in einem der Bahnhofssäle und schickte ein Telegramm an die Militärverwaltung in Santiago. Nachdem er Schützenhilfe von ihnen bei den Manövern am Bahnhof erhalten hatte, durften sie ihr Unwesen treiben, wie es ihnen beliebte – so auch im *Arche Noah*.

Ich stand hinter der Theke, als ich das Gegröle von der Straße her vernahm. Wenig später fielen sie lärmend ein, ohne mich zu grüßen, wie es sonst alle taten, wenn sie mich hinter dem Tresen sahen. Für sie stand fest: Sie waren hier die Chefs. Einige Pampinos verließen das Lokal lieber, als sich mit diesen Soldaten anzulegen, die auf Streit aus zu sein schienen. Die Chola, die Ela und die Cufina waren entsetzt über die Neuankömmlinge und gingen mit gezwungenem Lächeln auf sie zu, um ihre Reize feilzubieten. Nachdem sie ihnen ihre Getränke serviert hatte, verschwand die Trinidad sofort hinter einem Vorhang. Die Ela verzog angewidert das Gesicht, und die Cufina schüttelte ihr altes, langhaariges Haupt.

In dem Moment rieb ich mir noch die Hände bei der Aussicht, ordentlich Kasse zu machen. Außerdem glaubte ich, ich weiß nicht warum, die groben Kerle würden nur an dem einen Abend vorbeikommen. Doch meine Mädchen, die Chola, die Ela und die Cufina, ließen sich kaum anrühren und protestierten, sobald einer der Soldaten ihnen zu nahe kam.

»Samu, Samu«, rief die Trini mit besorgter Miene, »ist dir klar, wer diese ungehobelten Schweine sind?«

Einige der Kerle rissen schlüpfrige Witze, als sie sich das Kleid richtete. Doch sie ließ sich nicht einschüchtern und sagte, dass sie es seien, die die Bevölkerung von La Caro in Santiago drangsalierten. Und alle lachten. Alle, außer der Trini, der die Tränen über die Wangen liefen. Ich wusste nicht, was in der Hauptstadt vorgefallen war, bis sie mich aufklärte, dass die Kadetten der Infanterieschule von San Mastín im Stadtteil La Caro über tausendfünfhundert arme Schlucker hergefallen waren und sich unter den sechs Toten auch ein zehnjähriger Junge und ein sechzehnjähriges Mädchen befanden. Ich lebte wirklich auf der *Arche Noah*, die mitten in der Atacamawüste gestrandet war!

Die Trini schaute mich an, und ich wusste nicht, was ich tun sollte, während die Männer, hungrig auf weibliches Fleisch, meine Mädchen beleidigten und ihnen mit der flachen Hand auf den Hintern schlugen. Sie ließen die Gläser auf die Theke krachen, dass meine Kasse nur so klingelte, also hielt ich mich noch zurück. Dann aber sah ich, wie die Trini sich die Schminke abwischte und alle Mädchen um sich versammelte. Sie baute sich vor mir auf:

»Wir wollen nichts mit diesen Schlächtern zu tun haben!«, verkündete sie, und wie auf Kommando verließen die Mädchen in null Komma nichts allesamt das *Arche*.

Ich blieb allein zurück mit einer Horde Betrunkener, die eine Erklärung verlangten. Ich sagte kleinlaut, es sei an der Zeit, das Lokal zu schließen. Aber erst, als sie es leid waren, das Wenige zu demolieren, was man im *Arche* demolieren konnte, zogen die Infanteristen endlich ab. In Sofanors Beisein wäre alles anders verlaufen. Er war ein echter Krieger und hätte ihnen ohne Zögern die Stirn geboten und sich Respekt verschafft, aber ich ... Verdammt, ich war schon immer ein Feigling, Benito, der schlimmste von allen.

Am nächsten Tag erzählte mir Flor, was sie auf dem Markt gehört hatte. Dort seien sie überzeugt, die Regierung habe uns diese Bande von San Mastín auf den Hals gehetzt, damit man die Zwischenfälle in der Hauptstadt vergaß. Die Regierung hatte die Steuern erhöht und den Mindestlohn gekürzt oder so ähnlich, weshalb man im Stadtteil La Caro, durch den die Zugverbindung von einem Ende des Landes zum anderen führte, zur Demonstration aufgerufen hatte. Das Innenministerium hatte angeordnet, die Schienen freizuhalten, damit die Züge passieren konnten, und dann marschierte die berüchtigte Infanterieschule von San Mastín auf und fiel über die Bevölkerung her. Das Mädchen, das sie getötet hatten, war in ihrer Hütte von einer Kugel getroffen worden. Die Trini war schockiert darüber, dass man uns diese Bestien nach Paitanás schickte. Dermaßen, dass sie die Nachricht überall, selbst in den verwinkelten Gassen des chinesischen Viertels verbreiten ließ.

»Uns solche Typen herzuschicken …«, sagte sie.

Ich musste meiner Flor erklären, was sich im *Arche* zugetragen hatte, und die Tita, dieses Teufelsmädchen, die nicht aufbegehrte, als man sie aus der Schule warf, mischte sich nun plötzlich ein und schlug sich auf die Seite der Trini. Das ganze Dorf misstraute den Soldaten, und es hieß sogar, Roberto Parra Sandoval, der Bruder der Violeta, habe an der Demonstration von La Caro teilgenommen, und nachdem er verprügelt und durch die Straßen aufs Kommissariat geschleift worden sei, habe seine Schwester in Paris *La Carta* geschrieben, dieses berühmte Lied in Form eines Briefes, in dem sie erzählt, wie ihr Bruder verhaftet wurde.

Schon am darauffolgenden Abend wollten die Soldaten wieder bei mir einkehren, doch ich hatte die Tür mit einem dicken Riegel versperrt. Zusammen mit den Mädchen und einigen Pampinos setzten wir uns mit ein paar Gläsern Wein um den abgehobelten Baumstumpf, der als Tisch diente. Die Chola, die Ela, die Cufina und die Trini ereiferten sich, bis es an die Tür pochte. Ich machte nicht auf, und eines der Mädchen löschte die Kerze in der Tonschale. Ungewohnt still harrten wir aus, und plötzlich musste ich an den Kugelhagel denken. Am nächsten Tag teilte die Trini mir mit, sie werde nicht mehr arbeiten, bevor diese Mörder die Stadt nicht verließen. Und auch die anderen Mädchen unterstützten sie in ihrer Entscheidung. Ich versuchte ihr ihren Starrsinn auszureden, versprach, dass die Unholde unser Lokal nicht mehr betreten würden, doch sie versteifte sich darauf, eine Art Streik zu organisieren. Ich wusste nicht, dass ihre Eltern bei einem anderen Massaker in einem Salpeterlager ums Leben gekommen waren und sie deshalb so aufgewühlt war. Ich flehte sie an, sich wieder auf die Höhe ihrer Absätze zu schwingen. Doch sie war nicht umzustimmen.

Unterdessen begleiteten in der Hauptstadt mehr als eine halbe Million Trauernde die sechs Märtyrer des Gemetzels zu ihrer letzten Ruhestätte. Von La Caro aus zogen sie mit den Särgen los. Dann ging es weiter durch San Joaquín, San Ignacio, Blanco Encalada, Dieciocho, Manuel Rodríguez, Compañía, am Sitz der CUT vorbei, durch San Pablo, Puente und über die Avenida La Paz. Und in

Paitanás schürten die Soldaten, die für diese Opfer verantwortlich waren, mehr Angst als die Lorenzona.

Als ich verzweifelt über eine Lösung für meine Mädchen nachdachte, tauchte López-Cuervo II auf und verlangte eine Erklärung dafür, wieso meine Besatzung das Schiff verlassen hatte.

»Seit wann dürfen Huren streiken?«, brüllte er. »Wo kommen wir denn da hin?«

Ich antwortete ihm mit einem ratlosen Achselzucken.

López-Cuervo II war verheiratet, aber ebenso wie der Bibelverdreher suchte er Zuwendung im *Arche Noah*. Die Chola, die Cufina und die Ela meinten, er trainiere heimlich, um seine Frau zufriedenzustellen, die recht anspruchsvoll sei. Hinter vorgehaltener Hand berichtete er mir, dass die Soldaten sich, da das *Arche* geschlossen gewesen sei, in einer Kneipe im chinesischen Viertel hätten volllaufen lassen, um anschließend im ganzen Ort bis zum Morgengrauen zu randalieren. Er sagte mir, der Mann, der dieses Kommando leite, sei der größte Trunkenbold unter ihnen und habe sogar Fenster mit Steinen eingeworfen, Holztüren zertrümmert und jeden angepöbelt, der ihm über den Weg gelaufen sei.

»Ich habe ein Telegramm an die Militärverwaltung gesandt, aber keine Antwort erhalten. Diese Männer darf man nicht frei herumlaufen lassen. Ich weiß ja nicht, welche Befehle man ihnen in der Hauptstadt erteilt hat, jedenfalls habe ich darum gebeten, sie allesamt woanders hinzuschicken.«

Ich war verblüfft, dass er mich derart ins Vertrauen zog. Doch was scherten mich seine Probleme, ich musste mich um meine eigenen kümmern.

Deine Großmutter Flor lebte wegen der vorübergehenden Schließung des *Arche* in der großen Sorge, für ihre Hundekinder nicht genug zu fressen zu haben. Schon früh zündete sie Holz in der Mitte einer Kochstelle aus Lehmziegeln an und stellte einen Riesentopf aufs Feuer. Da hinein warf sie Schweinsfüße, Kartoffeln, Mohrrüben, während die Hunde sich im Patio vor dem Fenster versammelten, um zu schauen, was Mutter ihnen kochte. Kopfschüttelnd beobachtete ich sie, als ich das sah. Gleichzeitig überkam mich eine Welle der Zärtlichkeit. Ich hatte den überaus seltsamen Eindruck, dass die Zeit sich zurückgedreht hatte. In Flor hatte ich plötzlich meine Jugend vor mir, Benito.

Kurz darauf suchten mich zwei Mädchen auf, sie wollten mich im Namen von López-Cuervo II sprechen. Gerade volljährig geworden, bewarben sie sich um eine Arbeit im *Arche Noah*, damit sie ihren Familien finanziell unter die Arme greifen könnten. Mir gefiel der Gedanke ganz und gar nicht, denn, was sie sagten, war derart naiv, dass es auf mich wirkte, als wüssten sie überhaupt nicht, worin ihr Job bestehen würde. Fürs Erste, sagte ich ihnen, könnten sie im *Arche* saubermachen, über den Rest würden wir dann später noch reden. Als meine Mädchen Wind davon bekamen, dass López-Cuervo II mir eine neue Belegschaft zusammensuchte, schwang die Trini sich auf ihre Stöckelschuhe und suchte Pater Alzamora auf. Sie verlangte von ihm, dass er einschritt, es sei denn, er wolle, dass sie allen erzähle, wie gut sie davon leben könne, dass sie mit ihm ins Bett ging. Unterdessen sorgten die Soldaten weiterhin für Krieg, nur ohne Waffen. Ich weiß nicht, ob sie unterwegs im *Chanchoquín* nur haltmachten oder ob die Ojerosa, die Tag und Nacht am Fenster ihrer Pension hing, sie freundlich hereinwinkte. Jedenfalls sahen die Soldaten diese dick geschminkte Frau und nahmen ihre Einladung an, na los, köpfen wir noch eine Flasche Pipeñowein oder einen Pajarete, oder was immer gerade da ist. Es heißt, die Ojerosa habe sich dermaßen volllaufen lassen, dass sie nicht mitbekommen habe, wie der Wein von den Wänden ihrer Pension tropfte. Es heißt auch, sie habe getanzt wie früher in den Cabarets und sich mehr als einem an den Hals geworfen. Doch mit ihrer gespenstischen Zirkusbemalung habe sie selbst den schlimmsten Saufbold in die Flucht geschlagen.

Aber kehren wir zu dem Punkt zurück, an dem wir stehen geblieben waren. Als ich sah, dass das *Arche* jeden Tag ein wenig tiefer im Sandmeer versank, und Flor und Tita mich baten, alles zu verkaufen und mit ihnen gemeinsam, einschließlich der Hunde, nach Iquique zu ziehen, geschah so etwas wie ein Wunder. Von der einen Seite setzte mich López-Cuervo II unter Druck, von der anderen die Trini und außerdem fürchtete ich mich auch ein wenig vor diesen Soldaten. Doch dann schaltete sich Gott Alzamora ein und fand schließlich eine Lösung. Die Trini hatte ihn so eingeschüchtert mit ihrer Warnung, ihre Bettgeschichten auszuplaudern, dass ihm keine andere Wahl blieb, als zu López-Cuervo II zu eilen und mit ihm zu reden. Die Aussicht, dass ich womöglich diese beiden Mädchen einstellte, bereitete ihm Panik. Was der Priester am meisten fürchtete, war, dass die Trini erzählen könnte, was für ein schlechter Liebhaber er sei, denn dann stand nicht nur sein Ruf als Priester, sondern auch als Mann auf dem Spiel, also musste er in den sauren Apfel beißen und López-Cuervo II bremsen.

»Erzähl mir keinen Mist, Alzamora, Huren sind Huren, und die müssen für die Männer da sein«, beharrte López-Cuervo II.

Der Pfaffe war zwar ganz seiner Meinung, erwiderte jedoch: »Sag so was nicht, zunächst einmal sind es Frauen.«

»Nein, Alzamora, nein. Sie müssen ihren Dienst an der Gesellschaft tun. Sie schlafen mit jedem, der sie dafür bezahlt. Ich verstehe nicht, warum sie sich auf einmal so zieren! Das muss wohl diese Trinidad sein, die, seit sie mit deinem Priesterrock ins Bett geht, fromm geworden ist, diese Närrin!«

Der Bibelverdreher wurde weiß wie die Wand und wäre ob dieser Antwort beinahe in Ohnmacht gefallen, doch dann schluckte er die Kröte tapfer und schlug einen neuen Weg ein.

»Vergiss nicht, dass Maria Magdalena auch eine Hure war, und bedenke, wie Jesus sich für sie einsetzte«, führte er ins Feld. Er blickte López-Cuervo II fest an und zog dann sein As aus dem Ärmel. »Das Gleiche könnten wir auch von der Chola, der Ela oder der Cufina sagen, und mal sehen, was deine Frau davon hält, dass du nichts für diese Mädchen tust, die dich so viel gelehrt haben …«

Nun war es López-Cuervo II, dem die Argumente ausgingen, weshalb er schließlich versprach, die Angelegenheit zu regeln. Obwohl die Militärverwaltung noch nicht auf sein Telegramm reagiert habe, wolle er die Sache persönlich in die Hand nehmen und den wilden Kerlen den Besuch im *Arche Noah* untersagen. Niemand weiß, wie es ihm gelang, dass man die Infanteristen an einen anderen Ort versetzte, bei dem es sich offensichtlich um Copiapó handelte. Der Sohn des Satans war ein listiger Taktierer, das hatte er von seinem Vater geerbt. Jedenfalls öffneten wir noch am selben Abend wieder die Tore des *Arche Noah*. Und erneut fuhren die Karren über die Brasil-Brücke, in ihrem Gefolge ein Haufen lärmender Jungs, die scharf darauf waren, die Berge bluten zu lassen, um sich ein paar Münzen zu verdienen, oder sich zur Weinlese ins Tal begaben. Es wurde getanzt und Staub aufgewirbelt vor lauter Luftsprüngen, und die Musik der Becken, Trommeln und Trompeten brachte alles in Aufruhr.

Ich spüre immer noch den Taumel jener Tage. Ich erinnerte mich plötzlich daran, wie ich die Tita als kleines Kind auf meinen Karren geladen hatte. Sie hielt an einer Schnur ihren Papierdrachen, der zum Himmel aufstieg, während sie bei jedem Hüpfer unseres primitiven Gefährts laut auflachte. Ich sah die Jahrmarktszelte vor mir, dachte an die Verkäufer, die ihre Waren mit unverhofftem Geschrei anpriesen, hatte den stechenden Geruch des Ziegendungs und den frischen Duft der Blumen in der Nase. Die Papierdrachen vollführten am Himmel in bunten Farben Kunststücke – es sind die kleinen Dinge des Lebens, die uns binden oder zerstreuen, wie der Wecker, den ich so lange in einem Lederranzen aufbewahrt habe, bis er in Sofanors Händen landete. So ist es wohl, Benito, mein geliebter Enkel, nie weiß man, warum die einen Erinnerungen andere nach sich ziehen, und das so oft gegen unseren Willen, denn lieber würden wir uns nicht an all die Toten unter der Salpetererde erinnern, an all die heulenden Geister in der Wüstenlandschaft. Für mich ist inzwischen alles ein Durcheinander und Neuanfang, denn wenngleich es nicht so erscheinen mag, fällt es mir bisweilen schwer, den Faden nicht zu verlieren.

Es tauchten immer mehr Kumpel und Frauen in den benachbarten Straßen auf, um zu tanzen. Nicht nur die Bewohner von Paitanás hatten den Verstand verloren, Benito, sondern, wie es scheint, die gesamte Menschheit. Es war, als hätte die Sonne aufgehört, mit ihren spitzen Dornen zu stechen, und wir fühlten uns kriegerischer denn je. Ich war zufrieden, denn nun würde wieder Normalität einkehren. Im *Arche* spielte das Grammophon wieder Musik ab, und die Trini ging aufgekratzter denn je ihrer Arbeit nach.

Doch dann sah ich durch den Zigarettendunst eines Kumpels, der auf die Theke gestützt dasaß und Rauchwolken ausstieß wie eine Lokomotive, die Tita das Lokal betreten. Ich erschrak bei dem Gedanken, dass sie vielleicht kam, um mir zu sagen, es sei etwas mit Flor oder den Hunden passiert, aber sie trat seelenruhig an die Theke, musterte alles mit neugierigen Blicken und nahm direkt vor meiner Nase auf einem Barhocker Platz, während ich noch wartete, dass sie mir erklärte, was zum Teufel sie hier zu suchen habe. Statt einer Antwort bat sie mich, ihr ein Gläschen zu servieren, und zwar vom Allerstärksten.

»Na los, Mädchen, geh heim zu deiner Mutter. Du bist noch nicht alt genug, um dich hier herumzutreiben!«

Flor war immer sorgsam darauf bedacht gewesen, die Tita vom *Arche Noah* fernzuhalten. Sie vergaß immer mit Absicht zu sagen, dass wir Geld mit einem Bordell verdienten, das durchaus so gute Zeiten gekannt hatte, dass wir sie später auf die Universität schicken konnten. Die Tita musste lachen, als sie mein verstörtes Gesicht sah.

»Ich werde hier auf diese Soldaten warten und ihnen ein paar Takte sagen!«, verkündete sie mir großspurig.

»Mach mir keinen Ärger, Tita! Geh nach Hause. Die Soldaten haben Paitanás längst verlassen, und du hast hier absolut nichts verloren.«

Einer der üblichen Strolche näherte sich ihr von hinten und fasste sie um die Taille. Ich wäre fast hinter der Theke hervorgesprungen, aber da war sie ihn schon mit einem heftigen Stoß losgeworden.

»Scher dich endlich heim!«, schrie ich sie an. »Wenn

deine Mutter erfährt, dass du hergekommen bist, kriegt sie einen Herzschlag.« Ich hätte sie am liebsten geohrfeigt, wäre nicht die Theke im Weg gewesen.

»Nur mit der Ruhe«, sagte sie. »Ich geh ja schon, reg dich ab.«

Zwei Abende später tauchte López-Cuervo II auf der Bildfläche auf. Ohne einen Gruß beugte er sich ganz nah an mein Ohr und zischte, falls er je noch einmal hören sollte, dass die Tita einen Fuß ins *Arche Noah* gesetzt habe, würde ich bereuen, dass die Soldaten abgezogen seien. Und bevor ich etwas erwidern konnte, war er auch schon fort.

Paitanás, 1920 – 1939

Flor und die Ojerosa waren als Kinder sehr eng befreundet gewesen. Die Zeit wollte jedoch, dass ihre Wege sich trennten, bis sie schließlich kein Wort mehr miteinander wechselten. Flors Mutter hatte die Ojerosa ganz formlos adoptiert, weil das Mädchen ständig auf der Flucht vor den Spannungen daheim war, wo keiner ihr mit Liebe begegnete. Die beiden Freundinnen sprangen fröhlich wie die Zicklein über die Mauern, sie waren ein Herz und eine Seele, nie sah man sie streiten. Doch die Pubertät brachte die ersten Probleme. Flor entwickelte sich schon mit zwölf zu einer Frau. Ihre Hüften wurden breiter und rundlicher, die Taille schmaler und ihre Brüste sprossen wohlproportioniert und fest. Die Ojerosa hingegen war erst mit fünfzehn so weit. Lange Zeit musste sie mit ansehen, wie die Jungs hinter ihrer Freundin her waren, sie mit Komplimenten überhäuften und ins Theater einluden, während sie selbst unsichtbar zu sein schien. Auch wenn du es nicht glaubst, Benito, Copiapó, wo sie aufwuchsen, wurde damals für seine Operettenaufführungen überaus gerühmt. Und selbst Paitanás besaß einmal ein Theater, das weit über die Grenzen der Stadt bekannt war als *El Rojo*, wegen der roten Farbe seiner luxuriösen Vorhänge im Innern. In jenen Jahren trat in Copiapó die italienische Künstlergruppe um Teresa Rossi auf. Die Leute hegten eine fast schon übertriebene Sympathie für ihre Werke, auch wenn man sagen muss, dass sie erstaunlich waren, voller poetischer Ekstasen, mit Titeln wie *Romeo und Julia*, *Die Tochter des Regiments* oder *Elixier der Liebe*. Die beiden Freundinnen bewegten sich in diesen Kreisen, zu denen Leute zählten, die Geld hatten. Einige kauften sich davon Gold- oder Silberminen, Leute aus der Gegend, die allerdings nicht vermögend genug waren, um in diesen Minen den Abbau zu betreiben, und sich letztlich gezwungen sahen, an die fremden Schufte zu verkaufen.

In jener Zeit also betrachtete die Ojerosa unzufrieden ihre lächerlichen Rundungen im Spiegel, und obwohl Flor mir sagte, sie habe nie eine Geste der Eifersucht oder des Leidens an ihr erlebt, sehnte sie sich schmerzlich nach mehr Weiblichkeit. Als sie zum ersten Mal ihre Regel bekam, dachte sie, jetzt werde alles gut. Stolz berichtete sie Flor davon, die sich mit ihr freute und ihr ein paar Tipps gab. Doch ihre Freude war rasch dahin, als ihre Brüste dennoch nicht über die Größe kleiner Feigen hinaus wuchsen. Während Flor an ihrer Seite immer hübscher wurde – mit ihren rosigen Wangen und Lippen, samtig weich wie Blütenblätter, ihrem vollem Haar und strahlenden Augen, die jeden bezauberten –, blieb diese Entwicklung bei der Ojerosa aus. Sie wurde einfach nicht hübscher. Jedenfalls sagte es ihr niemand, und es gab auch keinen Kerl, dem sie den Kopf verdrehte. Allein ihre Nase wuchs so beträchtlich an, dass sie buchstäblich zum herausragenden Merkmal ihres Gesichts wurde. Überdies war die Haut um ihre kleinen Augen so empfindlich, dass all die Schminke, mit der sie zu retten versuchte, was nicht zu retten war, in den Poren hängenblieb und seither ein violetter Schatten ihren Blick umrahmte – daher ihr Spitzname Ojerosa, die Augenschattige. Es gab ein paar Jungs, mit denen sie sich regelmäßig traf, bis auch die sie verschmähten. Als sie irgendwann erfuhr, dass Flor mich heiraten würde, drehte sie durch. Doch erst die Eröffnung des *Arche Noah* auf der Jotabeche, zwei Straßen von ihrer Pension entfernt, lieferte ihr den perfekten Vorwand, ihren ganzen Frust über Flor auszukübeln.

Die Familie der Ojerosa besaß ausgedehnte Ländereien in *Chanchoquín*, einem Dorf in der Nähe von Alto del Carmen, das auf der Landkarte nicht verzeichnet ist. Sie hatten Geld, was sie aber nie nach außen kehrten. Sie waren gekleidet wie alle Leute der Region, machten weder Reisen, noch trugen sie Schmuck. Ich glaube sogar, dass sie lebten, als hätten sie nie etwas besessen. Das Haus, in dem sie wohnten, war groß, doch der Ojerosa war es ein riesiger Hort der Einsamkeit gewesen. Erst nach vielen Jahren der Überredungskunst brachte sie ihren Vater schließlich dazu, die Pension in Paitanás zu eröffnen. Sein Leben lang hat er bereut, das *Chanchoquín* zu errichten, und jedes Mal, wenn er seine Tochter besuchen kam, warf er ihr vor, dass sie es nicht verstünde, das Geschäft rentabel zu führen. Als die italienische Diva Estela Maris im

Theater von Paitanás wahre Begeisterungsstürme auslöste und in den Hafenstädten der Atacamawüste ihre brillanten Vorstellungen wiederholte, die sie bereits in der Hauptstadt und in Valparaíso gegeben hatte, legte die Ojerosa sich erfolglos ins Zeug, um feine Kundschaft anzulocken. Das *Chanchoquín* blieb eine Absteige für die einfachen Leuten aus der Umgebung, die in Paitanás auf der Durchreise waren. Ihr Vater zeigte sich zunehmend verärgert, obwohl das eigentliche Ärgernis für ihn wohl darin bestand, dass seine Tochter alt wurde, ohne je einen Verehrer gehabt zu haben. Als der Bürgermeister des Örtchens eine Musikkapelle aus Italien für seine Bürgerwehr unter Vertrag nahm, ahnte die Ojerosa nicht, welche Wendung das für ihr Schicksal bedeuten sollte. Die italienischen Musiker veranstalteten Konzertabende in unserem Dorf, waren ausgestattet mit neuartigen Instrumenten und schmucken Uniformen. Es heißt, sie seien erstaunt gewesen, als das Paradies des Goldes, Silbers und Salpeters sich ihnen als eine von wenigen Gässchen umgebene ungepflasterte Straße offenbarte. Es war die erste feste Musikkapelle von Paitanás, und sie umfasste zwanzig Mann. Laut Vertrag waren die Mitglieder verpflichtet, auf Paraden, religiösen Prozessionen sowie zum Zapfenstreich und drei Mal wöchentlich in einem auf dem Platz vor der Kirche von Pater Alzamora errichteten Pavillon zu spielen. Man erzählte sich, einige dieser Musiker seien mindestens solche Trunkenbolde gewesen wie die Soldaten der Infanterieschule von San Mastín. Und vor allem von einem, Paolo Lembo, wurde berichtet, dass er sich eines Abends schwankend ins *Chanchoquín* begeben und nach einem Stundenzimmer verlangt habe.

»Du hast dich im Haus geirrt, du Trottel!«, beschimpfte ihn die Ojerosa. »Was du suchst, befindet sich in der Spelunke zwei Straßen weiter.«

Das sagte sie zu ihm, bevor sie sich eines Besseren besann. Sie schickte ihn dann doch nicht fort, sondern löschte das Licht in der Pension und schleifte ihn in ihr Zimmer. Man munkelte, bereits eine Woche später habe sie ihn ihrem Vater vorgestellt. Davor hatte die Ojerosa dem Musikus eines Morgens eröffnet, sie hätten miteinander geschlafen, und nun müsse er seine Pflicht erfüllen und sie heiraten. Das erzählten sich die Pensionsgäste seinerzeit. Doch ich habe das nie geschluckt. Etwas muss vorgefallen sein, obwohl es jetzt vielleicht auch nicht mehr von Bedeutung ist. Die Ojerosa war gar nicht fromm, Paolo aber kam aus Italien, wo alle sehr gläubig waren, weshalb er tat, was sie verlangte. Doch noch in der Hochzeitsnacht ging er sich wieder betrinken und ließ die Ojerosa frustriert in der Pension zurück. Während des ehelichen Zusammenlebens bemühte sich die Ojerosa, den Italiener zu bessern, und erwartete ihn nach jeder Vorstellung, aber es kostete sie viel Mühe. In nüchternem Zustand war er unleidlich und verprügelte sie mehr als einmal. War er betrunken, keifte die Ojerosa ihn an, er komme bestimmt vom *Arche*, und bezog am Ende auch dafür wieder Prügel. Schon wenige Monate nach der

Hochzeit wusste sie, dass dieser Mann ihr Verderben sein würde. Es ärgerte die Ojerosa, wenn sie im *Atacameño* las, die Männer hätten am Vorabend gespielt wie die Söhne des Apoll. Die Zeitung hob hervor, die Kapelle habe die Melodien von Giacomo Meyerbeer in reinsten Tönen wiedergegeben. Als der Vorhang aufgegangen sei, hätten sie die Nationalhymne angestimmt, diese Komposition von Garnicer, die eine Eingebung des Himmels gewesen sein müsse, um die Entstehung des neuen Vaterlandes auf Erden zu feiern, ach. Dergleichen Ärgernisse und viele mehr standen da geschrieben. So groß war der Hass der Ojerosa, dass sie an dem Tag, als sie schwanger wurde, mithilfe eines Kräutergemischs abtrieb, das die Lorenzona ihr vom Amazonas mitgebracht hatte. In einem kleinen Dorf wie Paitanás spricht sich alles herum, Benito. Als der Vater der Ojerosa starb, erfuhr Paolo, dass die Familie seiner Frau mehr Geld zusammengespart hatte, als er sich je hätte träumen lassen. Er begann, sich Anzüge und Hemden aus teuren, erlesenen Stoffen zu besorgen, handbemalte Seidenschals und vor allem Unmengen von alkoholischen Getränken. So wie die Ojerosa sich nie einen Bräutigam hatte auswählen können, war es Paolo nie gelungen, die Liebe eines Mädchens für sich zu gewinnen. Das erzählten sich die Musiker. Der Italiener hatte pechschwarzes, aber hässlich gewelltes Haar, eine olivfarbene Haut und schlaffe Züge, die durch die weitgehende Ausdruckslosigkeit seines Gesichts noch betont wurden. Er war ein ziemliches Nichts, aber im Vergleich zur Ojerosa gewann er. Flor erzählte mir, sie ertrage ihn nur, weil er sie geheiratet habe, und weil sie keine Chance sehe, dass ein anderer es je mit ihr aushalten würde.

Eines Tages brach Paolo mit dem Orchester für eine dreißigtägige Reise durch die Pampa auf, die Musiker begleiteten einen Soldatentrupp. Sie waren von mehreren Dörfern unter Vertrag genommen worden, um die lokalen Feste aufzupeppen, doch dann löste sich Paolo Lembos Musikgruppe plötzlich auf. Manche sagten, man habe ihnen das Gehalt gestrichen, weshalb die Musiker gezwungen seien, sich andere Orchester zu suchen. Jedenfalls lief eines Morgens ein Zug in Paitanás ein und brachte in einem der Waggons den toten Paolo Lembo heim. Ein Junge lief los, um der Ojerosa im *Chanchoquín* die Nachricht zu überbringen.

»Mit was für einem Größenwahn wird er mir wohl diesmal kommen«, sagte die Ojerosa, als sie erfuhr, dass er mit einem Konvoi eingetroffen sei.

»Nein, Señora, Ihr Mann ist tot«, verkündete der Junge atemlos.

Die Ojerosa band sich die Schürze ab. Dann rannte sie los, um zu sehen, ob die Nachricht stimmte. Als sie vor dem Leichnam stand, soll sie ihn, wie es heißt, mit Fausthieben traktiert haben, so wie er es immer mit ihr getan hatte.

»Wach auf, du Mistkerl!«, schrie sie. »Lass die Sauferei und wach endlich auf!«

Das Gesicht und der Nacken des Toten waren rot und

faltig wie die Haut um die Augen der Aasgeier. Man munkelte, im Waggon habe man sich um die Habseligkeiten des Verblichenen gezankt, weshalb die Ojerosa ihn ohne seine Goldzähne, ohne sein Jackett und ohne Schuhe zurückbekommen habe. Ihr Lebtag weigerte sie sich, Witwentrauer zu tragen. Nie kleidete sie sich schwarz. Ganz im Gegenteil. Seit Paolos Tod verbrachte sie mehr Stunden vor dem Spiegel denn je. Damals fing sie an, sich mehrmals am Tag zu schminken. Die Leute sagten, die schwere Alkoholvergiftung sei vorhersehbar gewesen, und jetzt müsse sie wenigstens nicht mehr die blauen Flecken in ihrem Gesicht kaschieren. Obwohl wir zur Hochzeit nicht eingeladen waren, vergaß Flor allen Groll und erschien im *Chanchoquín*, um ihr ihre Zuneigung anzubieten und die alte Freundschaft wiederaufleben zu lassen. Doch zum Dank wurde ihr mit der wütenden Aufforderung, sich zum Teufel zu scheren, die Tür vor der Nase zugeschlagen. Die Ojerosa ertrug es nicht, dass Flor ihr trotz aller Gerüchte, die sie hinter ihrem Rücken in Paitanás über sie verbreitet hatte, nicht gram war.

Der Italiener wurde auf dem Friedhof in den Bergen begraben. Als die Ojerosa zur Bank ging, um ihre Konten zu überprüfen, musste sie feststellen, dass sie auf einem Berg Schulden saß, weil Paolo sich für Unsummen eine Zugposaune und eine Klarinette aus Europa hatte kommen lassen.

Zurück in der Pension schichtete die Ojerosa Paolos gesamte Kleidung, den Koffer, in dem er seine Blasinstrumente aufbewahrte, den eleganten Anzug, mit dem er einst in Chile eingetroffen war, zu einem großen Haufen, den sie in ein riesiges Flammenmeer verwandelte. Es heißt, einige Schuhputzerjungen vom Bahnhof hätten ihr geholfen, die Hemden und Seidenschals zusammenzutragen. Vor lauter Sorge wegen ihrer Probleme mit der Bank fing die Ojerosa an, ein Gebräu aus Kräutern zu trinken, dessen Rezept und Zutaten sie wiederum von der Lorenzona hatte. Eine Woche nach der Beerdigung erwachte die Ojerosa mit völlig verschorftem Körper und hängte im Flur den roten Samtvorhang aus dem Theater auf. Beim Möbelverrücken fand sie die italienische Vase. Sie verstand nicht, wie dieses Stück dem Feuer entronnen sein konnte. Da beschloss sie, aus der Not eine Tugend zu machen, und stellte die Vase an herausragender Stelle auf ein Möbelstück hinter der Rezeption, damit sie allen Gästen gleich beim Hereinkommen ins Auge fiel. Jedem, der sich ins *Chanchoquín* verirrte, zeigte sie das kostbare Stück. Sie erzählte, es sei das Verlobungsgeschenk ihres verstorbenen italienischen Mannes gewesen, eines Herrn, der gekommen sei, um sein Vermögen ins Salpetergeschäft zu investieren, und der sich der Musik verschrieben habe. Sie formte die Geschichte, wie es ihr gefiel, und fügte jedes Mal ein neues Detail hinzu. Die Vase verstaubte allmählich auf dem Möbelstück. Nicht ein einziges Mal füllte die Ojerosa sie mit Blumen, weil sie sie nicht mochte. Sie ertrug es einfach nicht, daran erinnert zu werden, dass sie nie in den Genuss von Schönheit gekommen war. Später dann, als Sofanor und die Inglesa tot waren und López-Cuervo II ihr den Haufen Scherben nach der Untersuchung auf Fingerabdrücke zurückgegeben hatte, erzählte die Ojerosa gerne, auf dieser Vase liege ein Fluch, denn als sie einmal Blumen hineingestellt habe, seien die fast auf der Stelle verwelkt. Das habe sie auch Sofanor klarzumachen versucht, als der mit dem Strauß Rosen aufgekreuzt sei. Doch er habe so glücklich gestrahlt mit seinem schnurrbärtigen Lächeln, dass sie ihm nicht den Abend habe verderben wollen. Da habe sie die Vase genommen, sie in der Küche zur Hälfte mit Wasser gefüllt und ihm aufs Zimmer gebracht. Noch in derselben Nacht sei dann das Unglück geschehen.

Paitanás, 1955

Ein Jahr nach dem Verschwinden der Soldaten von San Mastín kamen Tita und Flor erneut zu Besuch nach Paitanás, doch da hatte sich bereits alles verändert. López-Cuervo II hatte das Geschäft mit den Pampinos, die er von einem Waggon in den anderen umsteigen ließ, aufgegeben. Tag für Tag hatte er Männer, Frauen und Kinder unwissend und fröhlich singend in den Tod laufen sehen, während sie glaubten, sie seien ihm glücklich entkommen. Das ließ auf die Dauer selbst den Befehlshaber der Carabineros nicht kalt. Es kamen immer mehr Menschen, und die Gewerkschaft von der Calle Maule erweiterte mit jedem Tag die Suppenküche. López-Cuervo II sandte hilfesuchend Telegramme in die Hauptstadt: Er brauche ein weiteres Kommando, ließ er wissen – doch die Antwort blieb aus. Je mehr Leute sich einfanden und sich der Suppenküche oder dem Marsch von der Calle Maule über die Prat bis zur Plaza anschlossen, desto bedrohter fühlte sich López-Cuervo II.

»Diese Schurken werden allmählich übermächtig!«, brüllte er, als er immer noch nichts vom Ministerium gehört hatte.

Während deine Großmutter gleich bei ihrer Ankunft

mit den Hunden im Patio beschäftigt war, sich mit liebevollen Worten an jedes einzelne Tier wandte, machte sich die Tita Sorgen über das, was auf dem Marktplatz geschah, wo die Menschen sich hungrig versammelten.

»Dieses Kind ist unmöglich«, schrie Flor.

»Was ist denn jetzt schon wieder los?«, stöhnte ich. Die Sonne drang bereits mit aller Macht durchs Fenster, aber ich war noch todmüde. In der Früh hatte ich mich damit abgerackert, Klarschiff im *Arche Noah* zu machen. Meine Lider hoben sich schwer wie Blei. Ich hörte Flor sich mit energischem Schritt unserem Schlafzimmer nähern.

»Sie hilft mir nicht bei der Hausarbeit. Sobald ich sie darum bitte, wirft sie mir wütend an den Kopf, wir Frauen seien nicht nur zum Putzen und zum Kochen da … Ich weiß nicht, woher sie diesen Charakter hat.«

Flor vergaß immer, dass eine andere die Tita geboren hatte und wenn sie auch eine gute Schülerin war und ihre Erziehung in Flors Händen lag, das Blut und die Gene forderten ihren Tribut. Ich vergrub den Kopf im Kissen, doch Flor war noch nicht fertig.

»Weißt du, was sie heute gesagt hat? Wenn sie könnte, würde sie Bomben gegen die Bosse werfen, bis keiner mehr übrig bliebe und die Minen wieder in den Händen der Arbeiter lägen.«

Flor trocknete sich eine Hand an der Schürze ab. »Samu, ich rede mit dir! Wie kommt sie nur auf solche Ideen? Ach, und eine weitere Bombe gegen die Soldaten! Und eine weitere für den Pfaffen. Was sagst du dazu?«

»Flor, achte nicht drauf. Das hat sie bestimmt nur gesagt, um dich zu ärgern.«

»Na, das ist ihr dann ja gründlich gelungen.«

Einen Moment lang hallte mir Flors Klage noch als Geräuschkulisse im Ohr nach, doch dann muss ich wieder eingeschlafen sein. Als ich später mit trockenem Mund aufwachte, wunderte ich mich über die himmlische Ruhe im Haus.

»Was ist los? Wo ist die Tita, wo sind die Hunde?«, rief ich verwundert.

»Ich habe dir doch gesagt, dass ich dem Mädchen zur Strafe aufgetragen habe, die Hunde spazieren zu führen«, sagte Flor.

»Wie? Alle Hunde?« Flor schien den Verstand verloren zu haben.

»Natürlich alle!«

»Aber sie kann doch nicht alle bändigen! Sie werden ihr ausbüchsen.«

»Das ist ihr Problem. Dann muss sie sich eben Gedanken darüber machen, wie sie sie wieder einfangen kann. Vielleicht vergisst sie darüber den ganzen Quatsch mit den Bomben.«

Ich schüttelte den Kopf. »Also, hör mal, du hättest sie ja nicht gleich mit allen fünfzehn Hunden auf die Straße schicken müssen.«

»Wie bitte? Weil du ihr immer alles durchgehen lässt, ist sie so, wie sie ist. Es ist deine Schuld! Ich mühe mich ab, um mit ihr fertig zu werden, aber du … Ihr zwei bringt mich noch ins Grab, immer nur habe ich Ärger mit euch!«

Flor schlug die Hände vors Gesicht und rauschte empört davon. Ich sann darüber nach, dass es geniale Frauen gibt, die unerträglich sind wie unsere Tita, und hinreißende Dummchen wie meine verstorbene Petronila. Ich kam zu dem Schluss, dass die Liebe wohl die göttlichste aller Absurditäten war oder vielleicht auch das einzige Absurde, dem ein Hauch von Göttlichem anhaftete. Und dann dachte ich, dass meine Ehe sich trotz Titas Hitzköpfigkeit, die es Flor selten zu bändigen gelang, und trotz der Zeiten, in denen wir getrennt lebten, von Tag zu Tag mehr festigte.

Unterdessen führte die Tita die Hunde durch die Dorfstraßen spazieren. Sie musste die Zähne zusammenbeißen, denn ständig stolperte und strauchelte sie, da die Hunde sich nicht auf ein Tempo einigen wollten. Wenn einer stehen blieb, um in einer Ecke herumzuschnüffeln, gaben die anderen keine Ruhe und zerrten an den dünnen Leinen, die die Tita kaum halten konnte. So überquerten sie die Calle Serrano, umrundeten den Platz, bogen in die Merced ein. Ein junger Mann brachte die Gewerkschaftsfahne an der Fassade des Gewerkschaftsgebäudes an. Als die Tita mit ihrer Hundebande später die Strecke zurückging, flatterten dort drei Flaggen im Wind, jede an einem Besenstiel: Ein Minenarbeiter hatte die chilenische Fahne und die der Kommunistischen Partei zur Verfügung gestellt.

Auf dem Marktplatz gingen der Tita dann vor aller Augen die Hunde durch. Sie schossen über den Platz, hin und her, und kläfften sich die Seele aus dem Leib. Die Pampinos hielten sich die Schenkel vor Lachen, während die Tita immer nervöser wurde. Sie kochte innerlich, je deutlicher sie den Spott der anderen spürte. Doch sie bezähmte sich, sagte nichts. Mit finsterer Miene blickte sie um sich, holte tief Luft, setzte die Finger an die Lippen und ließ einen ohrenbetäubenden Pfiff hören. Auf dem Platz herrschte mit einem Mal Stille. Die vorher gelacht hatten, hielten ungläubig inne. Sie konnten kaum glauben, was sie sahen: nämlich, dass die Hundebande tatsächlich auf das Kommando dieses zarten Mädchens parierte. Stolz und erhobenen Hauptes schlug die Tita mit den kleinen Ausreißern den Heimweg ein, und sie genoss es, die erstaunten und bewundernden Blicke der Männer in ihrem Rücken zu spüren.

Wer das Spektakel mit den Hunden beobachtet hatte, meinte, dieses Mädchen sei verhext. Sogleich erinnerte man sich ihrer Herkunft und verwies auf Sofanor und die Inglesa, die gefürchteten Ganoven von einst, und fortan begegneten die Pampinos ihr voller Respekt. Niemandem fiel es mehr ein, meine Tita zu verspotten. Ach, Benito, das menschliche Hirn ist kompliziert wie jedes Labyrinth, es gibt helle, gut beleuchtete Gänge und dunkle, ausweglose, wohin einem niemand folgen kann. In einem solchen Gang muss Titas Entschluss entstanden sein, sich mit den Soldaten von López-Cuervo II anzulegen.

Es herrschten unerträgliche Temperaturen in jenen Wochen, die Frauen kippten eimerweise Wasser auf die Landstraße, damit wir nicht alle irgendwann an dem ganzen Staub erstickten. Ich erinnere mich an den Tag, als ein paar der Pampinos wiederholt an die Tür klopften. Sie sammelten Patronen, aber ich gab ihnen zu verstehen, dass unsere Arbeit nichts mit den Minen zu tun habe. Die ohnmächtigen Massen begannen aufzubegehren.

Hoch zu Pferd hatte López-Cuervo II zuvor argwöhnisch das Treiben der Menge von einer Ecke der Calle Prat aus beobachtet. Seinen Adleraugen entging nichts, obwohl sie winzig waren wie zwei Tropfen chinesischer Tusche. Sie lagen weit auseinander, überschattet von buschigen Augenbrauen, die dem Gesicht eine gewisse Harmonie verliehen, trotz seines immer irgendwie verächtlichen Ausdrucks.

In López-Cuervo II schwelte die Glut einer Wut, die jederzeit ausbrechen konnte. Aber wozu erzähle ich dir das, Benito, du weißt es ja selbst am besten. An jenem Tag war es wieder so weit, die Wut brach aus, und es kam zu diesem fürchterlichen Gewaltakt.

Der *Atacameño* behauptete, López-Cuervo II habe sich am Rande der Arbeiterbewegung gehalten, die Unruhen im Dorf seien nicht so gravierend gewesen. Erst als er die drei Flaggen an der Fassade des Gewerkschaftsgebäudes in der Calle Maule entdeckte, habe er beschlossen, einzugreifen. Das war, wie wir alle wissen, falsch, denn López-Cuervo II suchte fieberhaft nach einem Grund, die Protestierenden in ihre Schranken zu weisen und seine Autorität unter Beweis zu stellen.

Dieser Grund bot sich, als einige Kumpel von der Suppenküche auf dem Markt zum Gewerkschaftsgebäude eilten, wo ein Trupp Soldaten gerade dabei war, die Türen aufzubrechen.

»Was wollt ihr? Wonach sucht ihr?«

»Wir suchen den Gewerkschaftsführer! Wo ist Pedro Pablo Seura?«, brüllte Major Apablaza.

»Der ist noch nicht da«, rief ein Kumpel.

López-Cuervo II beobachtete grimmig die herbeiströmenden Menschen und befahl allen, heimzukehren. Aber die Pampinos ließen sich nicht fortschicken, sie wollten wissen, was los war. Da bildete Major Apablaza mit seinen sechs Begleitern ein Abwehrkommando. Die jungen Soldaten legten die Gewehre an und verharrten in Schießposition. López-Cuervo II verkündete derweil der Menge, sie könnten so viele Wahlsprüche für ihre Partei anbringen, wie es ihnen gefiele, aber die Nationalflagge sollten sie gefälligst in Ruhe lassen. Mit zum Himmel erhobenem Säbel ordnete er an, die drei Flaggen, die chilenische, die der Gewerkschaft und die rote, von der Fassade des Gewerkschaftsgebäudes zu entfernen.

»Wir sind auch Chilenen und können unsere Fahnen benutzen, wie es uns passt!«, rief eine Frau.

Ein Minenarbeiter, der sich bei den Aufmärschen als besonders leidenschaftlich und engagiert erwiesen hatte, pflanzte sich vor López-Cuervo II auf.

»Diese Fahnen gehören mir«, sagte er, wobei er dem Sohn des Satans die rote und die chilenische aus den Händen riss. Rasend vor Zorn ließ López-Cuervo II seinen Säbel hinabsausen und trennte dem armen Schlucker eine Hand vom Körper ab. Der Mann biss die Zähne zusammen, ging mit schmerzverzerrtem Gesicht auf López-Cuervo II los und brachte ihn durch einen kräftigen Stoß mit seinem Armstumpf zu Fall. Die beiden rollten sich im Kampf über den Boden, doch López-Cuervo II hatte rasch seinen Säbel zurückerobert und jagte ihn dem Kontrahenten in den Bauch. Major Apablaza nutzte die Gelegenheit, dem armen Teufel zusätzlich noch eine Kugel zu verpassen. López-Cuervo II befahl seinen Soldaten, auf jeden zu schießen, der sie daran hindere, ins Innere des Gewerkschaftsgebäudes vorzudringen, wo man Pedro Pablo Seura vermutete.

Die Geschichte unseres Vaterlandes wiederholte sich, Benito. Der gesunde Menschenverstand verbietet den Schmerz und die Vernunft den Verlust der Würde. So dachten die kämpfenden Arbeiter, unter denen es unzählige Verletzte nach diesem Zwischenfall gab. Am Abend fand die Totenwache für den Pampino statt, der sich López-Cuervo II in den Weg gestellt hatte. Sie bahrten den Leichnam auf einem Tisch auf, wo der Mann mittags noch seine Suppe gelöffelt hatte, und bedeckten den Verstorbenen mit Blütenblättern. Die abgetrennte Hand steckte man dem Unglückseligen in eine Tasche seines Anoraks. Die Nachbarn stellten Kerzen vor dem Gewerkschaftsgebäude auf, und Flor bastelte Blumen aus Krepppapier. Prächtige Krepppapierblumen in vielen bunten Farben, die sie auf feine, aber feste Schnüre auffädelte. Denn in der höllischen Sonnenglut hier verschrumpelten die frischen Blumen in weniger als einer Stunde.

Da Paitanás mitten in einer Bergbauregion liegt, war es üblich, Dynamitpatronen im Haus zu haben. Die Schießmeister, die Schießhauer, die Schießlader, die Bohrhämmerer – die Kumpel hatten tagtäglich damit zu tun, also gab es auch Leute, die das Zeug samt Zubehör verkauften. López-Cuervo II hatte mit seinem Säbelhieb und dem Schießbefehl die Grenzen des Erträglichen überschritten. Und nun marschierten die Arbeiter los, um Dynamitpatronen zu sammeln. Alle beschlossen, es diesen Tyrannen und Mördern zu zeigen.

Unterdessen brach der Krankenhausbetrieb unter dem Zustrom der Verletzten zusammen, man konnte nicht alle aufnehmen. Gott Alzamora hätte nie gedacht, dass er so viel Arbeit bekommen würde. Den Sterbenden erteilte er die Letzte Ölung, den Verwundeten leistete er geistlichen Beistand.

»Alzamora! Alzamora!«, unterbrach ihn eine kleine Frau auf hochhackigen Schuhen bei seinen Pflichten.

»Was gibt es denn, Trinidad?«

»Pater!«, rief sie atemlos. »Die Männer halten Dynamitpatronen in den Händen, und es sieht so aus, als wollten sie die Kaserne der Carabineros in die Luft sprengen.«

Hinter der Trini trat eine ganze Schar von Frauen in Erscheinung, an deren Rockzipfeln verängstigte Kinder hingen. Sie flehten Alzamora an, einzuschreiten. Dem Pfaffen behagte die Vorstellung, sich mit López-Cuervo II anzulegen, gar nicht. Doch er geriet angesichts dieser Frauen und Kinder unter Zugzwang. Seufzend nahm er schließlich die Priesterstola ab, übergab sie der Trini und trug den Familienangehörigen auf, fleißig weiterzubeten. Während er unter dem mächtigen Applaus der Frauen über sich hinausgewachsen war, sank sein Mut mit jedem Schritt, der ihn der Kaserne näher brachte.

»Diese Hundesöhne sind zu allem fähig«, entfuhr es Alzamora ärgerlich und selbstmitleidig. Die ihm aufgetragene Situation überforderte ihn, er hatte Angst, es könnte ihm etwas zustoßen. »Mein Gott! Schenk mir die rechten Worte, damit diese Hornochsen aufhören, Unruhe zu stiften.«

So klagend und Gott anrufend, dabei bemüht, seine flatternde Soutane im Zaum zu halten, begegnete er der Tita. Sie trug ein Tuch um den Kopf gewickelt und hatte sich die Augen mit einem Lidstrich umrandet, um älter zu wirken.

»Lass diese heuchlerische Tour, du alter Halunke. Die Pampinos sind menschlicher als deine Soldatenbande.«

Sie war offenbar ebenfalls auf dem Weg zu den aufgebrachten Minenarbeitern und trieb den verzagten Priester mit energischen Schritten und finsterem Blick die staubige Straße entlang.

Der Pfaffe keuchte und stolperte, für derartige Gewaltmärsche war er einfach nicht geschaffen. Als sie schließlich die Menge auf dem Platz erreichten, blickte er mit puterrotem Gesicht zum Himmel, bekreuzigte sich und flehte den Herrgott um den Mut an, den er gegenüber der Lorenzona bewiesen hatte. Gönnerhaft breitete er dann die Arme aus, um den Pampinos, die den Protestzug anführten, im Namen Gottes Einhalt zu gebieten.

»Meine lieben Söhne, ich will euch sagen …« Doch die Kumpel rannten ihn um, trampelten über ihn hinweg. Sein Aufruf ging in dem wütenden Geschrei der Männer und Frauen unter.

Die Tita packte ihn bei der Soutane und zog ihn zur Seite. Auf der Stelle erklomm sie eine verfallene Mauer, um größer zu wirken und von allen gesehen zu werden. Dann steckte sie die Finger in den Mund und verschaffte sich mit einem durchdringenden Pfiff die nötige Aufmerksamkeit.

»Freunde! Der Mann, den ihr hier seht, die Soutane mit Erde verdreckt, hat eben noch mit den Angehörigen der Verletzten gesprochen. Das verdient euer aller Aufmerksamkeit. Ich denke wie ihr und wünsche diesen Mördern den Tod, aber nicht jetzt, nicht in dieser Situation. Es gibt Verletzte, die unsere Hilfe brauchen.«

Alzamora rappelte sich mit Titas Hilfe wieder auf die Beine. Mit dem Handrücken wischte er sich den Schweiß aus dem Gesicht. Seine Haare hingen ihm wirr in die Stirn.

»Gott bewahre uns vor einem weiteren Massaker!«, murmelte er düster.

»Hör mal, Pater!«, rief ein Kumpel. »Das Schlimme an dir ist, dass du uns belogen hast. Ich habe dir eine Handvoll Münzen für die Kirche gegeben, und nur eine Woche später haben sie die Mine geschlossen. Sie wollen unsere Anführer töten, und wir wissen, dass sie mit noch mehr Truppen zurückkehren werden. Wir wollen lieber im Kampf sterben, als mit verschränkten Armen abzuwarten, bis sie uns abschlachten.«

Die Menge tobte und klatschte Beifall. Mit ihren in die Luft gereckten, in Zeitungspapier gewickelten Dynamitpatronen wirkten die Kumpel wie echte Krieger.

Energisch ergriff die Tita wieder das Wort. »Wenn ihr zur Kaserne geht, werden sie euch mit einem Kugelhagel empfangen, und euer ganzer Eifer wird schon beim ersten Versuch dahin sein. Wollt ihr noch mehr Ehefrauen ohne Männer, noch mehr Kinder ohne Väter? Wollt ihr das? Wenn wir den Priester einschalten, werden sie sich bereit erklären müssen, die Gewerkschaft und eure Leute in Frieden zu lassen!«

Mit ihrer sicheren und kraftvollen Stimme gelang der Tita das Unmögliche: Die Kumpel begannen zu glauben, dass Gott Alzamora es ernst meinte. Der Protestzug setzte sich schwerfällig in Bewegung, die Kaserne befand sich vier Häuserblocks weiter. Manch einer wunderte sich über diese Frau mit dem um den Kopf geschlungenen Tuch, den feinen Gesichtszügen und den klaren Vorstellungen.

Vielleicht war das auch ein Grund, warum sie ihr alle folgten wie Flors Hundekinder.

Nach der Ermordung des armen Schluckers, der doch nur seine Fahnen zurückverlangt hatte, schlief López-Cuervo II zufrieden ein, denn er hatte seine Pflicht getan. Major Apablaza hatte der Truppe befohlen, den Bahnhof zu räumen, weshalb im großen Saal der Kaserne Segeltuchtaschen, Vorratsbüchsen und dicke Kleiderbündel auf dem Boden herumstanden. Major Apablaza war peinlich auf Sauberkeit bedacht, darauf, dass nirgends Keimherde entstanden oder sonstiger Schmutz sich breitmachte, anders als auf seiner Seele. Morgens hatte er alle Vorkehrungen getroffen, damit López-Cuervo II sich mit warmem Wasser rasieren konnte. Er riskierte das Leben eines Soldaten, den er von der Stadtkommandantur die Uniformen holen ließ. Doch López-Cuervo II war solch eine Beflissenheit gar nicht recht. Missmutig fingerte er an den goldenen Knöpfen seines Uniformrocks, der seinen kleinen Körper einschnürte, der bereits erste Rundungen in der Bauchgegend zeigte. Er hasste die beginnende Wölbung und überspielte sie, indem er beim Abschreiten der Truppe die Luft anhielt. Der Schritt seiner Hose saß ihm unbequem zwischen den nicht eben langen Beinen, und der bis zu den Knöcheln reichende Saum gab den Blick auf seine perfekt gewienerten schwarzen Schuhe der Größe 39 frei.

Am Nachmittag ließ Major Apablaza die Munitionskisten öffnen. Er sah die kriegsbereiten Pampinos mit ihren

Dynamitpatronen, die sie in Zeitungspapier eingewickelt hatten, um sich nicht an den Händen zu verletzen, schon aus drei Häuserblocks Entfernung auf die Kaserne zumarschieren. Alles sprach dafür, dass ein großes Blutvergießen bevorstand. Die Soldaten hielten sich bereit: Die Spitzen ihrer Gewehrläufe lugten aus den Fenstern und Schießscharten hervor. Major Apablaza befahl, die Anführer der Demonstranten nicht aus den Augen zu lassen.

»Auf sie werden die ersten Schüsse gerichtet sein.«

»Zunächst einmal müssen wir wissen, was dieses Gesindel überhaupt will«, rief López-Cuervo II dazwischen. »Wenn ihnen das vor dem Gewerkschaftshaus noch nicht genug war, sollen sie bekommen, was sie verlangen.«

Die Soldaten stimmten allesamt zu. Die Kumpel würden ein leichtes Ziel abgeben. López-Cuervo II nahm in seinem Sessel Platz und schlug die Beine übereinander. Dann zündete er sich eine Zigarette an.

»Zwei Frauen und der Dorfpriester führen die Demonstranten an«, verkündete einer der Männer.

»Umso besser. Wenn diese Huren sich das Paradies wünschen, sollen sie es bekommen«, brummte Apablaza.

López-Cuervo II nahm die Füße vom Schreibtisch und forderte die Männer am Fenster auf, zur Seite zu treten. Kaum hatte er Gott Alzamora erspäht, war ihm klar, dass es sich bei der Frau, hinter der er sich versteckte, um Trinidad handeln musste. Gleich darauf entdeckte er die Tita. Ihr heller Teint stach aus der Menge der dunklen Pampinos hervor. Aus Furcht, bei einem seiner Männer könnte sich ein Schuss lösen, befahl er ihnen, die Waffen zu senken. Major Apablaza verstand nicht, warum López-Cuervo II so nervös war, und noch weniger verstand er diesen energisch erteilten Befehl. Er konnte nicht wissen, dass es dem Sohn des Satans darum ging, dieses Teufelsmädchen zu schützen.

»Na, so was … Einfach hierherzukommen …«, sagte López-Cuervo II leise. Er lief auf sie zu, wollte sie fortschicken, doch er musste sich bezähmen.

»Was ist los, Alzamora?«, herrschte er stattdessen den Priester an. »Willst du Gott spielen und überall mitmischen?«

»Ich bin hergekommen, um die Arbeiter zu unterstützen. Ihre Frauen und Kinder haben mich im Krankenhaus um Hilfe gebeten. Ich kann sie doch nicht im Stich lassen.«

»Seit wann hältst du dich für eine Barmherzige Schwester?«

Der Tita platzte der Kragen. »Was du getan hast, findet keine Worte! Du wirst in die Hölle wandern, du elender Lump«, schleuderte sie López-Cuervo II entgegen.

Der wurde rot vor Verblüffung und Zorn. Dann ließ er seinen Blick von der Kaserne zu den angriffsbereiten Kriegern und wieder zurück wandern. Die Entfernung reichte, um von keiner Seite gehört zu werden.

»Ich glaube kaum, dass du alt genug bist, um etwas davon zu verstehen.«

»So ein Unsinn! Und sag mir, welches Volk wird dir

noch zum Herumkommandieren bleiben, wenn wir alle an Hunger sterben? Diese Menschen sind es leid … Und ich brauche einen Friedensvertrag mit deiner Unterschrift.«

Es hätte gereicht, dass ein Kumpel sich nicht beherrschte, und schon wäre der von den Machthabern angezettelte Sturm losgebrochen. Alle wollten Blut sehen. Nur López-Cuervo II nicht mehr. Titas Stimme verzauberte ihn, sie ließ ihn die Welt um sich herum vergessen.

»Einen solchen Aufruhr zu veranstalten, bringt auch keine Lösung.«

»Es bringt auch keine Lösung, sich gar nicht erst um eine zu bemühen. Offensichtlich ist das«, sie deutete auf die Menge hinter sich, »der einzige Ausweg, der unseren Leuten bleibt.«

López-Cuervo II hätte sich am liebsten den Kragenknopf gelöst. Die Diskussion schnürte ihm die Luft ab. Der harte Uniformkragen hielt seine Schultern gerade, und von hinten wirkte sein Körper vom Nacken abwärts wie ein Brett, nichts verlieh seinem strengen Auftreten ein wenig Anmut.

»Wozu seid ihr hergekommen?«

»Um von dir zu verlangen, dass du mit dem Töten aufhörst«, erwiderte der Priester, dem die Knie unter der Soutane zu zittern begannen.

»Ich will keine kommunistischen Parolen mehr!«

»In Ordnung«, sagte die Tita. »Wir hängen keine Fahnen mehr auf, und du verpflichtest dich, uns bei der Suppenküche zu unterstützen.«

López-Cuervo II wollte ihre Hand ergreifen, sie in seine Arme schließen, doch er musste sich mäßigen und zunächst diese leidige Sache zu Ende bringen.

»Einverstanden. Ich werde meine Männer zurückziehen. Aber ich will keine Unruhen mehr. Pater, wo du schon so darauf erpicht bist zu helfen: Rede du mit den Bossen und verschaffe deinen Schäfchen die gewünschten Verbesserungen. Auf dich werden sie bestimmt hören.«

Alzamora sah ihn einen Moment lang forschend an. Dann fuhr er sich mit dem Handrücken über die Stirn, um sich den Schweiß abzuwischen, und sagte seufzend: »Sehr gut, verbleiben wir so.« Er nahm Titas Arm und machte Anstalten, den Rückzug anzutreten. Er wollte die Verpflichtung, die López-Cuervo II ihm soeben auferlegt hatte, rasch wieder vergessen, aber die Tita rührte sich nicht vom Fleck.

»Nein«, rief sie wütend. »Die Leute haben Hunger, und damit, dass du deine Leute zurückziehst, ist das Problem nicht gelöst. Sie müssen etwas in den Magen bekommen.«

»Das ist nicht meine Sache. Wenn sie hungrig sind, sollen sie sich beim Bürgermeister beschweren«, sagte López-Cuervo II.

»Du hast einen Mann mit deinem Säbel getötet, und jetzt willst du dir das Problem ganz einfach vom Hals schaffen. Was bist du nur für ein Feigling!«, forderte die Tita ihn heraus.

López-Cuervo II schnappte nach Luft, plusterte sich auf wie ein Huhn – und atmete tief durch. Denn vor ihm stand das Mädchen seines Herzens.

»Ist gut«, sagte er schließlich gefasst. »Ich verspreche euch, dass ihr morgen hundert Kilo Kartoffeln und eine ordentliche Menge Hühner für die Suppenküche bekommt.«

»Habe ich dein Ehrenwort?«, fragte die Tita.

»Ich stehe zu meinem Wort! Natürlich hast du es!«, zischte López-Cuervo II.

Pater Alzamora zog die Tita nun energischer fort. Er befand, dass sie mit ihrer Dreistigkeit allmählich den Bogen überspannte.

»Ich hoffe, wir meinen auch das Gleiche, wenn wir von Ehre reden«, sagte sie noch, als sie dem Befehlshaber bereits den Rücken zugekehrt hatte.

»Sie haben nachgegeben!«, verkündete der Priester den kriegerischen Arbeitern. »Sie werden niemanden mehr töten. Und morgen werden sie Kartoffeln und Hühner für die Suppenküche spenden!«

Die Menge jubelte und lief, zufrieden mit dem Verhandlungsergebnis, zur Gewerkschaftszentrale zurück. Der Aufstand schien ein friedliches Ende zu nehmen. Der Priester umarmte die Tita wegen des errungenen Sieges, allein, sie traute dem ausgehandelten Frieden nicht.

Unterdessen betrat López-Cuervo II die Kaserne.

»Sie haben Glück gehabt, Chef. Diese Wilden hätten Ihnen die Kehle durchschneiden können«, empfing ihn Major Apablaza.

López-Cuervo II schenkte ihm einen müden Blick.

»Ich kenne sie besser als du! Diese Leute trifft keine Schuld am Verhalten ihrer Anführer. Die sind es, die die Probleme bereiten und dann als Erste von der Bildfläche verschwinden.«

»Was ist denn passiert?«, fragte Major Apablaza.

»Nichts. Es klingt schrecklich, wenn ich das sage, aber es ist nichts passiert«, versicherte López-Cuervo II.

Er gab sofort Befehl, zum Bahnhof zurückzukehren. Doch vorher ließ er die Munition wieder in die Kisten räumen. Apablaza verzichtete darauf, ihm weitere Fragen zu stellen.

Sinnend blickte der Sohn des Satans aus dem Fenster. Er meinte immer noch, Titas grüne Augen auf dem fernen Schlachtfeld leuchten zu sehen.

Arche Noah, Oktober 1939

Eine Woche nachdem die Lorenzona Gott Alzamora aufgesucht hatte, der Besuch, den die Trini von ihrem Versteck unterm Bett aus belauscht hatte, tauchte das Mannweib bei mir auf. Die große Frage lautete immer noch, wer für den Tod des Paares verantwortlich war.

Ich war gerade dabei, das *Arche Noah* für den Abend zu öffnen. Weißer Staub drang jedes Mal ins Lokal, wenn jemand auf der Straße vorbeiritt. Die Mädchen waren noch nicht da, so dass ich die Gelegenheit nutzte, um die Spuren der letzten Nacht wegzufegen. In einer Ecke schnarchte ein Trunkenbold, das Hemd nass vom Schnaps. Ich stieß ihn mit dem Fuß an. Damals hatte ich Angst, dass einer von ihnen dort verrecken könnte, denn so schlecht, wie López-Cuervo II auf mich zu sprechen war, hätte er mich irgendwann beschuldigt, einen Gast vergiftet zu haben. Vor allem, nachdem er mir, ohne Erfolg, einen falschen Beweis untergeschoben hatte, damit ich den Mord an Sofanor und der Inglesa gestand.

Und wie ich so saubermachte und den letzten Strolch aufscheuchte, spürte ich plötzlich, dass jemand hinter mir stand. Ein unangenehmer Geruch nach Schweinestall stach mir in die Nase. Erschrocken schnellte ich herum –

vor mir stand die Lorenzona. Ich muss gestehen, dass ihre wuchtige Erscheinung mich derart ängstigte, dass ich einen Schritt zurückwich. Ich hatte davon gehört, wie sie in das Zimmer von Pater Alzamora eingedrungen war. Die Trini hatte berichtet, dass die Stiefel der Lorenzona mit getrockneten Blutspritzern bedeckt gewesen seien, auch die Narben auf ihren knochigen Händen hatte sie gesehen. All das ließ auf ihre Anwesenheit in dem Zimmer im *Chanchoquín* schließen, so glaubte inzwischen López-Cuervo II, da ich ihm ja als Hauptverdächtiger abhanden gekommen war. Unwillkürlich durchfuhr mich ein Schauder vom Kopf bis hinunter in die Fußsohlen. Ich wagte nicht, den Mund aufzumachen, so dass sie als Erste das Wort ergriff:

»Ich will wissen, was mit Sofanor passiert ist. Er hat versprochen, er würde mich besuchen, aber der Pfaffe, dieses Großmaul, hat mir erzählt, er sei letzte Woche gestorben. Stimmt das? Vielleicht kannst du mir etwas dazu sagen …«

Ich brachte kein Wort hervor, aber mein Gesichtsausdruck muss Bände gesprochen haben.

»Erzähl mir, was passiert ist!« Sie packte mich am Kragen, wobei sie mir das Hemd zerknitterte. Dann kam sie mit ihrem stoppeligen Gesicht ganz nah an meins, und ich dachte schon, sie würde das Krummmesser aus ihrem Gürtel ziehen und mir die Kehle durchschneiden.

»Sprich endlich! Wo ist Sofanor? Was ist mit ihm passiert?«

Ich zappelte mit den Füßen in der Luft.

»Es mag seltsam klingen, aber der Pfaffe hat die Wahrheit gesagt. Sofanor ist tot«, keuchte ich.

Die Lorenzona ließ mein Hemd los und stellte mich wieder auf dem Boden ab. Sie war leichenblass geworden. Mit starrem Blick donnerte sie:

»Das kann nicht sein. Sofanor konnte man nicht töten.«

Ich erzählte ihr, dass man ihn in einem Zimmer des *Chanchoquín* mit einem Loch in der Stirn gefunden habe. Die Lorenzona sah mich so durchdringend an, als hätte ich ihr etwas angetan. Meine zitternden Knie ließen mich fürchten, sie würden den Rest meines Körpers nicht mehr lange tragen.

»Wer hat ihn erschossen?«, fragte sie.

»Das weiß man nicht. Man weiß nur, dass er mit einem Schuss aus seinem eigenen Revolver getötet wurde. Sie haben dich in Verdacht, aber es heißt auch, er könne sich selbst umgebracht haben.«

»Mich? Jetzt verstehe ich, warum so viele Reiter mir auf den Fersen sind. Haben die den Verstand verloren?«

Eine Weile herrschte bleiernes Schweigen. Ich war nicht sicher, ob draußen, vor dem Fenster, nicht ein Geier mit seinen schwarzen Schwingen flatterte.

»Und die Inglesa?«, rief sie plötzlich in die Stille hinein. »Wo war die Inglesa?«

»Sie war bei ihm.«

»Dann hat sie ihn getötet. Dieses Biest!«

»Nein, sie ist ebenfalls tot. Man hat dort beide tot aufgefunden. Deshalb denken sie, jemand sei durchs Fenster eingestiegen und habe sie umgebracht.«

»Und dieses Biest, wurde die auch erschossen?«

»Nein. Es heißt, sie sei vergiftet worden.«

»Dann hat der Trottel das Kraut benutzt, das ich ihm gegeben habe.« Das sagte sie zu sich, so als dächte sie laut nach und als wäre ich gar nicht mehr anwesend.

»Was für ein Kraut?«, wollte ich wissen.

Die Lorenzona ging zur Tür, ihre Stiefelabsätze hallten auf dem unebenen Bodenbelag. Sie schaute nach, ob draußen die Männer von López-Cuervo II im Anmarsch wären, und einen Moment lang schien es so, als hätte sie ihre Zunge verschluckt.

»Ich wusste doch, dass diese Hure ihm nichts als Unglück bringen würde.«

»Na ja, die Inglesa hat auch nicht mehr Glück gehabt als er.«

Ich kann nicht mit Sicherheit behaupten, dass ihr eine Träne über die Wange rann, aber ganz sicher trübte sich ihr Blick dermaßen, dass nicht einmal die starken Sonnenstrahlen von Paitanás ihr Gesicht hätten aufhellen können. Gedankenverloren wanderte sie auf und ab und verströmte dabei einen unangenehmen Geruch nach Essen, nach Blut, nach beißendem Schweiß. Noch nie hatte ich einen solchen Wert auf Sauberkeit gelegt. Ich klaubte nasse Spielkarten vom Boden auf, stellte Stühle an ihren Platz, sammelte eine Handvoll Verschlüsse von Bierflaschen ein, Korken, Streichhölzer, zerdrückte Plastikbecher. Die Lorenzona stieß leise Verwünschungen gegen ihre Verfolger aus. Ich putzte mit raschen Bewegungen weiter, um mich so weit wie möglich von ihr zu entfernen. Auf einmal hielt sie inne, wie jemand, dem bewusst wird, dass ihm für immer etwas abhanden gekommen ist.

Wie ein rettender Engel tauchte dann meine Flor mit der friedlich schlummernden Tita auf dem Arm auf. Damals besuchte meine Frau mich jeden Abend, bevor unsere *Arche* sich mit den Strolchen füllte, einfach nur, damit wir uns gemeinsam an dem Puppengesichtchen der Kleinen erfreuen konnten.

»Woher kommt dieses Kind?«, fragte die Lorenzona.

Flor machte große Augen und drückte das Mädchen an sich, als sie diese wuchtige Frau auf sich zukommen sah.

»Man hat sie am Kircheneingang abgelegt, und der Pfarrer hat sie uns dann hergebracht«, versuchte ich, meine Frau zu beruhigen und gleichzeitig die Lorenzona zufriedenzustellen.

»Das ist aber ein sehr hellhäutiges Mädchen«, sagte sie, und Flor hoffte, sie würde nicht versuchen, es zu berühren. Und da sie gehört hatte, was man sich im Dorf über dieses Mannweib erzählte, flüchtete sie sich an meine Seite.

»Nur mit der Ruhe, Florcita, diese Frau weiß von unserer Freundschaft mit Sofanor.«

Ich legte ihr den Arm um die Schulter und konnte spüren, wie sie zitterte. Ich atmete tief durch und erklärte der

Lorenzona mit ruhiger Stimme, offensichtlich habe man das Kind nach Paitanás gebracht auf der Suche nach der Mutter, die, wie wir vermuteten, die Inglesa sei.

»Ist es von Sofanor?«, fragte die Lorenzona knapp.

»Das wissen wir nicht«, erwiderte ich.

Da schlug die Tita die Augen auf und strahlte das massige Piratenweib an. Der Lorenzona stockte der Atem. Man brauchte nur Titas Äuglein zu sehen, um zu erkennen, dass es die gleichen waren wie die unseres Freundes.

»Gott segne es! Dieses Kind ist von Sofanor«, rief sie. Ihrer Stimme war deutlich zu entnehmen, wie bewegt sie war.

Sie küsste Titas Händchen und verließ das Lokal ohne einen Gruß zum Abschied. Zweifellos verstand sie diese Geschichte besser als wir.

Antofagasta, dreißiger Jahre

Elf Monate ließ die Inglesa nichts von sich hören, sie war wie vom Erdboden verschluckt. Sofanor sagte mir, sie und die Lorenzona hätten ständig miteinander gestritten und dass es ihn krank mache, nicht zu wissen, wo die Inglesa abgeblieben war. Bevor sie verschwunden sei, habe sie sich ihm gegenüber äußerst merkwürdig verhalten.

»Sie ließ sich kaum noch von mir anrühren. Nicht einmal mehr in den Arm nehmen durfte ich sie, um einzuschlafen.«

Ich bestellte uns noch ein Glas, damit er sich nach Lust und Laune alles von der Seele reden konnte. Etwas anderes fiel mir nicht ein, was ich hätte machen oder sagen können, damit er sich besser fühlte. Diese Trennungsszene hatte sich im Laufe der Jahre mehrfach wiederholt, und immer wieder war ihr eine Versöhnung gefolgt. Mit anderen Worten: Ich kannte die Geschichte in- und auswendig.

Am Tag, als er sie zum ersten Mal sah, hatte Sofanor mich an der Fischerbucht von Antofagasta abgeholt, um mit mir eine Runde über den Platz und durchs Zentrum zu drehen. Sofanor hielt sich für raffinierter als Tom Sawyer, und meinen Vorschlag, seinen Revolver ins Wasser zu werfen, fasste er als Beleidigung auf. Der Mistkerl hütete ihn wie seinen Augapfel. Er liebte es, ihn am Zeigefinger zu schwenken wie die Cowboys im Film, steckte ihn routiniert ins Halfter und verfiel in einen breitbeinigen Gang, sobald wir einer seiner Bewunderinnen begegneten. Davon hatte er übrigens viele – in seinem Lächeln lag etwas Magisches, das die Mädchen hypnotisierte.

Wir machten das öfters, so am Hafen umherzuspazieren, um die einfahrenden Schiffe voller Menschen zu beobachten, doch an diesem Tage blieb mein Freund plötzlich wie angewurzelt stehen. Ich dachte schon, er fühle sich nicht wohl, aber dann bemerkte ich, dass ihn das Deck eines der Schiffe besonders interessierte. Ich folgte seinem Blick und gewahrte ein Mädchen mit hellem Teint, das sich einen Spaß daraus zu machen schien, einen Matrosen um Feuer zu bitten.

»Gehen wir, Sofa«, sagte ich.

Mein Freund gehorchte, doch er hörte nicht auf, das Mädchen anzustarren, bis er sich den Hals verrenken musste und über einige am Boden verstreute Seile stolperte.

»Wenn du ins Wasser fällst, werde ich nicht hinterherspringen, um dich wieder herauszufischen«, warnte ich ihn.

»Ich weiß. Du bist wasserscheu«, erwiderte er.

»So ein Unsinn!«, log ich.

»Du kannst doch gar nicht schwimmen!«, rief Sofanor.

Ich stieß ihn in die Rippen, schließlich ging mein Geheimnis niemanden etwas an.

»Wir werden ja sehen, ob du schwimmen kannst«, sagte er lachend. Und dann packte mich dieser Schuft ohne Vorwarnung und ohne dass ich mich hätte wehren können, schleifte mich bis an den Rand der Hafenmauer und hielt mich übers Wasser. Natürlich hätte Sofanor mich niemals losgelassen, doch in dem Moment erschien mir der Abgrund unter meinen Füßen so ungeheuerlich, dass ich fast ohnmächtig geworden wäre. Erst als er mich endlich wieder auf festen Boden stellte, zirkulierte mein stockendes Blut weiter. Mein Gesicht war so weiß wie das der Inglesa, deren grüne Augen ihm nie mehr aus dem Sinn gehen sollten.

»Hat man je einen Fischer gesehen, der sich vor dem Meer fürchtet! Das geht gar nicht, Samu«, brummte Sofanor.

Aber was konnte ich denn dafür, ich war so auf die Welt gekommen. Außerdem reichte mir das Wasser nur bis zu den Knien, wenn ich Locos oder Seescheiden zwischen den Felsen suchte. Der Schreck, den er mir eingejagt hatte, war bald vergessen, denn obwohl er ein echter Aufschneider war, war Sofanor von Natur aus gutherzig. Ich habe ihn immer nur aufrichtig erlebt, auch wenn er sich mit der Wahrheit selbst schadete. Als er anfing, seine Schusswaffe um den Zeigefinger kreisen zu lassen, warnte ich ihn:

»Eines Tages wirst du noch Probleme bekommen, wenn du dich immer als Held aufspielst. Sie werden irgendeinen umbringen und dann dir die Schuld in die Schuhe schieben.«

»Glaubst du immer noch, dass uns jemand nach so langer Zeit mit dem Raben von Valparaíso in Verbindung bringen könnte?«

»Ich meine ja nur, du solltest diesen Revolver ins Meer werfen.«

»Immer wieder die alte Leier! Ich sag dir doch, was vorbei ist, ist vorbei. Ich werde mir mit dem Ding noch Respekt bei diesen Engländern verschaffen.« Er lachte, wie nur ein Großmaul lachen kann.

»Du bist nicht mehr ganz richtig im Kopf, Sofa!«

»Sie sollen ruhig wissen, dass ich einen Revolver habe, damit ihnen rasch die Lust vergeht, sich mit mir anzulegen.« Er nahm den Webley Mark VI in eine Hand, tat so, als zielte er auf jemanden, und stieß ein lautes »Bumm!« aus, das mich aufschreckte.

Während er wie ein Wasserfall redete und phantasierte, trommelte er mit den Fingern auf seiner Gürtelschnalle herum – ein untrügliches Zeichen, dass er gerade etwas ausheckte. Obwohl ich im Kiosk der alten Elmira lesen gelernt hatte und Sofanor sicher noch nie auch nur eine Zeitungsseite gelesen hatte, war er es, der immerzu behauptete, er beherrsche jedes Thema: Politik genauso wie Geschichte, Fragen des Bankkreditwesens, des Nitrattransports nach Europa – selbst das Theater war ihm nicht fremd.

»Du solltest Komödiant werden, die Rolle des Aufschneiders wurde dir sozusagen in die Wiege gelegt«, schlug ich ihm vor.

Wir saßen auf einer der Bänke auf dem baumlosen Platz, sahen zu, wie das Leben vorbeizog, als wären wir bereits an seinem Ende angelangt, obwohl wir gerade erst am Anfang standen. Viele Sommer, Geburtstage und Weihnachtsfeste verpassten wir, indem wir die Leute und das Treiben auf der Straße beobachteten. Auf einmal kam ein Mann mit einem Strauß roter Rosen an uns vorbei und steuerte entschlossen auf ein Mädchen zu, das auf einer Bank nur wenige Meter entfernt von uns saß. Sie sprang auf, als er ihr auf die Schulter klopfte, und verzog das Gesicht. Sie wirkte sehr verärgert und wollte weggehen. Der Mann hielt sie fest, während sie ihn schlug und kratzte. Er bat sie für irgendetwas, das wir nicht verstehen konnten, um Verzeihung, doch sie hörte ihm gar nicht zu. Und als er versuchte, sie zu küssen, wandte sie das Gesicht ab und fing an zu weinen. Daraufhin schloss der Geliebte sie in seine Arme, bückte sich, ohne sie loszulassen, und nahm den Strauß Rosen von der Bank. Dann hob er ihr Kinn mit einem Finger und hielt ihr die Blumen vor die Nase. Am Ende gab sie nach. Ich hätte dem Kerl gern ein paar anerkennende Worte zugerufen. Ich wollte gerade zu Sofanor sagen, so müsse man die Frauen behandeln, dafür brauche man gar nicht mit einem funkelnden deutschen Revolver herumzuprotzen, als ich wieder diesen abwesenden Blick an ihm bemerkte. Er achtete nicht auf meine Worte. Während das Liebespaar sich entfernte, sah Sofanor wie hypnotisiert dieser kleinen Engländerin mit den langen Haaren zu, die im Sonnenlicht glänzten. Sie genoss es ganz offensichtlich, die Kerle herauszufordern, die ihr Komplimente zuriefen. Sie schien das Abenteuer und die Gefahr zu lieben. Ihr schlanker Körper mit der geschmeidigen Wespentaille reckte sich voller Anmut. Sie stolzierte über den Platz, unmittelbar auf uns zu. Als sie näher kam, erkannte ich, dass sie eine Stupsnase hatte, die ihrem Gesicht etwas Kindliches verlieh. Ihre hellen Augen schienen meinem Freund eine Botschaft zu senden.

»Gefällt dir diese magere Braut?«, fragte ich ihn, wohl ahnend, was vor sich ging, als ich ihn wie gelähmt neben mir sitzen sah.

»Halt die Klappe!«, unterbrach mich Sofanor nervös.

In unserem Alter reichte es, verliebt zu sein, um den Spott der anderen auf sich zu ziehen. Sie gefiel ihm also – und wie! Das unwiderstehliche Lächeln meines Freundes und die hypnotischen Augen dieser englischen Schlange hatten einander gesucht und gefunden. Von da an lief sie uns ständig über den Weg. Es schien gerade so, als provozierte sie absichtlich diese Begegnungen, die Sofanor völlig außer Gefecht setzten.

»Aber wieso sollte so eine Frau ein Auge auf dich werfen, du Idiot«, zog ich ihn auf, als sie uns wieder einmal keinerlei Beachtung geschenkt hatte. Gründe hatte sie mehr als genug, sich hocherhobenen Hauptes auf den Straßen von Antofagasta anhimmeln zu lassen.

»Es wird mir schon noch etwas einfallen, um ihre Liebe zu gewinnen«, versicherte mir Sofanor, als wäre er ein Mann von Welt.

»Na klar, du wirst mindestens eine Bank ausrauben und ihre Sprache lernen müssen. Denn die wird sich nicht so leicht mit einem dahergelaufenen armen Schlucker einlassen.«

An dem Tag hätte ich lieber den Mund gehalten, denn später kam Sofanor mit einem völlig bescheuerten Vorschlag an, von dem er nicht mehr abzubringen war.

»In der Nähe des Hafens gibt es einen Laden«, erklärte er mir. »Den Leuten nach zu urteilen, die dort ein und aus gehen, vermute ich, dass er gut läuft, und da habe ich gedacht, wir könnten ihn überfallen.«

»Was? Bist du verrückt geworden?« Ich sah ihn mit großen Augen an.

»Doch, das wäre ein Kinderspiel«, erwiderte Sofanor. »Wir gehen hinein, wenn alle schlafen.«

Wegen seines breiten Grinsens dachte ich hoffnungsvoll, er mache einen Scherz, doch dann ärgerte er mich allmählich mit seiner Beharrlichkeit.

»Ich kenne das Türschloss ganz genau«, sagte er, als ginge es darum, sich im Kino einen Film anzusehen. »Der Alte aus dem Kloster, wo ich aufgewachsen bin, hatte auch so eins, und ich habe gelernt, es zu knacken, wenn er mich einschloss.«

»Bei dir ist eine Schraube locker, Sofa. Ich habe es immer geahnt.«

»Ach komm, Samu, ich will, dass du mir hilfst. Ich brauche das Geld, um etwas Wichtiges zu kaufen.«

»Was denn?«, hakte ich argwöhnisch nach.

»Das kann ich dir nicht sagen«, meinte er, während er sich nach rechts und links umschaute, um sich zu vergewissern, dass uns niemand hörte.

»Dann kann ich dir leider nicht helfen.«

Zu der Zeit nahm ich überallhin den Glockenwecker mit, das Geschenk von Petronilas Mutter zu unserer Hochzeit, die nie stattgefunden hatte. Ich trug einen Beutel aus Sattelleder quer über der Brust, und darin bewahrte ich ihn auf. Solange wir in der Hauptstadt nach dem Satan López-Cuervo gesucht hatten, war er in der Obhut von Petros Mutter gewesen; auf der Anrichte in ihrem Esszimmer war er allerdings der Meeresbrise ausgesetzt, die durch die Fensterritzen drang und alles mit Feuchtigkeit durchtränkte, bis das Räderwerk irgendwann nicht mehr funktionierte.

»Gib mir den Wecker, ich bringe ihn wieder in Ordnung«, bot Sofanor mir an.

»Was verstehst du schon von Uhren?«, fragte ich ihn.

»Das kann doch nicht so schwer sein.«

Er nahm ihn mir aus der Hand und fing an, ihn zu untersuchen.

»Gib ihn her, Sofanor, ich will nicht, dass er ganz kaputtgeht«, fauchte ich ihn an.

»Wir machen einen Deal. Ich bringe ihn dir wieder in Ordnung …«

»Nein!«

»Du sagst, ich kann das nicht, und ich sage dir, ich kann

es doch. Wenn es mir gelingt, begleitest du mich zu dem Laden. Du sollst nur mitkommen, nichts weiter.«

Ich zögerte mit einer Antwort, obwohl ich wusste, dass ich keine Wahl hatte. Mein Freund würde den Wecker nicht wieder herausrücken.

»Er ist doch schon kaputt. Noch kaputter kann er gar nicht gehen …«, fügte Sofanor noch hinzu.

Kurze Zeit später tauchte er mit dem Wecker bei mir auf. Ich stellte fest, dass die Zeiger auf dem Ziffernblatt wieder liefen. Zuerst konnte ich es kaum glauben. Ich war so glücklich, dass ich ganz vergaß, dass die Medaille zwei Seiten hatte.

»Ich erwarte dich heute Abend auf dem Platz«, sagte Sofanor.

Natürlich ging ich hin, aber ich hatte das Gefühl, meine Beine würden mir jeden Moment den Dienst versagen. Sofanor saß auf derselben Bank wie immer und polierte seinen Revolver.

»Den willst du doch hoffentlich nicht benutzen?«, fragte ich lauernd.

»Es ist nur zur Einschüchterung«, erwiderte er, ohne aufzublicken.

»Um wen einzuschüchtern? Du hast doch gesagt, alle würden schlafen …«

»Ja, schon, aber falls sie doch aufwachen.« Er ließ den Satz in der Schwebe.

»Wie? Dann würdest du schießen?«, fragte ich entsetzt.

»Na, ich hoffe nicht«, sagte er, als habe er nichts mit der Sache zu tun.

»Sofa!«

»Schscht«, ermahnte er mich mit dem Zeigefinger auf den Lippen.

Diesmal sah er mir in die Augen. Er sagte, es sei an der Zeit, sich auf den Weg zu machen.

Der Laden lag in einiger Entfernung vom Platz, und es fiel mir schwer, mit ihm Schritt zu halten. Es war das erste Mal, dass ich mich in seiner Begleitung nicht sicher fühlte. Als ich vom Staub, den er mit seinem forschen Gang aufwirbelte, husten musste, mahnte er mich erneut mit einem »Schscht«. Ich hatte gar nicht gemerkt, dass wir schon vor dem Laden standen. Er begann mit einem Draht in dem Schloss herumzustochern, und ich sollte aufpassen, ob jemand auf der Straße nahte, doch der Schweiß, der mir in die Augen lief, hinderte mich daran, klar zu sehen.

»Schon geschafft«, sagte Sofanor leise.

Die Tür sprang auf, und mein Freund betrat den Laden. Ich folgte ihm, indem ich ganz behutsam einen Fuß vor den anderen setzte. Alles lag im Dunkeln, und ich wagte kaum zu atmen, während Sofanor durch den Raum schritt, als sei er hier zu Hause. Vor einem Schrank mit lauter Schubladen blieb er stehen, zog die obere auf, in der sich das Geld befand, und steckte alles in seine Segeltuchtasche. Mir klapperten die Zähne, ich konnte nichts dagegen tun, und mein Herz pochte so laut, dass ich dachte, es könnte den Ladenbesitzer aus dem Schlaf reißen. Plötzlich fiel mir ein, dass ich ja den Wecker in meinem ledernen Brustbeutel bei mir trug. Ich nahm ihn heraus und stellte fest, dass er es war, der so laut im Takt schlug, was mich beruhigte. Das wollte ich Sofanor erklären, doch er starrte unschlüssig auf ein paar Anhänger. Es wirkte so, als überlegte er, welchen er behalten solle. Als ob er alle Zeit der Welt hätte! Wie unverwundbar man sich im jugendlichen Alter fühlt, Benito.

Und auf einmal schrillte der Wecker an meinem Herzen, ebenso ohrenbetäubend wie er es später im *Chanchoquín* tun sollte.

Ich erstarrte. Sofanor zog die Augenbrauen hoch und konnte nicht glauben, was geschah. Dann griff er sich wahllos einen Anhänger, packte mich am Arm, zog mich aus dem Laden, und wir rannten los. Sofanor bedeutete mir, nicht dieselbe Straße wie auf dem Hinweg zu nehmen, dort würden sie uns sofort einholen.

Die Inglesa hatte unser Manöver vom Fenster aus beobachtet und zeigte ein verschwörerisches Lächeln, als sie uns vom zweiten Stock eines Gebäudes aus zuwinkte. Von dort hatte sie einen guten Ausblick auf mehrere Häuser, unter anderem auf den Laden, den wir soeben ausgeraubt hatten. Während Sofanor ihr glückselig zurückwinkte, stellte ich den Zeiger vor, damit dieser verdammte Wecker endlich verstummte. Die Inglesa schien schwer beeindruckt, ich weiß nicht, ob von unserer Aktion oder von dem faszinierenden Lächeln meines Freundes. Einen Augenblick später sahen wir, wie ein Mann aus dem Laden stürmte und sich auf ein Pferd schwang. In einer Hand hielt er die Zügel und in der anderen ein Gewehr. Er verschwand in die Richtung, die auch wir nehmen mussten. Eines nach dem anderen erleuchteten die Fenster der Nachbarhäuser. Die Leute schauten hinaus, um zu sehen, was los war, und ich dachte, sie alle seien uns nun auf den Fersen. Sofanor fasste in seine Hemdtasche und zog eine plattgedrückte Packung Colmenas hervor, in der noch zwei Zigaretten steckten. Die Inglesa, die sich inzwischen zu uns gesellt hatte, besorgte sofort Streichhölzer und brachte eine Muschelschale als Aschenbecher. Die beiden schauten einander an. Beide lachten. Und während Sofanor versuchte, sich mit ihr zu verständigen, indem er Qualmkringel ausblies, die langsam und friedlich aufstiegen, zitterte ich wie Espenlaub. Schließlich holte die Inglesa noch eine Flasche Schnaps, die wir kreisen ließen, bis auch meine Nerven sich allmählich beruhigten.

Der Ladenbesitzer kehrte irgendwann zurück und stieg unverrichteter Dinge vom Pferd. Wir beobachteten, wie er gemeinsam mit einer Frau in seinem Geschäft verschwand. Sofanor lächelte still, während wir die Inglesa zur Tür ihres Hauses begleiteten. Ihre Augen erinnerten mich an die einer Schlange, und ich weiß nicht, warum ich dachte, diese Geschichte werde nicht von Dauer sein.

Paitanás, Februar 1974

Als der Leichenkonvoi Paitanás noch nicht verlassen hatte, erschien Major Apablaza bei mir zu Hause und befahl seinen Männern, mich zum Bahnhof zu bringen. Flor befand sich auf dem Friedhof oder in der Kirche, um der religiösen Trostpredigt von Gott Alzamoras Nachfolger zu lauschen.

Deine Großmutter hatte beim Zubereiten der Mahlzeiten für ihre Hundekinder plötzlich angefangen, Stimmen zu hören, die Totenwache führte bei ihr zu Visionen. Sie sah deine Mutter, wie sie völlig verdreckt aus dem sandigen Loch stieg, wo man sie erschossen hatte, die Arme ausbreitete und mit flatterndem zimtbraunen Poncho auf sie zukam, als wollte sie sie umarmen. Ich erwog ernsthaft, sie ins Irrenhaus zu bringen, so bestürzt war ich, als ich sie in inniger Umarmung mit einem Hund erwischte und dabei in ein Gespräch mit ihrer verschwundenen Tochter vertieft, von der sie wissen wollte, warum sie sie so lange nicht mehr besucht habe. Ich wollte sie schütteln, damit sie aufwachte – meine Flor, die mit mir durch dick und dünn gegangen war! Ich stellte die Tasche mit dem Fisch auf dem Sofa ab und bat meine Frau, den Hund loszulassen, sonst würde sie den Ärmsten noch erdrücken. Dann führte ich sie ins Bad, um ihr das Gesicht zu erfrischen und ihr diesen verfluchten Schleier abzuwaschen, der ihr den Blick vernebelte. Manchmal kommt mir alles, was ich dir schildere, so unwirklich vor, Benito. Ich bemühe mich, dir dennoch alles zu erzählen, bis hin zu jenem Moment totaler Entwurzelung, als du dem Leib deiner Mutter entrissen wurdest und eine andere Identität annahmst, fern unserer Atacamawüste, ohne eine Vergangenheit, die dir hätte Halt bieten können. Bis hin zu dem Tag, als du plötzlich anfingst, den Tod deiner leiblichen Großeltern zu untersuchen und dir diese Vergangenheit zu erfinden, die sich hinter dem Revolver verbirgt. Ich möchte dir von Sofanor und der Inglesa erzählen, aber ich werde nicht darum herumkommen, an dieser Stelle immer wieder über Flor zu reden, denn die Erinnerung an sie schiebt sich vor den Mord im *Chanchoquín.*

Benito, wir dachten, auch du seiest tot. Daher lief Flor in aller Entschlossenheit, die ihre Abstammung von Aymará und Basken verriet, gemeinsam mit anderen Müttern und Angehörigen los, um sich die Strafe abzuholen, die die diensthabenden Despoten für sie bereithielten. Fernab des Sandlochs, jenseits des Stacheldrahts, übergaben sie den Soldaten die Päckchen für ihre Söhne und Töchter, ihre Ehemänner oder Geschwister. Dann hieß es plötzlich, du seiest noch nicht geboren, Benito. Und wir müssten die Worte von Gott Alzamora abwarten. Wir nahmen die falschen Nachrichten dankbar entgegen.

Die Hunde bellten und kratzten am Gitter, als sie mich zum Bahnhof abführten. Sobald ich López-Cuervo II sah, war ich beruhigt und wollte mit ihm reden, doch das Gerangel mit den Militärs verhinderte das. Alles kam so unerwartet und mit solch geballter Wucht, dass ich vielleicht dachte, es bestünde keine Gefahr mehr. Es ist schwer, dir das zu erklären, Benito. Vielleicht glaubt man trotz allem in solchen Augenblicken noch an Gerechtigkeit. Man muss einfach daran glauben, um sich nicht so schutzlos zu fühlen. Wir stiegen in den letzten Waggon ein, voller Hoffnung, es ertönte ein Pfiff, und der Zug setzte sich ruckartig in Bewegung. Welch nie endende Erinnerung, Benito, diese Zugfahrt. Inmitten derer, die ihr Leid beklagten und anderer, die still in sich hineinschluchzten, inmitten fragender Blicke, die man auch dann noch vor Augen hatte, als das Licht ausging. Das Ticken der Uhr oder der eigene Herzschlag, das Flackern der roten Glühbirne, der Schein des Fegefeuers, all diese Bilder und Geräusche vermengten sich mit dem Gedanken an die Toten, die man an den Schienensträngen festgebundenen hatte. Oder die man aus einem Flugzeug über dem Ozean abgeworfen hatte. Es heißt, sie seien immer zu zweit ins Meer gestürzt, während das Flugzeug brummend über ihnen kreiste. Wenn ich all das jetzt von ferne durch den dichten Küstennebel betrachte, weiß ich kaum, wie ich mich daran gewöhnen konnte, und überhaupt, ich verstehe manchmal gar nicht, was ich mir dabei denke, dir eine schon tausendmal erzählte Geschichte ins Ohr zu flüstern, dir in deinen Träumen zu erscheinen und jedes Mal herbeizueilen, wenn du mich rufst.

Wie ein Riesenorchester, das zu unserem Abschied aufspielte, donnerte der Konvoi auf den holprig verlegten Schienensträngen los. Das schrille Kreischen der funkensprühenden Räder in den Kurven, im Zusammenspiel mit dem Rattern des Zuges auf den unebenen Gleisabschnitten, rief in mir das Bild eines eisernen Musikers wach, der mit seinem Taktstock die Sinfonie der letzten Reise dirigierte.

Coquimbo, März-September 1939

Die Inglesa stürzte regelrecht auf das Zimmer, kaum dass sie und Sofanor in der Pension angekommen waren. Sie verstaute rasch die Beute ihres Raubzuges unter dem Bett, dann hatte sie es eilig, ins Bad zu gelangen. Vor dem Spiegel knöpfte sie sich die Bluse auf und betrachtete ihre prallen Brüste, die Sofanor um den Verstand brachten. Unterdessen warf sich mein Freund aufs Bett, nach einer Weile aber, als die Inglesa sich nicht wieder blicken ließ, wurde er ungeduldig und ging zum Fenster hin. Draußen wirbelten ausgelassen tanzende Menschen Unmengen von Staub auf. Schließlich hatte er das Warten satt und brach auf, um sich unter das Volk zu mischen.

Kurz bevor sie für fast elf Monate verschwunden war, hatte es eine ähnliche Szene gegeben. Die Inglesa hatte sich ewig im Bad eingeschlossen, bis es meinem Freund seltsam vorkam.

»Was ist los, warum brauchst du so lange, um dich anzukleiden?«, fragte Sofanor.

Das hatte sie ihm übelgenommen, sie hatte geweint – niemand hatte sie zuvor oder danach jemals weinen sehen. Und in dem Moment war ihr nichts anderes eingefallen, als aus Paitanás zu verschwinden.

Früh an jenem Morgen glaubte ich, sie am Bahnhof gesehen zu haben, maß dem aber keine Bedeutung bei und ging weiter mit der Müdigkeit der schlaflosen Nacht in den Knochen. Als Sofanor gegen Mittag aufwachte, fand er das Bett neben sich leer vor, die Inglesa war fort. Und mit ihr das wenige Geld, das sie besaßen. Jemand sah meinen Freund, wie er sich wütend und voller Verzweiflung im Dorf nach ihr erkundigte. Es heißt, er habe den Platz unter den knorrigen Pfefferbäumen überquert und Wasser aus dem Brunnen getrunken, um seinen Kater zu lindern. Schließlich sei er in Richtung Büro des Big Boss losmarschiert. Ihm blieb nichts anderes übrig, als an seinen Arbeitsplatz zurückzukehren. Natürlich dachte er, sie sei unterwegs, um die Schiffe in diversen Häfen für mögliche Raubzüge auszuspionieren.

Doch die Inglesa hatte einen Zug nach Copiapó genommen, war dort ausgestiegen, um sich zum Hafen von Caldera mitnehmen zu lassen, denn da lag angeblich die *Natal Star*. Wie könnte ich diesen Namen vergessen, Benito, wo ich diesen Dampfer doch schon als kleiner Junge bestaunt hatte. Mit dem geschwungenen Bug und der Einbuchtung für die Schiffsschraube am Heck stach er unter allen Klippern hervor, die den Salpeter nach Europa transportierten. Dorthin also begab sich die Inglesa auf der Suche nach ihrem früheren Geliebten, dem Gehilfen des dänischen Tauchers, der sie einst aus England hergebracht hatte. Doch sie konnte ihn nicht finden. Sie erfuhr lediglich, dass Ronals *Natal Star* inzwischen im Hafen von

Coquimbo eingelaufen war, weil man auf ein Ersatzteil wartete, das die Gesellschaft Braun & Blanchard von den Werften an der Themse aus schicken musste, und dass die Reparatur ungefähr ein Jahr brauchen würde. Ohne es sich zweimal zu überlegen, verließ sie Caldera noch am selben Tag. Ronal bot der Inglesa nicht nur sofort seine Hilfe an, sondern schlief mit ihr gleich in der Nacht.

Unterdessen ertränkte Sofanor seinen Schmerz über das Verschwinden der Inglesa im Alkohol. Da er einiges hermachte, hatte er immer ein Mädchen an seiner Seite. Mal die Chola, mal die Cufina. Letztere war geradezu besessen von dem Gedanken, ihm seinen Revolver abzuluchsen. Er musste sehr viel wert sein, denn warum sonst sollte Sofanor ihn derart hegen und pflegen. Doch so sehr sie sich bemühte, es gelang ihr nie, die Waffe in die Finger zu kriegen, obwohl mein Freund sich damals in einem wenig geistesgegenwärtigen Zustand befand. Seinen Webley Mark anzurühren, war für Sofanor, als schnürte man ihm den Atem ab.

Als Ronal nach jener Nacht, die er mit der Inglesa verbracht hatte, glücklich aufwachte und sich wunderte, dass die Geliebte sich im Bad übergab, behauptete sie, ihr sei schlecht von dem vielen Schaukeln geworden. Doch er wusste, wie zäh seine Freundin war und auch was sie mit dem alten dänischen Taucher angestellt hatte. Er war der Einzige, der ihre dunkle Vergangenheit kannte, und witterte nichts Gutes. Er sollte sich nicht täuschen. Tatsächlich hatte die Inglesa vorgehabt, ihm ihre Schwangerschaft anzuhängen, aber dann machten ihr die Hormone einen Strich durch die Rechnung, und ihr Bauch schwoll vor der Zeit an. Der Seemann stellte sie zur Rede, woraufhin sie ihm die Wahrheit gestand und ihn anflehte, bis zur Geburt ihres Kindes auf dem Schiff bleiben zu dürfen. Ronal zeigte sich großherzig, er trug ihr offenbar nie nach, welch üblen Streich sie ihm hatte spielen wollen. Stattdessen versteckte er sie in seiner Kajüte und sorgte während der gesamten Schwangerschaft für sie. In der Küche gab er vor, er habe hart gearbeitet, das gesamte Deck geschrubbt oder die Fenster der Bar geputzt und die der Kajüten dazu, um sich eine doppelte Ration zu verdienen. Es heißt, wenn er die nicht bekam, habe er nichts gegessen oder sich etwas aus einem in der Oberstadt von Coquimbo zwischen den Felsen gelegenen Laden besorgt. All das nur, um der Inglesa sein Essen zu überlassen. Der schwollen allmählich die Fesseln, die Wangen, die Brüste an, und in ihrem Bauch wuchs rasch das Baby. Bald verkündete Ronal allen, er sei verlobt und seine Frau erwarte ein Kind von ihm. Die Besatzung hieß sie voller Respekt und freundlich willkommen an Bord. Ihr gegenüber äußerte Ronal sich nur undeutlich und mit aller Vorsicht, aber es war klar, dass er sie zur Frau nehmen wollte, obwohl er sehr wohl wusste, wie gering die Aussichten waren, dass dieser Wunsch in Erfüllung ging.

Zur selben Zeit reisten die ahnungslosen Strolche, die in den Minen arbeiten wollten, bei uns in Waggons an, die für den Viehtransport reserviert waren. Mit Stroh und

Spuren von Kuhfladen im Haar stiegen sie aus, verwundert über die Sonne, die einen wahren Feuerregen ausgoss. Allein der Anblick dieser Hungerleider aus dem Norden oder Süden war lächerlich. Ungeachtet der Soldaten von López-Cuervo II machten sie sich auf die Suche nach einem Brunnen, sie waren durstig und willens, den Erstbesten für einen Schluck Wasser niederzustechen. Die Bosse erwarteten sie am Dorfeingang oder gegenüber vom *Chanchoquín*, um ihnen Arbeit anzubieten. Sie suchten Rekruten für die Plackerei, die bedeutete, sich zwölf Stunden lang mit Schaufeln und Hacken zu schinden. Wenn ein Hungerleider einschlug, einer, der noch keine Grubenluft geschnuppert hatte, notierte der Boss sich seinen Namen in ein Heft und händigte ihm einen kleinen Vorschuss aus, Trockenfrüchte, Ziegendörrfleisch, Kleidung, sichere Schulden, die er dann monatelang abarbeiten musste. Nachts tobten die Strolche sich dann bis zum Morgengrauen im *Arche* oder im Chinesenviertel aus. Deshalb – ich weiß nicht, ob ich das schon erwähnt habe – hörte dann später auch niemand den Schuss im *Chanchoquín*. Bei unseren Damen jedenfalls standen die Pampinos Schlange, und ich wachte über jeden Schritt dieser Habenichtse, die scharfe Machete hinter dem Tresen immer griffbereit. Sofanor hingegen interessierte nur eins: Er wollte wissen, wo zum Teufel diese Ausländerin steckte, und je heftiger er sie verfluchte, desto mehr gab er sich selbst die Schuld an ihrem Verlust. Die Cufina versuchte ihn nach allen Regeln zu trösten, mit mäßigem Erfolg.

Unterdessen arbeiteten die Matrosen und Mechaniker in hundertachtzig Kilometer Entfernung an der Reparatur der *Natal Star*. Wie sie die Matrosen so mit der Instandhaltung des Schiffsrumpfs aus kanarischem Pinienholz beschäftigt sah, fing die Inglesa an herumzuschnüffeln und ihnen schöne Augen zu machen, um Vertrauen zu gewinnen. Einigen war das jedoch nicht geheuer.

»Diese Frau ist gefährlich. Sie hat keine Skrupel, mit uns zu flirten, obwohl sie ein Kind von unserem Kameraden erwartet«, befand einer.

»Ich werde Ronal mal erzählen, was für eine Sorte Frau sie ist«, verkündete ein weiterer Matrose.

Aber es gab auch andere, die ihr Essen in die Kajüte brachten. Sie nutzte die Gelegenheit, sie in ein Gespräch zu verwickeln. Während die Männer beim Anblick ihres üppigen Dekolletés dahinschmolzen, erkundigte sie sich nach der Aufteilung der Kajüten, der Funktion eines jeden Matrosen bei der bevorstehenden sechzigtägigen Überfahrt nach England und nach den sichersten Stellen auf dem Schiff, möglichen Nischen für einen Tresor. Sie wagte es sogar, sich zu den Pokerrunden zu gesellen, die in der Bar stattfanden, wo weibliche Gäste eigentlich keinen Zutritt hatten, unter dem Vorwand, sie habe Angst, allein in der Kajüte zu bleiben, das Ächzen des Holzes erschrecke sie jedes Mal zu Tode. Obwohl einige ihr Benehmen nicht billigten, hinderte sie keiner daran, sich dort aufzuhalten. Sie war schließlich die Frau ihres Kameraden, und obwohl sie sich einem anderen Matrosen auf den Schoß setzte, sagt man, sie habe Ronal Glück gebracht, er habe mehrere Partien gewonnen.

Überaus fleißig stellte sie ihre Nachforschungen an und bekam Antworten auf ihre brennenden Fragen.

»Der Kapitän trägt die Schlüssel seiner Kajüte, den vom Tresor, der Bar und all der Dinge, an die wir nicht herankommen sollen, immer bei sich. Ich habe noch nie einen dieser Schlüssel gesehen«, sagte etwa der Matrose, dem sie sich auf den Schoß gesetzt hatte.

»Und wenn sie ihn ausrauben?«, gab sie zu bedenken.

»Na, Pech gehabt, denke ich«, sagte der Matrose.

»Nein, nein«, meinte ein anderer. »Bestimmt hat der Kapitän jeweils einen Zweitschlüssel in seiner Kajüte. Der ist ja nicht blöd.«

»Warum interessierst du dich überhaupt dafür, wo diese Schlüssel sind?«, wollte der erste Matrose wissen.

»Ach, ich weiß nicht. Einfach nur, um etwas zu sagen«, erklärte sie mit Unschuldsmiene und sanftem Augenaufschlag.

Am selben Abend kam Sofanor ins *Arche Noah* und bat mich, ihm Geld zu leihen. Er erzählte mir, er habe es verloren, weil alle Welt ihn ausnehme, sobald er einschlafe. Was stimmte: Mitten auf dem Straßenfest hatte man ihn einmal sogar seiner Hosen beraubt, als er gerade einen Rausch ausschlief. Und weil mein Freund grundsätzlich keine Unterwäsche trug, lag er danach vom Bauchnabel abwärts splitterfasernackt da, mit Ausnahme seiner Cowboystiefel, in denen er das wenige Geld verstaute, das er noch besaß. Nur an seinen Revolver, den er so eifersüchtig hütete und mit dem er selbst im Rausch in inniger Umarmung einschlief, kam niemand heran. Unglücklicherweise lag Sofanor in jener Nacht, als man ihm die Hose entwendet hatte, genau vor dem Eingang des *Chanchoquín* – und wer fand ihn dort? Die Ojerosa! Vor Entsetzen schrie sie die ganze Straße zusammen, sie glaubte wahrscheinlich, er sei tot. Man erzählt sich, er habe auf ihr Gekreische hin ein Auge geöffnet und sie angestarrt, ohne zu bemerken, dass er halbnackt war, und noch reichlich Zeit gebraucht, bis er sich erhob. Wutentbrannt sei die Ojerosa dann in ihre Pension zurück, habe einen Besen geholt und meinem Freund gehörig den Hintern damit versohlt.

»Du Schwein! Du Perverser!«, habe sie gebrüllt.

Eine Zeitlang machten die Nachbarn sich lustig über die Wirtin. Irgendeinen gab es immer, der ihr zurief, wenn sie das Haus verließ: »Welche Farbe haben Sofanors Stiefel, Ojerosa?«

Aber ich schweife ab. Sofanor kam also ins *Arche Noah*, um sich von mir Geld zu borgen, und ich gab es ihm. Hinter Flors Rücken, denn sie sah das nicht gern. Ich sagte ihm, so könne es nicht weitergehen, er müsse etwas aus seinem Leben machen, denn es sei ja denkbar, dass die Inglesa sich nie mehr blicken lasse. Tagsüber schuftete Sofanor beim Salpeterwerk, und nachts gab er sein Geld aus, um sich hemmungslos zu besaufen. Niemand bezweifelte mehr, dass der Mistkerl unter schwerem Liebeskummer litt. Dennoch war es den Bergarbeitern verboten, Alkohol zu trinken, und diese Regel setzten die Aufseher rigoros durch. Als Sofanor eines Morgens völlig betrunken am Arbeitsplatz erschien, verwehrte einer der Aufseher ihm den Einlass. Es heißt, Sofa habe weiter versucht, sich hineinzudrängen, während der andere ihn gewaltsam daran hindern wollte. Daraufhin fing mein Freund an, ihn zu beleidigen, und der Aufseher drohte, gegen ihn eine Strafe zu verhängen. Sofanor schwankte, fiel um, landete auf dem Boden und blieb dort sitzen. Bis sie anfingen, ihn auszulachen. Da stand er auf, zog den historischen Webley Mark von Luis Emilio Recabarren, zielte auf den Aufseher und drohte, ihm das Hirn wegzublasen. Der Aufseher erschrak und flehte ihn an, die Waffe wegzustecken. Kumpel, ich habe Familie und so. Dann, so heißt es, sei ein berittener Soldat gekommen, und Sofanor sei verschwunden wie der Wirbelwind in der Pampa.

Die Inglesa bekam ebenfalls Probleme auf der *Natal Star*. Dank der Informationen, die sie im Pokerraum erhalten hatte, konnte sie die Kapitänskajüte ausfindig machen, die in der Tat verschlossen war. Man erzählt sich, sie habe eine Haarnadel aus ihrer Frisur gelöst, sie in das Schloss gesteckt und so die Sperre überwunden. Ihre Schlangenaugen ließen sich indes nicht blenden von alldem, was es dort zu sehen gab. Nur zu gerne hätte sie vieles davon eingesackt, aber sie konnte es sich nicht erlauben, Verdacht zu erregen; schon gar nicht, nachdem einige Matrosen ihren Argwohn geäußert hatten. Sie tastete mit der Hand unter der Matratze, inspizierte die Regale, blätterte in den Büchern. Viele Schubfächer waren ebenfalls mit einem Schloss versehen, was darauf hinwies, dass sie Wertvolles bargen. Als sie erneut zu ihrer Haarnadel griff, um so, wie Sofanor es sie gelehrt hatte, den Riegel beiseitezuschieben, spürte sie plötzlich einen heftigen Stich in der linken Seite. Sie musste sich hinsetzen und tief durchatmen, bevor sie wieder ans Werk gehen konnte. Sie war noch ganz damit beschäftigt, sich den Bauch zu halten und sich von Titas Tritten zu erholen, als sie hinter sich eine Stimme vernahm:

»Was suchen Sie hier?«

Der Kapitän hatte sie auf frischer Tat ertappt. Die Inglesa erschrak heftig, doch es gelang ihr, eine Engelsmiene aufzusetzen, als könnte sie kein Wässerchen trüben.

»Verzeihung, ich habe mich verlaufen. Hier gibt es so viele Kajüten, und alle sind gleich, dass ich mich wohl im Gang geirrt habe, und plötzlich bin ich hier gelandet.«

»Das ist unmöglich. Die Tür war abgeschlossen«, erwiderte der Kapitän ärgerlich.

»Nein, Señor«, widersprach die Inglesa. Sie tat, als wüsste sie nicht, dass sie mit dem Kapitän der *Natal Star* sprach. »Sie war offen. Zumindest, als ich hereinkam. Ich habe nur aus dem Fenster geschaut. Das Meer sieht von hier einfach wunderschön aus. Aber ich habe mich weder ins Bett gelegt, noch sonst was …«

»Ich könnte schwören, dass …«, brummte der Kapitän und machte ein paar Schritte durch den Raum. Er sah sich um, stellte fest, dass alles in Ordnung war, und vergewisserte sich, dass er die Schlüssel immer noch bei sich trug.

»Sind Sie nicht die Frau von Ronal?«, fragte er dann.

»Ja, Señor«, sagte die Inglesa pflichtschuldig.

»Nun, die Kajüte Ihres Mannes befindet sich genau am anderen Ende des Schiffes«, sagte er streng.

»Ja, Señor. Ich bin schon weg. Verzeihung.«

Beim Verlassen der Kapitänskajüte suchte die Inglesa Halt an den Wänden. Die Krämpfe gingen ihr durch Mark und Bein, sie war schweißgebadet. Während sie ans andere Ende des Schiffes schwankte, rief der Kapitän die gesamte Mannschaft zu sich, um herauszufinden, wer bei ihm eingedrungen war. Niemand sagte etwas, denn es war ja keiner gewesen. Daraufhin verbot der Kapitän ihnen allen, am Abend in der Bar Karten zu spielen. Danach waren die Matrosen sich einig: Eine Frau an Bord bringt nur Probleme.

So also erging es den Protagonisten deines Romans, Benito. In der Sekunde, als sie sich kennenlernten, war ihr Schicksal besiegelt. Es gefällt mir, wenn du über sie schreibst, über unser turbulentes Leben an einem Fleck auf dieser Erde, an dem es nichts gab außer uns und der Sonnenglut, die alles niedermachte. Es gefällt mir, wenn du über die Kumpel schreibst, die jetzt mit einem Fetzen Stoff über den Augen unter der Erde ruhen und mit ihrem Schnarchen die Erde erschüttern. Denn Schreiben ist eine Form, die verlorene Zeit zurückzugewinnen. Und das tust du, indem du die Stimme dieses alten Geistes und die Tragikomödien meiner Flor, deiner Mutter Tita und meines Kameraden Sofanor rekonstruierst. Du bist der Enkel des Starrsinns, Benito. Wenn es also stimmt, dass du Schriftsteller werden willst, fahre fort damit.

Das eigentlich Schöne in jenen Tagen waren die Schiffe, die scharenweise in Iquique und Tocopilla anlegten. Die Geschichte dieser Klipper ist interessant, vor allem, wie viele von ihnen schließlich auf dem Friedhof von Punta Arenas landeten. Täglich erschien einer mit neuer Flagge, um auf eine Ladung »weißen Goldes« zu warten, wie man es zu meiner Zeit nannte. Denn der chilenische Salpeter war hochbegehrt in den Teilen der Welt, die wir damals als die Staaten Uropas bezeichneten. Die Arbeit in den Salpeterwerken härtete die Pampinos ab, nach und nach trocknete ihnen der Mund aus, bis sie verstummten. Deshalb bewegten viele Kumpel auch kaum die Lippen beim Sprechen. An die Brosamen gewöhnt, die uns das Ausland hinwarf, erledigten wir immer die harte Arbeit; im Gegenzug sorgten die Ausländer dafür, dass die Schiffe voller Menschen zu uns kamen. Donnerwetter! Was für Riesen da kamen, an die zwei Meter groß, mit grünen oder blauen Augen. Aber auch für die Engländer wurde es schwerer. Um die Produktion zu steigern, mussten sie selbst die Ärmel hochkrempeln und in sackleinene Hosen steigen. Folglich verbrannten auch sie sich Schultern und Schnauze, und ihre Haut hing genauso in Fetzen wie bei den Strolchen aus dem Süden. Diese Schiffe brachten den südamerikanischen Indios, unter anderem, lauter Prachtweiber ins Land. Riesige Blondinen, von der Sorte, dass man mit einem Lied auf den Lippen für sie zu sterben bereit ist. Unglaublich, Benito! Es gab Rothaarige mit flammendem Haar und Flachsblonde. Auch ein paar Mulattinnen waren dabei. Pferdchen jeglicher Couleur. Die Engländer verstanden es, weibliche Crews auszuwählen. Von den süßen Chinesinnen bekamst du gleich drei für einen Seeaal. Sie waren die billigsten, weil es am meisten von ihnen gab. Allerdings hätte ich nie gedacht, dass eine dieser Ausländerinnen Sofanors Werben jemals erhören würde. Und noch viel weniger, dass sie uns in ihr Haus einlassen würde, nachdem wir einen Laden ausgeraubt hatten. Doch dann war mein Freund tatsächlich einer der Ersten, der mit einer Ausländerin zusammenlebte und eine fremde Sprache erlernte. Der Inglesa gefiel das Abenteuer in der Wüste, ebenso gern nahm sie jedoch an den Partys teil, die die Bonzen auf den Schiffen veranstalteten. Es waren die besten Gelegenheiten, um zu spionieren und ihre Raubzüge vorzubereiten, von denen sie wusste, dass Sofanor sie, ohne mit der Wimper zu zucken, durchführen würde.

Eines Nachts, die reich an Sternschnuppen war, wachte die Inglesa schweißgebadet auf der *Natal Star* neben Ronal auf. Entsetzt stellte sie fest, dass ihr zwischen den Schenkeln das Wasser nur so hinunterlief, und ließ einen spitzen Schrei hören. Ronal tastete schlaftrunken nach ihrem Bauch, als er aber bemerkte, dass das ganze Bett nass war, richtete er sich kerzengerade auf. Er rannte ins Bad, um ein Handtuch zu holen, und dachte, dass dies wirklich der ungünstigste Zeitpunkt sei, um einen Arzt zu rufen. Es war mitten in der Nacht, und es gewitterte. Kurzentschlossen hastete er zur Kajüte des Kochs. Die Inglesa flehte ihn keuchend an, sie nicht allein zu lassen, doch eine neue Wehe schnitt ihr an der entscheidenden Stelle das Wort ab. Sie schrie nun so laut, dass es die übrigen Matrosen aus dem Schlaf riss. Bald kehrte Ronal in Begleitung des Kochs zurück, der immer wieder betonte, er verstehe nichts von Geburten. Kurz darauf steckten einige Neugierige die Köpfe zur Kajütentür hinein. Einer sagte, er kenne eine Hebamme in der Hafenstadt, und ein anderer lief los, um eine Schankwirtin zu holen, doch die Schmerzen ließen der Inglesa keine Zeit mehr. Sie spreizte die Beine und fing an zu pressen. Alle schauten zu, ohne zu wissen, was sie tun sollten und was als Nächstes passieren würde. Als Ronal ihr schließlich das Hemd hochhob, sah er, dass der Kopf des Babys bereits ein wenig hervorschaute. Die Inglesa holte noch einmal tief Luft, krallte sich am Bettlaken fest und presste erneut. Der Koch bat mit Schweißperlen auf der Stirn darum, das Fenster zu öffnen. Beim dritten oder vierten Pressen endlich kam der Kopf deiner Mutter zum Vorschein, und der Koch zog und zog, bis ein kleines schreiendes Bündel auf dem Laken lag. Keiner wusste, wie man das Baby von der Mutter trennte, schließlich rief Ronal den Experten für Seemannsknoten herbei. Es heißt, dem Mann hätten die

Hände gezittert, als er einen sehr dünnen Strick um die Nabelschnur legte und ihn so lange zusammenzog, bis sie durch war.

»Hier, nimm dein Töchterchen.« Sichtlich ergriffen reichte der Koch Ronal das in Tücher gewickelte Neugeborene.

Ronal hatte Angst, der Kleinen mit seinen großen Pranken die Beinchen zu brechen, deshalb wanderte die Tita nach wenigen Sekunden in den Arm ihrer Mutter. Schließlich traf die Schankwirtin in Begleitung des Arztes ein. Mit energischer Stimme schickte sie die Matrosen fort und half dem Doktor, Mutter und Kind zu versorgen. Als der Arzt nach einer bangen Stunde verkündete, alles sei in Ordnung, stießen die Matrosen voller Begeisterung mit Hochprozentigem auf das an, was sie für das Töchterchen ihres Kameraden hielten.

Es verstrichen Tage und Wochen, und die Kleine verzauberte die harten Männer mit ihrem zarten Lächeln und ihren winzigen Händchen. Und dann verkündete die Inglesa Ronal auf einmal, dass sie für eine Woche fortgehen wolle.

»Ich will etwas Geld besorgen und kehre zurück, sobald ich es bekommen habe. Ich muss dich bitten, dich um die Kleine zu kümmern, bis ich wieder da bin.«

Doch das Schicksal wollte, dass die Inglesa wieder den alten Weg mit Sofanor einschlug und ihr Versprechen nicht einhielt. Sie kehrte nicht zurück, zu groß war die Sehnsucht nach dem strahlenden Ganovenlächeln meines

Freundes gewesen. Zu reizvoll die Aussicht auf einen neuen Raubzug mit ihm. Warum nur erzählte sie Sofanor nicht von dem Baby? Sie tat es weder in Iquique noch in Antofagasta, wo sie sich das Satinkleid kaufte; auch nicht in Copiapó, wo sie sich von der Lorenzona trennten. Nein, dieses unverhoffte Glück wollte sie meinem Freund offenbar nicht bescheren, dabei hätte es die ätzende Bitterkeit zu lindern vermocht, die sich während ihrer Abwesenheit in ihm angestaut hatte und ihn innerlich verzehrte.

Auf einmal herrschte nicht mal mehr Streit zwischen ihnen, sondern nur noch: Stillschweigen. Hätten sie sich die Wahrheit gesagt, wäre ihre Geschichte anders verlaufen.

Natürlich fühlte Ronal sich betrogen. Von einer, die nichts von mütterlichen Pflichten wissen wollte, konnte man wohl kaum erwarten, dass sie sich ihrer ehelichen entsann. Inzwischen hatte er einsehen müssen, dass die Inglesa nicht mit ihm Richtung Mutterland aufbrechen würde. Als der Auslauftermin der *Natal Star* kurz bevorstand, erteilte der Kapitän ihm die Erlaubnis, mit der Tita nach Paitanás zu reiten. Die Matrosen besorgten ein bequemes Körbchen für die Kleine, und jeder von ihnen legte zum Abschied einen Geldschein hinein.

In Paitanás erzählt man sich seither, ein Engländer habe die Beerdigung für das Paar bezahlt. Ich glaube, es war derselbe Mann, der ein paar Mal ans Kirchentor pochte, bevor er in aller Eile die Flucht ergriff und nichts als eine

Staubspur hinterließ. Gott Alzamora, der sich in der Sakristei aufhielt und das Klopfen gehört hatte, ging hinaus, um nachzusehen, was los sei. Da fand er das namenlose Püppchen, das aus vollem Halse schrie.

Arche Noah, 1970

Meine Erinnerungen erloschen, als wir Schiffbruch erlitten.

Der Flug der Geier, die über unserer *Arche* kreisten, kündigte die Gefahr bereits an. Doch ich putzte an jenem Abend noch alles an Bord blitzblank, die Trini ging mir eher widerwillig zur Hand. Bevor ich die Tür verriegelte, flackerte die rote Glühbirne, die den Betrunkenen den Kopf verdrehte, für einen kurzen Moment auf, der Glühfaden vibrierte und erlosch schließlich. Auf dem Weg nach Hause dachte ich daran, dass ich die Birne am nächsten Tag auswechseln musste.

»Samu, wach auf! Das *Arche* steht in Flammen!«

Erschrocken schlug ich die Augen auf, Hitze brannte mir in der Kehle bis hinunter in den Magen.

»Na los! Steh schon auf!« Flor schüttelte mich.

Als ich allmählich begriff, was sie mir sagen wollte, rannte ich wie ein Besessener los. Mir verschlug es die Sprache: Das *Arche* brannte lichterloh, es knisterte und fauchte wie ein prähistorisches Ungeheuer. Ich kämpfte mit den Tränen. Unser Schiff, das uns so viel Freude bereitet hatte, ging dahin mit seiner Vitrola-Musik auf der staubigen Calle Jotabeche! Die züngelnden Flammen stierten mich von den Fenstern aus an wie gewaltige Meeresschnecken. Benito, du musst von diesem Feuer schreiben, es ist wichtig! In meinem Kopf hallt der dumpfe Aufprall eines Lebens nach, das in jenem Moment in sich zusammenstürzte – wie das *Arche* auf seinem Sandmeer.

»Wie ist dieses Feuer entstanden?«

»Das wüsste ich auch gerne.«

»Vielleicht durch einen Kurzschluss?«

»Das glaube ich nicht. Ich selbst habe die Sicherung herausgeschraubt, die das gesamte Lokal mit Strom versorgte.«

Der Carabinero notierte sich dienstbeflissen meine Antworten.

»Hing noch irgendwo ein Gerät an einer Steckdose?«

Ich konnte mich nicht erinnern.

»Sind die Leitungen sehr alt?«

»Ja, das sind sie sicher, wie fast überall im Ort.«

»Haben Sie Feinde?«

»Ja, aber die haben ihren Groll sicher längst begraben.«

»Das kann man nie wissen.«

Sie bestellten mich ein, um den Papierkram zu erledigen, aber ich wollte nicht mit den Behörden reden – wer, wenn nicht sie, lebten von Zerstörung und Tod? Ich hatte genug von ihren heuchlerischen Gesetzen, von ihren Büchern mit den vielen Seiten, die nur zum Vorteil der Gringos geschrieben waren. Darauf zu bestehen, dass man der Brandursache nachging, hätte bedeutet, sich auf das korrupte, ausbeuterische Kalkül einzulassen. Und dessen war ich müde. Als die

Beamten sich nach meinen Feinden erkundigten, musste ich daran denken, dass Pater Alzamora den Namen des Bordells nie verwunden hatte, aber ich wagte nicht, das zu erwähnen. Es wäre ohnehin reine Zeitverschwendung gewesen, denn niemals würden sie den Gott des Dorfes anklagen. Ich hatte die Nase voll. Genau wie die Kumpel bewegte ich kaum noch die Lippen beim Sprechen, und Grau hatte meine Haare, meine Brauen und meinen Bart überzogen, wenn ich ihn mehr als zwei Tage sprießen ließ. Am Ende wurde der Brand als Unfall deklariert, eine Frage göttlichen Ermessens, wie Alzamora sagte.

Tags darauf besichtigte ich die Trümmer, als plötzlich die zwergenhafte Trini auftauchte.

»Das ist eine Tragödie, Samu! Eine Tragödie!«, rief sie.

Sie warf sich mir in die Arme, aber ich konnte sie nicht auffangen, um sie zu trösten, denn ich hatte selbst Mühe, den Anblick zu verkraften. Keine Hocker, keine Stühle, keine Theke mehr, hinter der ich gearbeitet und die Machete versteckt hatte. Alles rauchende Asche. Während ich mich in Gedanken zum Werden und Vergehen der Dinge verlor, holte die Trini mich in die Realität zurück.

»Was soll jetzt aus mir werden, Samu! Wovon soll ich leben?«

Sie trommelte mir mit ihren kleinen Fäusten auf die Brust und verlangte eine Lösung von mir. Die Trini gehörte seit jeher zum Inventar im *Arche Noah*, genau wie die rote Glühbirne des Fegefeuers, und ehrlich gesagt war es kaum vorstellbar, dass sie dort nicht mehr am Ruder saß. Sie verzog den Mund, schüttelte den Kopf, seufzte. Doch sie weinte ohne Tränen. Das sagte mir Flor, als wir wieder zu Hause waren.

»Es ist übertriebenes Getue, Samu.«

Die Nacht hatte sich über das Grundstück meiner untergegangenen *Arche Noah* gesenkt, und nun war nur mehr ein verkohlter Krater davon übrig, der sich mit dem Mittelpunkt der Erde zu verbinden schien. Es war alles vorbei. Als seien vierunddreißig Jahre nichts gewesen, als hätte ich an dieser Stelle nicht die meisten Abende meines Lebens verbracht. Deshalb verstand ich die Trini so gut, als sie sich über ihre Zukunft beklagte, und verteidigte sie gegen den Vorwurf meiner Frau, sie spiele nur Theater. Aber Flor hatte recht. Wenn man trockenen Auges weint, ist da keine Trauer, und die Trini hatte schon lange vor der Katastrophe geweint, nämlich als sie sie plante. Und dann, als sie die Wände mit einem Kanister Benzin übergoss. Die labyrinthischen Windungen des Gehirns sind unergründlich, und diese Närrin glaubte tatsächlich, Alzamora würde sich der Sache annehmen und für sie sorgen, was aber erst drei Jahre später geschehen sollte. So erzählten es einige Kirchgänger meiner Flor, diese Stimmen, die kurz vor der staubigen Calle Jotabeche verstummten. Doch ich habe immer noch Fragen, Benito, weshalb du dich nur mühsam vorantastest, um den Puls der alten Zeiten zu ergründen. Keiner sollte ganz verschwinden, bevor nicht schriftlich abgerechnet wurde. Mach also weiter so, und später fährst du mit dem Begräbnis fort.

Iquique, 1956

Ein Schweißtropfen hatte die Strähne befeuchtet und gezähmt, die ihm ständig über das Auge fiel. Die Tita betrachtete sein bleiches Gesicht und suchte seine Nähe, genau wie ihre Freundin Miriam, um seine Aufmerksamkeit zu erregen. Carmelos Worte waren mehr ein Hilferuf als ein Ausdruck von Wut oder Rebellion, wenn in der Universität über das Problem der Verlegung der Fakultät debattiert wurde.

Die Tita kam immer mit guten Noten nach Hause. Sie sah nicht aus wie eine mit guten Noten, aber so war es. Deshalb schlug ich meiner Flor vor:

»Wenn das Mädchen genügend Grips im Kopf hat, sollten wir zusehen, dass sie eine gute Ausbildung bekommt und Selbstvertrauen, dann wird sie es weit bringen.«

Flor war ebenfalls der Meinung, sie würde es weit bringen, allerdings nicht auf die Art, wie es dann kam. Hätte unsere Tochter damals gewusst, was ihr bevorstand, wäre sie vielleicht fortgegangen wie manche ihrer Kommilitonen. Die Tita hatte ohnehin diese Manie, spurlos zu verschwinden, ohne dass irgendjemand wusste, wo sie steckte. Auch als sie schon siebzehn war, musste meine Flor sie deswegen schelten.

»Das sind die Gene«, sagte ich.

Aber Flor wollte nie wahrhaben, dass das Mädchen ihren Händen entglitten war. Nun erklärte meine Frau mir besorgt, sie habe die Tita mit einem Studenten von der Universität gesehen. So hörte ich zum ersten Mal von Carmelo. Flor beschrieb ihn als gottlos und eitel, und dann schimpfte sie, er habe Tita mit seinen kommunistischen Ideen das Hirn verdreht. Ich selbst habe ihn nur einmal gesehen, weshalb meine Meinung über ihn stark davon beeinflusst war, was die Leute mir hinterher erzählt haben. Carmelo war eine Mischung aus Privatforscher, Journalist und Fotoreporter. Obwohl er gerne Pressenachrichten schrieb, verdiente er sich seinen Lebensunterhalt hauptsächlich mit der Kamera. Ich werde versuchen, Benito, dir ein wenig über deinen Vater zu erzählen: In Antofagasta wurde er 1966 in den Universitätsausschuss der traditionsreichen Universidad de Chile gewählt, stieg 1967 in den Ausschuss für die Verbreitung von Kultur und Bildung auf und wurde Sprecher der Studentenorganisation. 1968 übernahm er die Leitung der Temporären Schule der Universität in Maria Elena, außerdem produzierte er die Fernsehserie *Caminando* und war Leiter der Abteilung für Öffentlichkeitsarbeit der Universität von Antofagasta. 1969 tat er sich als Produzent und Co-Regisseur des Films *Los niños* hervor, den das staatliche Fernsehen im Auftrag des Dienstes für Öffentlichkeitsarbeit und praktische Pädagogik für Kinder im Vorschulalter der Universität von Antofagasta drehte. Mit seinem Curriculum könntest du zwei ganze Seiten füllen.

Was Flor nicht wusste, war, dass die Tita sich an jenem Nachmittag unter die Menschenmenge gemischt hatte und, obwohl sie wegen des euphorischen Tumults auf der Straße nur die Hälfte von Carmelos Rede verstand, in den Beifall der anderen mit einfiel. Immer mehr Studenten versammelten sich, manche stimmten zum Applaus Lieder an, während die Sonne in ihrer bleiernen Schwere unterging. Wie nicht anders zu erwarten, entdeckten die Demonstranten bald, dass sich zwei Straßen weiter Polizeiketten formiert hatten, um dem Aufmarsch Einhalt zu gebieten und die Aktion aufzulösen. Einige der Protestierenden bekamen angesichts der drohenden Konfrontation weiche Knie, doch die beiden Anführer, Carmelos Freunde und politische Kampfgenossen, ließen keinem die Chance, den Mut zu verlieren. Aus vollem Halse brüllten sie die Parolen, die sie auf ihren Fahnen vor sich her trugen. Nicht ahnend, was im nächsten Moment passieren würde, beobachtete die Tita, in Erinnerung an die Kumpel in ihrem Dorf mit den Dynamitpatronen in der Faust, wie perfekt die Polizei sich trotz der noch friedvollen Demonstranten organisierte. Doch schon kroch Carmelos Blick dicht am Boden entlang, bis er passende Steine fand, die sich rasch in Wurfgeschosse verwandelten. Die Tita war voll der Bewunderung für den athletischen Körper des jungen Mannes. Ich erwähnte bereits, dass dein Vater das Haar lang trug mit einer Strähne, die ihm quer übers Gesicht fiel und sein rechtes Auge bedeckte, nicht wahr? Jedenfalls warf er deshalb ständig mit einer ruckartigen Bewegung seinen Kopf nach hinten. Um besser sehen zu können. Dabei meinte die Tita zu entdecken, dass er ihr ein Lächeln schenkte, aber er sprach sie nicht an, wie sie es sich gewünscht hätte.

Inzwischen marschierten die gegnerischen Parteien aus entgegengesetzten Richtungen über die schnurgerade, staubige Landstraße, die sich wie eine Furche durch Iquique zog, und mussten dort unweigerlich aufeinanderprallen. Die Polizei bildete eine Kette, um unmissverständlich zu signalisieren, dass sie den Demonstrationszug nicht durchlassen würde, doch die Studenten gaben in ihrem Feuereifer nicht nach. Im Gegenteil, sie fuhren fort mit ihrem Geschrei und bewarfen die Polizisten mit Steinen, und als sie sich Auge in Auge gegenüberstanden, zückten die Carabineros ihre Schlagstöcke und begannen mit der Jagd auf Einzelne. Die Menge stob auseinander, jeder war nur noch darauf bedacht, seine Haut zu retten. Und wieder einmal, wie schon so oft in dieser Geschichte, schwebte der unheilvolle Schatten der Aasgeier über die jungen Leute hinweg. Die Demonstranten öffneten also ihre dichtgeschlossenen Reihen und flohen so weit wie möglich vor dem Tränengas.

Die Tita stand plötzlich wie gelähmt inmitten des ganzen Chaos aus auseinanderstiebenden Studenten, Geschrei und fliegenden Steinen. Und da ergriff Carmelo ihre Hand und zog sie in einer halsbrecherischen Flucht hinter sich her. Hin und wieder hielten sie kurz inne, Carmelo bückte sich, um einen Stein vom Boden aufzuheben, den er dann mit aller Macht auf einen Polizisten schleuderte. Andere Studenten taten es ihm gleich, woraufhin der Feind kurzfristig den Rückzug antrat.

Carmelo bemerkte die geröteten Augen und die krächzende Stimme seiner Kameradin. Sofort nahm er seinen Rucksack ab, zog den Reißverschluss auf und kramte eine Zitrone sowie eine aus Zeitungspapier gedrehte Tüte mit Salz hervor. Als Trick gegen das Tränengas, das die Atemwege verschließt, erklärte er, legt man sich eine Zitronenscheibe mit Salz unter die Zunge. Die Tita sah, dass die anderen auch von diesem Trick Gebrauch machten, und nahm gehorsam das Gegenmittel. Gleich darauf brach die nächste Welle herein, ein Geschrei und Gerenne tobte um sie herum, das sie nicht verstand. Woher waren mit einem Mal all diese Polizisten gekommen? Sie erstarrte, als sie beobachtete, wie brutal die Carabineros über die Studenten herfielen, den am Boden Liegenden traten sie in die Seite und droschen mit ihren Schlagstöcken auf sie ein. Plötzlich stand ein Polizist vor ihr. Sie hielt sich schützend die Arme über den Kopf, doch bevor der erste Schlag sie treffen konnte, packte sie jemand am Arm und riss sie fort. Wieder war es Carmelo, der sie in einem rasanten Wettlauf mitschleifte. Die Tita erzählte mir später, dass sie einen ihrer Verfolger so nah im Rücken gespürt habe, dass sie glaubte, in der nächsten Sekunde packe er sie an den Haaren. Sie erfuhr nie, ob ihr Häscher freiwillig aufgab oder vor einem Steinhagel zurückwich.

An Carmelos Hand rannte die Tita noch einige Häuserblocks weiter. Dann bogen sie in eine Seitenstraße ein und flüchteten sich in einen Toreingang. Und da wusste die Tita, dass es um sie geschehen war. Sie fand ihn charmanter denn je, und sie begriff, warum die Mädchen scharenweise hinter ihm her waren. Er hatte makellose Zähne, und seine Stimme schien seinem Atem Frische zu verleihen. Als sie glaubten, der Tumult habe sich gelegt, trennte Carmelo sich für einen Moment von ihr und ging zur Ecke vor, um sich zu vergewissern, dass sich kein Polizeinachzügler mehr in der Nähe herumtrieb. Da sah er die beiden Anführer, seine Freunde, auf der anderen Straßenseite vorbeieilen. Er wollte sie schon zu sich pfeifen, als plötzlich ein Wagen anhielt, aus dem drei Polizisten in Zivil sprangen und sich auf seine Kameraden stürzten. Die waren sogleich in unterschiedliche Richtungen losgerannt, als sie die quietschenden Bremsen hörten. Es gelang den Bullen, den Dickeren der beiden zu schnappen, während weiter vorne bereits ein zweiter Polizeiwagen wartete. Sie knüppelten auf ihn ein, und der Dicke schrie – nicht vor Schmerz, sondern in Panik, wie ein gehetztes Tier. Carmelo hörte die Schreie von der anderen Straßenseite und beschloss, seinen Plan zu ändern.

Er wartete noch eine ganze Weile, bis die Luft rein war. Dann bedeutete er der Tita mit einem Wink, sie könne herauskommen, die Gefahr sei vorüber. Als sie loslief, bemerkte sie beschämt, dass ihre Hose nass war. Sie wagte kaum, Carmelo ins Gesicht zu sehen.

»Keine Sorge, Mädchen. Das war der Schreck. Uns allen ist das schon passiert.«

Sie sagte nichts. Carmelo fragte sie:

»Wo wohnst du? Ich begleite dich nach Hause.«

Sie liefen eine Weile nebeneinanderher, und bald hatte die Tita vergessen, dass sie sich vor Angst in die Hose gemacht hatte. Aber sie bekam dennoch kaum ein Wort heraus. Carmelo beschränkte sich darauf, sie weiter auszufragen.

»Wo gehst du zur Schule? Willst du auf die Universität? Was möchtest du mal werden? War es die erste Demonstration, an der du teilgenommen hast? Wie alt bist du?«

Tita haderte mit sich selbst, weil sie nur einsilbig, in knappen Sätzen antwortete. Aber sie wollte vor Carmelo auf keinen Fall naiv wirken, ganz besonders nicht vor ihm, diesem kämpferischen jungen Mann. Sie wünschte sich sehnlich, dass er sie wieder bei der Hand nahm, sie umarmte, denn noch nie hatte sie sich so wohl und so beschützt gefühlt. Carmelo seinerseits musste an seinen dicken Freund denken, wollte ihr jedoch nicht sagen, was er mit angesehen hatte. Er wusste, dass sie ihn festgenommen hatten, um ihn zu verhören und herauszufinden, wer seine Freunde und Verbündeten waren. All das ging ihm durch den Kopf, während die Tita einfach nur wollte, dass er ihre Hand nahm und ihr von den Sternen erzählte, die plötzlich am Himmel leuchteten. Kurz bevor sie das Haus erreichten, wo Flor ihre Tochter bereits erwartete, hörten sie ein Motorengeräusch. Rasch zog Carmelo seine junge Begleiterin in den Eingang eines riesigen Gebäudes. Dort verharrten sie regungslos, bis sie eine Funkstreife vorbeifahren sahen. Nach einer Weile setzten sie ihren Weg fort, immer dicht an den Häuserwänden entlang, sich möglichst im Schatten haltend, bis ein Hündchen freudig auf sie zugerannt kam. Wenige Schritte vor ihnen fing das Tier plötzlich an zu knurren, zeigte sich angriffslustig. Die Tita rief den Hund mit einem lauten Pfiff zur Ordnung, und Carmelo grinste verstohlen, als der Hund sich daraufhin schwanzwedelnd an ihre nassen Beine schmiegte.

»Verzeih. Wir sind schon daheim. Wenn du magst, kannst du noch mit reinkommen und was trinken.«

Aber Carmelo dachte wieder an seinen dicken Freund.

»Hast du was?«, fragte sie.

»Nein, nichts. Ich muss nur los.«

Carmelo kramte in seinen Hosentaschen und holte einen kleinen Anstecker mit dem Siegel der Studentenverbindung hervor, der er angehörte: CONEUCH. Er steckte ihn ihr an die Jacke. Sie bekam eine Gänsehaut, als seine Hände ihren Körper berührten. Dann schlug er das Revers über den Anstecker und strich noch einmal darüber, um sicherzugehen, dass die Nadel auch vollständig verdeckt war.

»Pass gut auf, dass es niemand sieht, sonst lassen sie dich nicht mehr in Ruhe«, riet er ihr.

Sie nickte nur.

»Ich hoffe, wir sehen uns bald wieder«, sagte er lächelnd

zum Abschied und eilte, den Rucksack geschultert, davon. Er musste dringend mit einer Kommilitonin reden. Doch Tita, die von alldem nichts ahnte, blickte ihm verträumt noch eine ganze Weile nach, bis er in den Straßen von Iquique verschwand.

Paitanás, Oktober 1973

Mit dem Sonnenaufgang schwoll der Lärm auf der Straße an. Gehetzte Schritte der Männer von López-Cuervo II, Motorräder mit frisiertem Auspuff, vorbeidonnernde Lastwagen, die die Fensterscheiben in Alzamoras Zimmer erzittern ließen. Der Priester hatte die ganze Nacht über kein Auge zugetan, die Trini betrachtete ihn nachdenklich, seinen behaarten Hals, seinen von unterdrückten Wehklagen geschüttelten Körper. Sie war bereit, weiter für ihn zu sorgen, für seine schwachen Bedürfnisse des Nachts, wenn nicht irgendein Gemeindemitglied kam, um seinen Rat einzuholen, und sie nicht unter dem Bett ausharren musste, bis derjenige wieder fort war.

»Es heißt, du hättest auf dem Militärgelände die Letzte Ölung erteilt.«

»Das ist eine Lüge.«

»Und warum haben sie dich dann gerufen?«

»Um die Angaben von ein paar Leuten aus dem Ort zu bestätigen.«

»Mit anderen Worten, du arbeitest jetzt als Spitzel?«

»Nein, nein, ich habe ihnen bereits gesagt, auf mich könnten sie in solchen Dingen nicht zählen.«

»Es heißt, sie bringen Leute um.«

»Ich sag doch, ich will nichts wissen von diesen Repressalien. Das habe ich genau so deutlich auch López-Cuervo II wissen lassen.«

»Schau an, das hätte ich von dir nicht erwartet. Sonst hast du immer getan, was dir dieser Cuervo gesagt hat ...«

»Allmählich fällt es mir schwer. Ich habe die Menschen um ihre Spenden und Opfergaben betrogen. Aber Komplize eines Massakers ... Die können von mir nicht verlangen, dass ich auch das noch mit dem Wort Gottes absegne.«

Die Trini war stolz. Am Ende würde der Priester doch nicht einer der Bösewichte im Film sein, und sie müsste nicht rechtfertigen, was nicht zu rechtfertigen war, wenn sie ihre Landsleute hörte. Doch ich glaube, hinter diesem Sinneswandel des Pfaffen verbargen sich andere Gründe. Bei Gott Alzamora häuften sich inzwischen zu viele Probleme. Er fürchtete sein eigenes Zähneklappern. Das war der Hauptgrund, weshalb er letztlich alles aufgab. Das niedergebrannte *Arche* hatte nicht ausgereicht, um den Priester in seinem bisherigen Lebenswandel aufzustören. Die Besuche allerdings, die er bei den Gefangenen jenseits des Stacheldrahts absolvieren musste, betrafen ihn in gänzlich anderer Weise. Dort durchlebte er seine schlimmsten Alpträume.

Der Priester lief langsam die Colchagua entlang, eine Hand auf der anderen, in Höhe des Bauchnabels. Er wusste, wie sehr der Abschied und die Eheschließungen ihrer Kolleginnen der Trini zusetzten und dass die Ärmste sich nur schwer damit abfinden konnte, sich mit seiner Dickköpfigkeit herumschlagen zu müssen. Und nun war er voller Sorge auf dem Weg zum Gesellschaftsklub, wo er sich mit López-Cuervo II treffen sollte, der mit einer wichtigen Mission aus Iquique zurückgekehrt war.

Wie jedes Jahr hatte sich das Dorf mit Menschen gefüllt, um den Nationalfeiertag zu begehen. Von früh an fanden sich die einfachen Leute zu den Feierlichkeiten ein, um zu vergessen, dass Paitanás ein Ort für Durchreisende geworden war, beinahe eine Geisterstadt. Der Bürgermeister hatte zur Feier des Tages einen Ausschank organisiert, um den sich allerlei Stände mit Kunsthandwerk, Seifen, Ziegenkäse, Korbflechtwerk und Ammonitenfossilien reihten. Der Priester kämpfte sich durch das Gedränge, als er plötzlich mittendrin die Trini auf ihren Pfennigabsätzen entdeckte, in der engen Hose, die ihren dicken Hintern einzwängte, und mit einem von zu viel Schminke entstellten Gesicht. So schrecklich wie die Ojerosa, schoss es Gott Alzamora durch den Kopf. Umringt von vier Kerlen stand sie da, und der Priester wusste genau, was passieren würde. Diese betrunkenen, unaufhörlich lachenden jungen Burschen, die sich nicht um die Verfolgungen scherten, die in verschiedenen Orten des Landes im Gange waren, würden sie bitten, weiter mit den Hüften zu wackeln. Die Trini servierte sich ihnen auf dem Tablett, und obwohl er nicht hören konnte, was sie ihnen sagte, konnte Alzamora sich denken, worauf das Ganze hinauslaufen würde: Sonderkonditionen, weil sie eine Gruppe waren. Er warf einen

Blick auf die Uhr. López-Cuervo II hatte ihn zu diesem Treffen gebeten, um ihm etwas Wichtiges mitzuteilen, und er war schon spät dran. Dennoch blieb er stehen und ließ es sich nicht nehmen, die Frau zu beobachten, mit der er seit nunmehr dreißig Jahren ins Bett ging. Schon begann das Feilschen um den Preis für Trinis Gunst. Jeder einzelne Kerl legte ihr eine neue Münze in die Hand, und sie handelten aus, wer als Erster drankommen sollte, während die Trini es genoss, sich begehrt zu fühlen. Sie wusste, dass sie nicht mehr das Prachtweib von einst war, und lachte umso mehr über die Art, wie sie sich um sie zankten. Alzamora wischte sich mit der Hand über die Stirn. Die Szene brachte sein ausgeglichenes Gemüt in Wallung, und er beschloss zu gehen, bevor er eine Torheit beging. Er konnte nicht wissen, dass all das zu dem Eifersuchtsspiel gehörte, das die Trini mit diesen Jungen exakt für den Moment arrangiert hatte, wenn der Priester auf der gegenüberliegenden Straßenseite vorbeikäme.

Als die Carabineros tags darauf mit ihren Schlagstöcken loszogen, um alle die zu wecken, die ihren Rausch auf dem Platz ausschliefen, begegnete ich der Trini, die ihre Einkäufe erledigen wollte. Sie hatte sich wieder von ihrem scheußlichen Make-up befreit und trug das Haar zum Knoten gestrafft, als ich um die Ecke bog und ihr Gesicht mich unterhalb der Brust traf. Irritiert sah ich zu ihren Füßen herunter.

»Was ist mit deinen Schuhen?«, fragte ich als Erstes.

»Zu Hause. Die Absätze klackern zu laut. In diesen Zeiten ist es besser, nicht gehört zu werden. Vergiss nicht, dass ich lange Jahre eine Hure war. So lange, dass ich kaum mehr glauben kann, dass es Sünde ist.«

In Trinis Worten schwang ein rätselhafter Unterton mit, und als ich ihr in die Augen sah, bemerkte ich eine Traurigkeit, die ihr ganzes Gesicht eintrübte. Ich dachte mir, der Grund für diese Traurigkeit sei meine Gegenwart. Wahrscheinlich war ich auch schockiert, sie ungeschminkt zu sehen. Sie wirkte älter.

»Es heißt, die Lage sei brenzlig geworden«, sagte ich.

»Man erzählt sich auch, sie bringen Leute um«, erwiderte sie.

»Es wird so viel erzählt, dass ich gar nicht mehr weiß, was wahr daran ist.«

»Wir sollten fliehen wegen all der Jahre, die wir auf dem Meer der Sünde geschippert sind.«

»Man kann keinem mehr trauen.«

Sie schien das Ende der Welt auf uns zukommen zu sehen, und aus irgendeinem unerfindlichen Grund wollte sie mich retten.

»Samu, sie holen die Leute nachts aus ihren Häusern.«

Ich nahm ihre Warnung mit Humor.

»Mach es nicht wie der alte Sünder, der es immer schafft, zu leiden und uns mit der Hölle zu ängstigen. Wenn dann das Heer anrückt, um uns nach alter Gewohnheit abzuschlachten, hast du nichts tun können, dann musst du dich opfern, und basta.«

»Samu, man muss in eine Gegend verschwinden, wo einen keiner kennt.«

»Wohin sollten wir schon fliehen?«

»Irgendwohin, Samu. Irgendwohin!«

»Wir haben doch mit Politik nichts zu schaffen.«

»Sie sagen, das sei egal. Das Schlimmste steht uns noch bevor, aber keiner glaubt das, nicht mal der Pfarrer, der alte Dickkopf.«

Obwohl ich so meinen Verdacht hegte hinsichtlich der Ursachen für das Feuer, hatten wir uns die innige Zuneigung bewahrt, die uns in den gemeinsam verbrachten Jahrzehnten immer verbunden hatte. Wohl auch deshalb kehrten wir zu unseren oberflächlichen Scherzen zurück. Wir lachten, um uns wohler zu fühlen. Als ich mich entfernte, fiel mir auf, dass sie einen merkwürdigen Gang hatte, als könnte sie nicht ohne Absätze laufen. Aber ganz sicher dachte ich nicht, dass ich sie nie wiedersehen würde.

Ich war ein Niemand, der mieseste aller Krieger und Kämpfer, nichts weiter, aber diese Vollidioten tauchten dennoch wenige Monate später bei mir zu Hause auf, um mich zu holen. Todmüde von all den Verfolgungen, die sie lustlos und vielleicht nur wegen der versprochenen Gehaltserhöhung erledigten, erschienen Apablazas Männer bewaffnet, als könnte ein alter Mann von neunundsechzig Jahren sich ihnen widersetzen. Und du, mein lieber Cuervo, glaubst wohl, ich hätte Angst gehabt zu sterben, aber du irrst dich. In Wirklichkeit war ich längst tot. Ich bin in dem Moment gestorben, als du nichts für die Tita getan hast, die sich hochschwanger in der Gewalt deiner Leute befand. Ich bin froh, dass du nun meine Stimme hörst, so wie Benito sie wiedergibt. Obwohl ich weiß, dass ich genauso gut gegen die Wand reden könnte, du bist und bleibst eben ein Cuervo. Zum Glück ist Benito so darauf versessen, diese Geschichte zu hören und zu erzählen. Er schenkt mir Gehör, um herauszufinden, wer seine Väter sind, und hilft mir, dass man mich endlich in die Hölle entlässt, das habe ich mir redlich verdient. Amen.

López-Cuervo II erwartete Gott Alzamora bereits im Gesellschaftsklub. Der Sohn des Satans war zunächst nach Iquique versetzt worden und dank der Verdienste, die er im Laufe seiner Karriere angehäuft hatte, wurde er von der Hauptstadt zum Kommandanten eines neuen Zentrums ernannt, wo die Erschießungen stattfinden sollten. Doch in jenen Jahren der Gewalt änderten sich die Befehle ständig. Bevor er erneut nach Paitanás beordert wurde, war er an dem Verhör eines dicken Studenten beteiligt und sah die Elektrogrills, auf denen die Folterungen vorgenommen werden sollten.

Danach fand er keinen Schlaf mehr und musste in Gedanken an seine zukünftigen Aufgaben mehrmals aufstehen, um sich zu übergeben. Er entschied sich daraufhin für die Basis in der Nähe von Paitanás, das von Dünen umgebene Loch, wo man diejenigen erschoss und verscharrte, die auf den schwarzen Listen standen. Er war dafür verantwortlich, die Leichen verschwinden zu lassen.

Das Wort »aufgeben« hatte nie einen Platz in seinem Wortschatz gehabt, doch im Grunde seines Herzens war er nicht mehr so stark und mutig wie früher.

Als Gott Alzamora den Gesellschaftsklub betrat, wirkte, was er dort sah, auf ihn eher wie eine Militärversammlung als ein protokollarisches Abendessen. Weder die Bonzen noch der Bürgermeister waren geladen. López-Cuervo II war, wie stets, in eine tadellos sitzende Uniform gekleidet. Sein Geheimnis war, dass er sie nach Maß schneidern ließ, denn er hatte nicht eben die Statur einer Schneiderpuppe. Seine Arme waren zu kurz und seine Hände zu klein. Gott Alzamora grüßte den Sohn des Satans, dann den Major Apablaza und nahm am Tisch Platz. In der Luft hing ein unangenehmer Geruch, der ihm leichte Übelkeit verursachte.

Major Apablaza fing an, davon zu reden, wie gefährlich die Leute seien, die mit den Zügen aus der Hauptstadt eintrafen, und dass alle, die sie an die Wand stellten, es verdient hätten.

»Das heißt also, dass man sie weiterhin hierher schicken wird«, unterbrach der Priester den Major.

»Selbstverständlich, Pater«, sagte der Sohn des Satans. »Es war kostspielig genug, diese Basis zu errichten, und jetzt müssen wir die Aufgabe gemeinsam bewältigen.«

»Ich glaube, da bist du im Irrtum, López, ich habe dir doch schon gesagt, dass ich diesen finsteren Ort nicht mehr aufsuchen werde.«

Der Major schlug wütend mit der Faust auf den Tisch,

als er diese Beleidigung aus Gott Alzamoras Mund vernahm. Der Sohn des Satans schickte den Major hinaus, mit der Empfehlung, ein wenig frische Luft zu schnappen und sich dabei das Volksfest anzuschauen.

»Wir haben sie alle auf unserer Seite, Pater. Befehle sind dazu da, sie zu befolgen, und du darfst mich nicht enttäuschen«, zischte López-Cuervo II.

»Was soll ich denn tun?«

»Das Gleiche wie letzte Woche.«

»Das geht über meine Kräfte.«

»Niemand hegt auch nur den geringsten Verdacht, und niemand wird Beweise finden, Alzamora, niemand, das schwöre ich dir bei meinen Toten.«

»Es geht über meine Kräfte.«

»Ich erfülle nur meine Pflicht! Und du musst das Gleiche tun. Es ist deine Aufgabe, diesen anarchistischen Hunden den Segen zu erteilen, damit sie in den Genuss kommen, in der Hölle zu schmoren.«

»Auf mich kannst du dabei nicht mehr zählen. Ich werde diese Verbrechen nicht noch mit Gottes Wort absegnen. Macht ihr, was ihr wollt, aber lasst mich und die Kirche in Frieden«, beschied der Priester.

»Ich dachte an dich, weil wir uns seit so vielen Jahren kennen, und ich brauche Leute, denen ich vertraue. Leute, die ein Geheimnis wahren können.«

López-Cuervo II machte eine Pause, er schien seine Worte abzuwägen, denn es war seine letzte Chance, den Priester umzustimmen.

»Seit wann bist du so fromm? Seit ich diesem Dreckskerl mit dem Säbel die Hand abgehauen habe, scheint dir dein Herz zu zerfließen. Ist es möglich, dass du dich nach all den Jahren ernsthaft in die Trini verliebt hast? Denn deine Gemeinde wird ihren Spaß haben, das zu erfahren …«

Alzamora erhob sich, ohne ein Wort zu sagen. Er wollte auf dieses Erpressungsspielchen, das López-Cuervo II jahrzehntelang mit ihm getrieben hatte, nicht länger eingehen. Er ließ ein paar Münzen auf dem Tisch liegen, um zu bezahlen, was er verzehrt hatte, und begab sich in Richtung Ausgang. Bevor er jedoch hinausging, hielt López-Cuervo II ihn zurück.

»Pass nur ja auf mit diesen Anfällen von Hochmut. Nicht dass wir uns eines Tages wiedersehen, und es auf einmal dein Schicksal ist, das in meinen Händen liegt.«

»Willst du mir etwa drohen?«, sagte Alzamora.

»Nein, Priesterlein. Aber sei auf alles gefasst, was von jetzt an passieren wird.«

Gott Alzamora ließ den Sohn des Satans schweren Herzens stehen. Er fürchtete, dass seine Weigerung, mit ihnen zu kollaborieren, indem er den wahllos Ermordeten die Letzte Ölung erteilte, dazu führte, dass sie ihn fortan im Visier hätten.

Die ganze Nacht forschte die Trini nach dem Grund seiner Angstattacken, und er beharrte darauf, es seien nur Alpträume. Der Anblick der durchlöcherten Leiber verfolgte ihn, bis er es nicht mehr ertragen konnte. Er wünschte sich nur noch, in seinen Geburtsort La Serena zurückzukehren, um sich dort bei Sonnenuntergang an das Ufer des Elqui-Flusses zu setzen. Es sich unter irgendeinem Blätterdach bequem zu machen, Pipeño oder Pisco mit Zitrone zu trinken und der Erinnerung an seinen Wagemut zu frönen, als er die Kämpfer mit den Dynamitpatronen in der Faust aufgehalten hatte, oder an andere Anekdoten, die er sich ausdenken würde, um sich wie ein Held zu fühlen, dem die Freunde anerkennend auf die Schulter klopfen. Den Begriff der Reue fand er abgeschmackt. Deswegen und weil er wusste, was im Land vor sich ging, war Gott Alzamora es allemal leid, Zustände wie in Sodom und Gomorrha zu prophezeien, diese Scheißjansenisten, die mit ihren Zitaten aus dem Evangelium das Militärregime rechtfertigten. Denn mit López-Cuervo II gab er alles verloren.

»Trinidad, wir müssen von hier verschwinden, es stehen schwere Zeiten bevor, und ich möchte die Soutane ablegen und dich heiraten.«

Sein unverhoffter Vorschlag ließ sie verstummen. Sie war nervös.

»Ich meine es ernst. Bist du einverstanden?«

»Natürlich bin ich einverstanden«, sagte sie, immer noch ungläubig, wobei sich ein Grübchen auf ihrer rechten Wange bildete und ihre Augen aufleuchteten. Doch dann rannen ihr Tränen über die Wangen, und es wurde still.

»Schluss mit dem ganzen Unsinn«, fuhr der Priester fort und versuchte die Bilder von jenseits des Stacheldrahts mit einer Handbewegung fortzuwischen. »Die Lektüren biblischer Gelassenheit reichen nicht mehr für diese Mütter, die sterben werden, ohne zu wissen, wo ihre Söhne sind.« Und dann sagte er noch: »In La Serena habe ich Familie. Mit meinen jüngeren Geschwistern, Freirina und Erasmo, wirst du sicher Freundschaft schließen, denn sie lieben Bier und lange Nächte.«

»Dann ist ja alles perfekt!«, rief die Trini.

Sie wollte gleich ihre Siebensachen zusammenpacken, all ihre Tübchen und Tiegel und ihre feine, glanzvolle Abendgarderobe, doch der Priester drängte sie, nur das Nötigste mitzunehmen. Im Innenhof vor dem hohen Portal, das in den hinteren Teil der Kirche führte, stand schon der Wagen mit zwei Pferden bereit. Ein paar Männer verkündeten, die beiden Treiber kämen aus La Serena. Der Priester hatte den Mahagoninachttisch mit der Marmorplatte, der neben seinem Bett stand, eine Silberschüssel, zwei Einmachgläser mit Milchpulver, den alten Spiegel mit dem schmiedeeisernen Rahmen und eine Truhe aus massivem Pinienholz aufgeladen. Man munkelte, diese Truhe habe die gesamten in seinen Jahren als Priester zusammengetragenen Reichtümer enthalten. Andere behaupteten, das Geld in der Truhe habe der Trini gehört, es seien ihre Ersparnisse aus jahrzehntelangen Diensten im *Arche* gewesen.

Doch egal, wie dieser Teil der Geschichte lauten mag, sicher ist, dass die Furcht vor López-Cuervo II den Priester zu seinem Entschluss brachte, die Trini zu heiraten.

Am ersten Sonntag jenes Monats kam Gott Alzamora zu spät zur Messe. Er hatte weiche Knie und schwitzte mehr als an dem Tag, als er die Tita und die nach Rache für den Tod des Minenarbeiters dürstenden Männer mit dem Dynamit begleitet hatte. Unaufhörlich wischte er sich mit seinem Taschentuch über die Glatze. Der Messdiener Miguelito fand ihn seltsam.

»Ist irgendwas mit Ihnen?«

»Nichts, mein Sohn, nichts. Gehen wir hinaus.«

Doch seine Stimme klang nicht so voll während der Predigt, und als er den Leib und das Blut Christi segnete, dachte Miguelito, Alzamora würde den Wein aus dem Kelch noch verschütten, so sehr zitterten ihm die Hände bei dem Gedanken, López-Cuervo II könnte mit seinen Männern hereinplatzen.

»Sicher, sicher«, sagte ich zu deiner Großmutter Flor. »Es ist besser, zu schweigen und abzuwarten. Den Mund zu halten. Soll Alzamora doch so rasch wie möglich seine Sachen packen und sich in seine Heimat am Elqui absetzen. Wir werden in aller Ruhe daheim der Dinge harren, die kommen mögen. Wir verbarrikadieren die Tür, ohne Verdacht zu erregen, jawohl.«

Außerhalb der Kirche prallte die Sonne mit erbarmungsloser Hitze herab. Die Tita lief mit ihrem Poncho umher, den meine Flor gewebt hatte. Sie schwenkte ihn mit ausgebreiteten Armen wie Flügel und sog den Duft der welken Rosen ein. Dann tauchte sie in den Lärm des Straßenfestes ein, drehte sich zur Musik, immer schneller. Der Trompeter legte sein Instrument beiseite, ging zu dem Trommler, nahm den Schlägel und schlug damit so heftig, als wollte er ihn zerschmettern. Die Umstehenden klatschten immer frenetischer, Lebende wie Tote stimmten mit ein, während Gott Alzamora in der Kirche seine letzte Messe hielt.

Und für kurze Zeit erstand manch einer der jungen Burschen, die man mit Kugeln durchsiebt hatte, aus der Sandgrube auf, erhob sich in seinem durchsichtigen Geistergewand, überquerte die staubige Landstraße, um inmitten seiner Angehörigen zu tanzen, die er zu früh zurücklassen musste. Bis er, umhüllt von aufwirbelnden Staubwolken, wieder in die salpeterhaltige Erde zurückkehren musste. Ach, Benito, davon kann ich ein Lied singen.

Dem Priester zitterten dermaßen die Hände, dass er die eine oder andere Greisin fast erstickt hätte, als er die geweihte Hostie auf ihre Zunge legte. Er seufzte ständig und schaute jede Sekunde auf seine Armbanduhr, während er sich fragte, ob die Trini schon auf der Landstraße unterwegs sei, ob sie, den Kopf in ein Tuch gehüllt, den Ort schon verlassen habe. Als er verkündete: »Jetzt dürft ihr euch erheben, und gehet hin in Frieden«, hörte man das Gezischel und Geflüster der Leute in den Bankreihen. Der Priester gebot ihnen Einhalt.

»Einen Augenblick noch, bitte, schenkt mir nur noch eine Minute.«

Alle verstummten. Alzamora musste schlucken.

»Ich will euch meinen Rücktritt vom Priesteramt mitteilen. Mir ist etwas passiert, das mir nicht erlaubt, weiter als Priester tätig zu sein: Ich habe mich in eine Frau verliebt.«

Ein Raunen ging durch die Menge, so laut, dass man ihn kaum noch verstehen konnte.

»Ich weiß, dass viele von euch über meinen sündigen Lebenswandel Bescheid wussten, vor euch will ich mich bekennen und vor Gott, damit ihr mir verzeiht. Es ist an der Zeit, meine Soutane an den Nagel zu hängen und die Frau zu heiraten, die ich liebe. Noch heute werde ich den Bischof informieren und ihn bitten, einen Ersatz für mich zu schicken. Diese Messe war die letzte, die ich gehalten habe.«

Pater Alzamora wandte sich mit dem Gesicht dem Altar zu, verneigte sich und ging hinaus in die Sakristei, wo er seine Soutane auf einen Bügel hängte, um sie nie wieder zu tragen. Als er dann ohne sein Gewand auf die Straße trat, fühlte er sich wie nackt. Die Gläubigen waren immer noch erschüttert von der Neuigkeit, die er ihnen verkündet hatte. Man flüsterte sich zu, dass Alzamoras Vorbild Mut mache, er sei einer, der zu jeder Zeit Entschlossenheit gezeigt habe. Außerdem rühmte man ihn geradezu als untadelig hinsichtlich seiner Teilnahme an den Treffen im Gesellschaftsklub. Vor allem aber galt er als der Held, der es mit der Lorenzona aufgenommen hatte, dem Schrecken nicht nur der Kinder, die ihren Teller nicht leer essen wollten, sondern auch der Pampinos, denen sie über den Weg gelaufen war.

Eine Gruppe von Gläubigen bildete inzwischen einen weiten Halbkreis vor dem Kirchenportal.

»Ein ehrbarer Mann in schwierigen Zeiten«, wisperte eine Greisin unter Tränen.

»Viel Glück, Pater«, wünschte ihm die Mutter eines jungen Gefangenen.

»Glückwunsch!«, sagte daraufhin ein Trottel.

»Gesegnet seiest du, heilige Straffreiheit!«, hätte Alzamora am liebsten laut ausgerufen.

»Dieser Ort wird nie mehr einen so menschenfreundlichen Priester haben!«, sagten die Leute, die gleich nach La Serena aufbrechen wollten, nur um an der Hochzeit des unverhofften Paars teilzunehmen.

Iquique, 1959–1960

Carmelo besaß die Eigenschaft, alle zu hypnotisieren, die ihm zuhörten. Seine Worte waren klar und deutlich, er vermochte es, den Dingen, über die er sprach, einen Sinn zu verleihen. Und so gelang es ihm, seine Kameraden zu überzeugen, mit ihm auf diesen Berg zu steigen. Den Jungs brannte die Kehle, als sie die erste Anhöhe erreichten, und der Schatten eines Aasgeiers folgte ihrer Spur. Trotzdem stiegen sie, mit Eimern und Kalksäcken beladen, weiter die höchsten Gipfel von Iquique hinauf. Die berittene Polizei beobachtete die aufwirbelnde Staubspur hoch über der Schlucht, doch man ließ die Jungs gewähren, in dem Glauben, es handle sich nur um ein paar harmlose Jugendliche, die ihnen keinen wirklichen Ärger bereiten würden. Oben auf dem Gipfel wurden Carmelo und seine Kameraden von anderen jungen Leuten erwartet, die auf einer Länge von etwa fünfundzwanzig Metern Buchstaben aus Steinen gelegt hatten. Gemeinsam machten sie sich daran, die Steine mit dem in Wasser gelösten Kalk zu tünchen – am Ende sollten sie weiß über das Tal leuchten und ihre Botschaft bis in die Stadt verkünden. Die Wüstenberge waren die besten Propagandatafeln. Anschließend stellten sie Tiegel mit in Petroleum getränkter

Putzwolle auf die Steine, die würden sie, sobald die Nacht hereinbrach, mit Fackeln anzünden, damit auch wirklich alle Bewohner der Gegend den Namen »Allende!« oder die Parolen »Viva Cuba!« und »Kosten runter!« lesen konnten. Doch kaum leuchteten die weißen Steine, ahnte die Polizei, dass es hier doch um mehr als um einen Jungenstreich ging, und beschloss, dem Spektakel ein Ende zu setzen.

Als die kubanische Revolution noch nicht gesiegt hatte und man wusste, dass sich unter den Guerillakämpfern ein Argentinier befand, beschlossen Carmelo und seine Kameraden, nach Kuba aufzubrechen, um die Revolution zu unterstützen. Sie hatten vor, sich auf einem der Klipper, die über den Panamakanal Salpeter in die Vereinigten Staaten transportierten, bis zur Sierra Maestra durchzuschlagen. Wie konnte es sein, dass ein Argentinier am Kampf teilnahm, aber kein Chilene! Eine Aufforderung, die von Carmelos dickem Freund stammte, für die er mit hochroten Wangen Stimmung machte. Doch alles blieb bei guten Vorsätzen. Wie es scheint, brachte ein anderer Kommilitone sie mit dem Argument wieder von dieser Idee ab, die beste Unterstützung, die Kuba bekommen könne, sei die aus dem Ausland. Und letztlich wog wohl doch ein anderes Problem vor der eigenen Haustür schwerer, nämlich, dass die Studenten nicht über die nötigen Mittel für eine Reise in die Hauptstadt verfügten, um ihr Studium abzuschließen.

»Wir sollten die Universitätszentrale besetzen«, sagte einer.

»Wir müssen auf friedliche Art Druck ausüben«, erwiderte Carmelo.

»Wenn wir uns nicht auf drastische Weise bemerkbar machen, werden sie unseren Forderungen nie Gehör schenken.«

»Lasst uns erst einmal die Antwort des Rektors aus der Hauptstadt abwarten.«

»Wir warten schon seit Wochen. Ich glaube, er hat deinen Brief gar nicht gelesen.«

Alle schauten sich an, als läge die Zukunft des nationalen Ausbildungswesens in ihren Händen. Ich wünschte, du hättest deinen Vater in Aktion sehen können, Benito! Wie er die feurigen Botschaften mit seiner Kamera aufnahm. Er redete in einem sehr vernünftigen Ton, verschluckte nie auch nur eine Silbe, sprach alle Wörter vollständig aus, wobei er gerne auch mal solche benutzte, die noch nie einer gehört hatte. Und dabei blickte er einem so fest in die Augen, dass er alle in seinen Bann zog. Diese schwarzen Augen gingen einem durch und durch, die gleichen schwarzen Augen, die du jeden Morgen im Spiegel siehst, Benito, und die dich so oft durchbohrt haben, wenn du dich fragtest, von wem du sie wohl geerbt hattest.

Indes herrschte nicht nur unter den Studenten eine aufgeheizte Stimmung, sondern auch bei den einfachen Leuten, die gegen die Erhöhung der Brotpreise protestierten. Die Tita hatte sich inzwischen in den Kopf gesetzt, dass es wichtiger sei, sich für die Benachteiligten einzusetzen, als Schulkinder zu unterrichten. So ließ sie, während sie

Carmelo bei seinen Aktivitäten begleitete, einige Jahre untätig verstreichen. Und Flor musste zusehen, wie sie ein Jahr nach dem anderen vergeudete, ohne etwas Nutzbringendes zu tun.

»Du wirst zu nicht mehr taugen, als im *Arche* den Betrunkenen ihren Schnaps zu servieren. So wirst du noch enden«, schimpfte sie.

Natürlich bekümmerten die Tita derlei Warnungen kaum. Erst als ihr klar wurde, dass sie ein Studium brauchte, um etwas gegen das Unrecht zu tun, reagierte sie. Sie wandte sich an Miriam, eine Schulkameradin vom Gymnasium, die seit einem Jahr in Santiago Jura studierte. Das Semester war schon halb vorbei, und auf Miriams Rat hin beschloss die Tita, es mit Römischem Recht zu probieren. Die beiden diskutierten stundenlang, ohne dass sie merkten, wie die Zeit verging, bis Carmelo mit weißverschmierten Händen in ihr Gespräch hereinplatzte. Er kehrte hochzufrieden von der Aktion mit den Buchstaben aus gekalkten Steinen zurück.

»Diesmal können sie nichts mit ihren Pferdehufen niedertrampeln«, verkündete er voller Stolz.

Die Tita erzählte ihm von ihrer Idee, die Aufnahmeprüfung für das Studium abzulegen, und zu dritt diskutierten sie weiter über Möglichkeiten, die Kursangebote in die nördlichen Regionen Chiles auszuweiten. Etwa, dass man die Infrastruktur der Universität in Iquique ausweiten müsste, doch dieses Vorhaben wurde seit Jahren hintertrieben.

Miriam schenkte Carmelo bewundernde Blicke. Die Tita sagte, nur mit extremen Maßnahmen hätten sie eine Chance, an der Situation etwas zu ändern: die Universität stürmen und die Türen von innen verbarrikadieren, damit keiner mehr hereinkomme, auch nicht die Polizei.

»Genau so denken auch viele andere«, sagte Miriam. »Aber ich gebe Carmelo recht. Zuerst müssen wir die friedlichen Möglichkeiten ausschöpfen.«

»Das ist eben der Irrtum. Wir dürfen keine Zeit mehr verlieren.«

Die Diskussion darüber, was zu tun sei, erwies sich als unerschöpflich. Und während die Tita sich von der Begeisterung über ihre Idee, ein Studium aufzunehmen, tragen ließ, dachte Carmelo an die Aktion, die sie oben auf dem Berg ausgeführt hatten.

Inzwischen streckten die Leute neugierig die Nase aus dem Fenster, um die weißleuchtenden Buchstaben auf dem Berggipfel lesen zu können. Die Aktivisten hatten sich nach getaner Arbeit getrennt, jeder hatte eine andere Richtung eingeschlagen, um in die Stadt zurückzukehren. Carmelo war einem Fußpfad gefolgt, der zu einer Plantage hinabführte, als er plötzlich in der Ferne die unverkennbaren Gestalten zweier Carabineros auf sich zukommen sah. Er befand sich mitten auf einem freien Gelände, sein Gesicht war weiß vom Kalk, und er trug einen Eimer mit Pinseln bei sich. Fieberhaft überlegte er, in welche Richtung er einen Fluchtversuch wagen könnte, doch es war unmöglich, quer über den steinigen Wüstenboden zu robben, ohne dass man ihn entdeckte. Dann erblickte er auf der frisch durchfurchten Erde einen Pflug, den jemand dort zurückgelassen hatte, um am nächsten Tag mit der Arbeit fortzufahren. Blitzschnell vergrub Carmelo Pinsel und Eimer in der Ackererde zwischen den Feldern, lud sich den Pflug auf die Schulter und marschierte seelenruhig weiter, den Carabineros entgegen. Als ihre Wege sich kreuzten, wünschte er ihnen im Vorübergehen einen guten Tag.

Einer der beiden fragte ihn: »Hast du vielleicht eine Bande von Studenten gesehen?«

Carmelo gab sich wortkarg und schickte sie mit ein paar vagen Aussagen auf die andere Seite des Bergs, fernab der Strecke, die seine Kameraden gewählt hatten. Während er weiterging und in der prallen Sonne von einem Rinnsal träumte, das ihm aus einer Felsspalte in die Kehle tropfte, schienen die Carabineros sich tatsächlich mit ihren Pferden zurückzuziehen.

In den folgenden Wochen zog die Tita sich Tag und Nacht zum Lernen in ihr Zimmer zurück. In ihrem Feueifer bekam sie kaum mit, was außerhalb ihrer vier Wände passierte. Flor war hocherfreut über diesen Sinneswandel deiner Mutter und fest davon überzeugt, dass sie die verflixte Aufnahmeprüfung an der Universität bestehen würde. Den einzigen Kontakt, den Tita in dieser Zeit zur Außenwelt pflegte, war der zu Miriam, die, wenn sie aus Santiago, wo sie studierte, nach Iquique heimkehrte, ihr beim Lernen half. Deine Mutter konnte durchaus verantwortungsbewusst sein, wenn sie nur wollte, Benito, genau wie du, als du dein Journalismusstudium mit so guten Noten abgeschlossen hast.

Wenn Carmelo abends vorbeikam, um die Tita zu sehen, ließ Flor ihn nicht ein.

»Tita hat mir gesagt, sie wolle von niemandem gestört werden. Das Examen sitzt ihr im Nacken.«

Auch auf Miriam übte Flor Druck aus: »Sag der Tita nichts von Carmelo, das würde sie zu sehr ablenken.«

Doch Miriam erzählte der Freundin dennoch brühwarm von Carmelos Konflikten mit der Polizei.

»Ist ihm was passiert?«, fragte die Tita erschrocken.

»Nein, nein. Du weißt doch, wie gut er sich zu schlagen weiß«, sagte Miriam.

»Was hast du eigentlich mit der ganzen Sache zu schaffen?«, wunderte sich die Tita. »Ich wusste gar nicht, dass dich diese Proteste interessieren, du studierst doch in Santiago.«

»Schon, aber ich muss mich doch mit den Jungs aus meiner Heimat solidarisieren.«

Eine wenig überzeugende Antwort, die eher darauf schließen ließ, dass sie Carmelo aus anderen Beweggründen folgte, etwa wegen seiner schönen schwarzen Augen und weil alles, was ihr widerfuhr, nur dazu diente, es deinem Vater zu erzählen. Hässlich wurde die Sache erst, als die Carabineros beschlossen, die Kindereien, wie sie es nannten, zu unterbinden, und die Strafen verschärften, sobald sie merkten, dass ihre Drohungen allein nicht die erhoffte Wirkung erzielten. Die berittenen Streiftrupps häuften sich. Sie patrouillierten rund um die Uhr in der ganzen Stadt, als hätten sie nichts Besseres zu tun, und hielten Wache vor den Häuserwänden, damit die Aufrührer keine Parolen daraufschmieren konnten. Das schürte jedoch nur den Erfindungsgeist der Jungs, die nun mit leeren Eimern in die Berge gingen, wohl wissend, dass die Carabineros sie die ganze Zeit im Auge behielten, während andere Maleraktivisten an anderer Stelle die Anhöhe erklommen und zur Tat schritten. Am stärksten überwachte man Carmelo, da bekannt war, dass er eine führende Rolle bei den Aktionen in den Bergen spielte. Miriam war insofern an der Sache beteiligt, als sie an den Tagen, wenn sie aus Santiago anreiste, für den Informationsaustausch zuständig war, was sie mit ihren Besuchen bei der Tita verband – wobei sie der Freundin bewusst verschwieg, dass sie Zettelbotschaften zwischen Santiago und Iquique vermittelte.

Miriams türkische Familie war unangefochten und wohlhabend, weshalb sie es sich leisten konnte, dem Mädchen alle vierzehn Tage die Heimreise zu bezahlen. Sie muss wohl eine gute Ausrede gehabt haben, um regelmäßig die eintausendachthundertfünfzig Kilometer in den Norden des Landes zu reisen. Sie traf Carmelo an einer Straßenecke, und am nächsten Tag prangte in strahlendem Weiß eine Parole oben auf dem Berg. Doch eines Tages erschien Miriam nicht zur vereinbarten Zeit am Treffpunkt. Entweder hatten ihre Eltern ihr kein Geld für die Fahrt geschickt, oder etwas anderes war passiert. Auf dem Heimweg überlegte Carmelo, wie wichtig die Nachricht gewesen sein könnte, die sie ihm übergeben sollte, und machte sich Sorgen. Am Nachmittag verließ er das Haus wieder und ging zu einem Freund, wo er bis zur Dämmerung blieb. Gegen Mitternacht wunderten sich die wachhabenden Carabineros, dass Carmelo sich nicht mehr blicken ließ, und beschlossen nachzusehen. Als sie klingelten, öffnete der Hausherr, der Vater von Carmelos dickem Freund.

»Ich kann Ihnen nur sagen, dass der Junge das Haus schon vor Stunden verlassen hat. Er war eine Weile hier bei meinem Sohn und ist dann wieder gegangen.«

Die Carabineros sahen sich an.

»Aber kommen Sie doch herein und durchsuchen das Haus, wenn Sie wollen«, forderte der Mann sie auf, als er das Misstrauen der Polizisten bemerkte. Doch die beiden Carabineros lehnten das Angebot ab.

Carmelo atmete erleichtert auf. Bis zum Morgengrauen hielt er sich im Haus seines Freundes versteckt und machte sich dann mit seiner Malertruppe auf den Weg. Sie verließen die Stadt über die Landstraße und ordneten auf einer Anhöhe gemeinsam die Steine an, bis sie die Parole »Universität für die Armen« ergaben. Wie üblich schlug jeder einen anderen Heimweg ein. Als Carmelo an einem Grundstück voller verrosteter Geräte und zerschlitzter Reifen vorbeikam, fingen ihn zwei Carabineros ab. In aller Ruhe zog Carmelo sich das Gummiband aus dem

Haar, glättete seine Mähne und band sie wieder zusammen.

»Hübsch, dein Pferdeschwanz«, sagte der eine.

»Ich nehme an, du bist gerade auf der Suche nach deinem Pflug«, bemerkte der andere.

Die beiden Polizisten stiegen von ihren Pferden ab und fesselten ihm die Handgelenke mit einem Seil. Flor hörte davon, weil man im ganzen Dorf darüber tuschelte, doch sie setzte alles daran, dass die Tita nichts erfuhr. Sie war nämlich gerade dabei, ihre Koffer für die Reise nach Santiago zu packen, wo sie die Aufnahmeprüfung für die Universität ablegen sollte. Obwohl sie sich unbedingt noch von Carmelo verabschieden wollte, gelang es meiner Flor, sie davon zu überzeugen, dass es zu sehr ablenken würde, wenn sie ihn sähe. Als Flor und Tita später in Santiago ankamen, folgten sie dem Weg, den Miriam ihnen auf einem Stadtplan eingezeichnet hatte. Schließlich erreichten sie das Universitätsgebäude, fragten sich zum Sekretariat durch und erkundigten sich dort nach dem Raum, in dem die Aufnahmeprüfung stattfinden sollte. Etwas widerwillig holte die zuständige Dame eine Liste hervor, legte sie auf den Tresen und fragte Tita lustlos nach ihrem Namen.

»Carmen Ofelia Vicentelo«, sagte die Tita.

Die Frau ging mit dem Finger die Namensliste durch, biss sich auf die Unterlippe, wobei ihr die Brille fast von der Nase rutschte, und sagte dann: »Hier steht niemand mit diesem Namen drauf.«

»Wie bitte? Schauen Sie noch einmal genau nach, der Name muss dort stehen«, rief Flor aufgebracht.

Die Frau ging noch einmal die Liste durch und kam zu demselben Ergebnis: Der Name war nirgends verzeichnet. Die Tita wurde nervös, und Flor insistierte, doch der Name blieb unauffindbar.

Am selben Abend erlitt Carmelo in der trockenen Luft Platzwunden an Lippen und Stirn. Als die Carabineros ihn nach Iquique zurückbrachten, hatten sie den grandiosen Einfall, ihm eine lange Holzlatte quer über die Schultern zu legen und ihm wie einem Gekreuzigten die Handgelenke an beiden Enden festzubinden. So schleiften sie ihn hinter sich her, damit alle Leute den Übeltäter sahen, der sie mit einem geschulterten Pflug an der Nase herumgeführt hatte. Ein paar alte Pampinos, die sie vorbeireiten sahen, prangerten die Brutalität der Carabineros an. Carmelo schluckte schwer und befeuchtete sich den staubtrockenen Mund, um wieder und wieder seine Stimme zu erheben. Er würde nicht aufgeben, bis die Verantwortlichen seinen Vorschlag, die Kurse auszuweiten, erhörten. Es war angenehm, zu protestieren. Der Klang seiner Stimme verschaffte ihm Befriedigung. Jedes Wort hallte wie ein Echo in seinem Kopf nach. Auch noch, als sie ihn auf dem Kommissariat verprügelten und das Licht vor seinen Augen zu einem unförmigen Fleck verschwamm. Später brachten sie ihn mit gebrochenen Rippen nach Hause, wo er Blut spuckte.

Kaum aus Santiago zurückgekehrt, lief die Tita gleich

zu ihm, um Trost zu suchen. Sie wollte ihm alles erzählen, was in der Hauptstadt geschehen war, doch als sie das verstörte Gesicht seiner Mutter sah, vergaß sie sofort ihre eigenen Probleme und rannte zu ihm aufs Zimmer. Dort lag er im Bett mit mehreren Kissen im Rücken, wegen der Rippenbrüche musste er sich aufrecht halten. Seine Mutter hatte ihm die Haarsträhne aus der Stirn gestrichen, um seine Wunden zu behandeln, so dass sein blaues Auge und die genähte Augenbraue sofort zu sehen waren.

»Wer hat dir das angetan?«, wollte Tita wissen.

»Berufsrisiko«, scherzte Carmelo. Die aufgeplatztten Lippen schmerzten ihn, als er lachen wollte.

»Was ist passiert? Habt ihr die Universität gestürmt?«, fragte die Tita aufgewühlt.

Carmelo erzählte ihr, was vorgefallen war, und die Tita sagte, er sei ein Sturkopf, das sei nur geschehen, weil er die Besetzung der Universität hinausgezögert habe, eine friedliche Lösung sei mit diesen Unterdrückern unmöglich. Carmelo nippte stumm an einem Glas Wasser und erkundigte sich nach ihrer Prüfung.

»Die hat gar nicht stattgefunden«, erwiderte sie düster.

»Warum nicht?«

In dem Moment klingelte es an der Haustür, und in der nächsten Sekunde steckte Miriam ihren Kopf in die Tür. Zwei feine Zöpfe wanden sich von den Schläfen wie ein schmaler Gürtel um ihren Kopf, und der süße Duft ihres Parfüms erfüllte den Raum. Überschwänglich wollte Miriam den Verletzten mit einer Schachtel Pralinen begrüßen, als Tita wie ein fauchendes Tier dazwischenging.

»Du verfluchtes Miststück!«

Miriam schluckte schwer, und Carmelo verstand nicht, warum deine Mutter so wütend war.

»Guck nicht so, als könntest du kein Wässerchen trüben, du hast mich ganz schön hereingelegt.«

»Aber, Tita, was ist denn los?«, fragte Carmelo.

»Sie hat mich betrogen. Weder in der Universität hat sie mich angemeldet, noch hat sie die Prüfungsgebühr bezahlt. Ich musste gestern wie ein geprügelter Hund wieder aus Santiago abreisen«, rief die Tita aufgebracht.

»Das stimmt nicht. Ich habe dich angemeldet«, verteidigte sich Miriam.

»Du leugnest es auch noch, du verfluchtes Miststück? Ich selbst habe doch die Anmeldungsliste gesehen, und da stand nirgendwo mein Name! Willst du behaupten, ich hätte nicht richtig nachgeschaut?«

»Was kann ich denn dafür, wenn die sich geirrt haben?«

»Wer sich geirrt hat, war ich. Ich hätte dir so etwas Wichtiges niemals anvertrauen dürfen!«

»Da muss ein Irrtum vorliegen, Tita. Ich glaube nicht, dass Miriam dir absichtlich so etwas antun würde. Sie hat uns beiden doch immer geholfen«, mischte Carmelo sich ein.

»Na klar. Während sie dafür sorgte, dass ich mich zum Lernen zurückzog, hat sie dir schöne Augen gemacht.«

Tita ging auf Miriam zu, fasste wütend in ihre hübsche

Zopffrisur und verlangte von dem jammernden Mädchen das Geld zurück, das sie ihr für die Prüfungsgebühren gegeben hatte.

»Du kriegst es zurück! Du kriegst es zurück!«

Carmelo hielt sich den schmerzenden Oberkörper und bat die Mädchen, sich nicht zu streiten, da er nicht aufstehen könne, um sie zu trennen. Doch wenn es darum ging, zu verteidigen, was ihr am Herzen lag, war deine Mutter kaum aufzuhalten. Sie war kämpferisch und mutig, Benito, sie hätte jedem die Augen ausgekratzt, der es gewagt hätte, dir ein Haar zu krümmen. Und da sie eben nicht nur ein Bestandteil von Carmelos Plänen sein wollte, rief sie kurzentschlossen seinen dicken Kommilitonen und die alpine Malertruppe zusammen, um ihnen zu erklären, wie man alle Eingänge der Universität von innen verriegeln könne, wie viel Verpflegung sie brauchten und welche Plakate sie an den Fassaden aufhängen müssten. Vierzehn Tage nach der Besetzung des Universitätsgebäudes willigten die Verantwortlichen ein, das Kursangebot zu erweitern.

Antofagasta, 1935

Als es mir an den Kragen ging, nachdem ich den Laden ausgeraubt hatte und im Knast landete, habe ich mich nicht im Geringsten beschwert, nicht wegen der Kälte in den Knochen und auch nicht wegen der ungenießbaren Brühe, die man uns servierte. Ich habe den Kerker ertragen und zu allem, was die Gefängniswärter von mir wollten, ja und amen gesagt. Der Gedanke an die Glasflasche mit den zusammengerollten Geldscheinen hat mir die leeren Stunden hinter Gittern versüßt, die ich mir ansonsten mit der Lektüre der Romane vertrieb, die Flor mir vorbeibrachte. Ich weiß nicht, ob ich dir das schon gesagt habe, Benito, aber wenn du allein in deinem Zimmer bist, solltest du nicht stumm, sondern laut lesen. So hörst du auch den Klang der abenteuerlichen Geschichten der Verstorbenen, die du dir zu eigen machst.

Fassen wir noch einmal zusammen, Benito: Sofanor verschwand immer wieder für längere Zeit mit der Inglesa, die ihn von seinen Kumpeln fernhielt, weil sie uns verachtete und sich selbst für hübsch und elegant hielt. Ihn aber brauchte sie für ihre Intrigen. Dass Sofanor und die Inglesa zu Komplizen wurden, war für mich in gewisser Weise ein Segen, denn seine kriminelle Ader trat zunehmend und mit aller Macht zutage, und diese Frau wirkte auf ihn wie Dynamit auf Feuer. Hin und wieder begleitete ich die beiden auf einem ihrer Raubzüge, doch ihre aufdringliche Knutscherei jedes Mal, wenn wir die Beute aufteilten, ging mir schwer auf die Nerven. Außerdem waren sie von meiner gänzlichen Untauglichkeit für die hohe Kunst des Diebstahls überzeugt.

Damals hatte ich Flor gerade kennengelernt, in einer Kneipe in der Nähe des Hauptplatzes von Antofagasta. Obwohl mich mit ihr nicht gleich diese Leidenschaft verband wie mit Petronila, entsinne ich mich noch, dass ich sie gerne glücklich machte. Wenn ich für sie voller Inbrunst Lieder schmetterte wie ein Tangosänger auf der großen Bühne, mit geschlossenen Augen und hinreißenden Seufzern, hatte Flor ihren Spaß an diesem albernen Spiel. Auf einem der wenigen Spaziergänge, die deine Großmutter und ich gemeinsam durch die Stadt unternahmen, verliebte sie sich in eine weinrote Bluse mit einer aufgebauschten Stoffkaskade anstelle der Knöpfe. Die Bluse war sehr teuer, und Flor wusste, dass sie sich im Leben mit frommen Wünschen zufriedengeben musste. Vielleicht, um mich in ihren Augen verdient zu machen, beschloss ich, ihr das Gegenteil zu beweisen. Ich musste mir Geld beschaffen, und da fiel mir nichts Besseres ein, als es zu stehlen. Ich brütete lange über einem guten Plan, spähte die Straßen aus, welchen Fluchtweg ich nehmen könnte, was ich sagen würde, wenn ich den Laden betrat – »Hände hoch, das ist ein Überfall«? Ich stellte mir vor, wie sie mich auslachten. Irgendwann lief mir dann das perfekte Opfer über den Weg, ein alter, leicht humpelnder Juwelier, der mich auf der Flucht niemals würde schnappen können. Als der festgesetzte Tag kam, bezog ich an der Ecke gegenüber vom Juwelierladen Stellung, peilte das Geschäft an, als die Straße fast menschenleer schien – und kehrte am Ende doch unverrichteter Dinge heim. Meine Verzagtheit hielt an, bis Flor sich eines Morgens eine der beiden Blusen, die sie besaß, derart beschmutzte, dass sie sie nie mehr würde tragen können. Das anschließende Drama zwang mich, zum Krieger zu werden. Entschlossen trainierte ich eine Weile, um rennen zu können wie die Stute der Lorenzona, und suchte dann entschlossen den Juwelierladen auf. Mit einer gebogenen Lanzette, wie die Fischer sie zum Muschelknacken benutzen, pflanzte ich mich vor dem alten Ladeninhaber auf und befahl ihm, die Kasse zu leeren. Er starrte mich mit offenem Mund an, und je mehr ihm die Hände zitterten und er stammelnd etwas zu sagen versuchte, desto nervöser wurde ich. Die scharfe Lanzette tanzte immer wilder in meiner Hand. Das Beben in meinen Knochen ließ mich befürchten, meine Waffe könnte lebendig werden und ihre Wut an dem armen Mann auslassen. Doch so weit kam es nicht. Am Ende lag das Geld auf der Theke – nachdem der Mann hatte wissen wollen, wohin er die Schublade auskippen solle, und ich gesagt hatte, das sei egal. Da lag nicht viel vor mir, aber ich hatte noch nie eine solche Menge gesehen, und alles sollte für mich allein sein, ohne dass Sofanor mich wegen meiner Feigheit verspottete. Meinen Gesichtsausdruck muss der Mann in dem Moment als blankes Entsetzen gedeutet haben, jedenfalls fing er hektisch an, Geld aus seinen Taschen hervorzukramen, und legte dann noch Ringe und Goldketten hinzu, weil ich nur wortlos seinen Gesten folgte, und er dachte, ich erwartete noch mehr. Als ich nach wenigen Sekunden, die mir wie Stunden vorkamen, wieder reaktionsfähig war, stopfte ich mir so viel wie möglich in die Taschen und ergriff überstürzt die Flucht. Wie ich dir bereits erzählt habe, Benito, versteckte ich die Beute zwischen den Felsen am Meer, gegenüber dem legendären Felsentor von Antofagasta. So wie ich es bei Sofanor gelernt hatte: »Wenn sie dich schnappen, darfst du kein Diebesgut bei dir haben, damit sie dir nichts nachweisen können.«

Ich weiß noch, wie ich Flor die Bluse kaufte, wie glücklich sie war, als sie sie anprobierte und wie sie mich mit Küssen überhäufte. An dem Tag kochte sie ein Gericht mit rotem Pfeffer. Doch die Freude währte nur kurz, denn schon bald tauchten zwei Carabineros auf, die uns das Fest verdarben und mich abführten. Der Juwelier hatte mich angezeigt, und ich war leicht ausfindig zu machen, da man sich in Antofagasta kannte und ich unmaskiert gewesen war. Ich erinnere mich nicht mehr an die Schläge, die sie mir verabreichten, damit ich gestand, wo ich die Beute versteckt hatte. Die Beliebtheit von Sofanor und der Inglesa in den Hafenstädten des Nordens gereichte mir in dieser Situation zum Vorteil, denn irgendwer behauptete, ich gehöre zu ihrer Bande. Woraufhin der Juwelier sich in seiner Aussage gegen mich wohlgesinnt zeigte, so dass man mich nur zu einem Jahr Haft verdonnerte. Dem Gefängnis verdanke ich übrigens die Kunst des ausweichenden Blickes, meine spöttischen Mundwinkel und einen von schlechten Gedanken vergifteten Geist.

Nie habe ich Flor verraten, wo sich der Schatz befand, mit dem sie die Kaution hätte bezahlen können. Ich gehörte nicht zu denjenigen, die sich kasteien und Besserung geloben oder turnusmäßig heilige Kerzen entzünden. Ganz und gar nicht. Das überließ ich denen, die litten und immer wieder über denselben Stein stolperten. Als ich den Knast verließ, war mein erster Impuls, Flor auf dem Markt zu besuchen. Ich sehnte mich danach, meine Nase an ihrem Hals zu vergraben, um ihren frischen Duft nach Wiesenblumen zu schnuppern. Doch dann besann ich mich und hängte mich an einen Lastwagen, der nach Iquique fuhr. Der Fahrer muss mich für schwachsinnig gehalten haben, als ich in dieser kargen Gegend abstieg. Und, ehrlich gesagt, war ich mir selbst nicht mehr ganz sicher, ob ich die Stelle, an der die Beute versteckt war, überhaupt wiederfinden würde. Gegenüber dem Felsentor von Antofagasta suchte ich zwischen den Gesteinsspalten nach der Flasche mit den zusammengerollten Geldscheinen. Als ich sie schließlich fand, überfiel mich ein Gefühl der Erleichterung, das ich nur schwer in Worte fassen kann. Ähnliches empfand ich, als Flor mir ihre bedingungslose Unterstützung für das *Arche* zusicherte – eine absurde Idee, doch viele Dinge klingen absurd, bevor man nicht wagt, sie in die Tat umzusetzen. Ich war bereit, bis aufs Letzte für das Bordellschiff zu kämpfen, von dem ich Flor so viel erzählt hatte, wenn sie mir Bücher in den Knast brachte. Das waren unvergessene Zeiten. Ich war dreißig und deine Großmutter zehn Jahre jünger, Benito. Ich betrachtete den weiten Horizont über dem Meer. Mein erdfarbenes Gesicht schien den gesamten Straßenstaub aufgesogen zu haben, weshalb ich den Kopf in eine Salzwasserlache tauchte. Ich weiß nicht, warum es mir so schien, als sei der Pazifik mit einem Mal rotgefärbt. Mag sein, dass ich auf einen Moment blickte, der noch keine Erinnerung war und es auch nicht hätte werden sollen.

Iquique, Juni 1973

Die Tita war vom Jurastudium zur Literatur übergewechselt, vielleicht unter Carmelos Einfluss, der so gerne ihrer melodischen Stimme lauschte, wenn sie laut vorlas. Für ihn waren alle Wörter von gleicher Wichtigkeit. Er liebte es, ihr zuzuhören. Als Komparsin in seinem Gefolge verbrachte die Tita zwischen Schlaghosen und Marihuanaqualm ein ganzes Jahrzehnt an der Universität. Flor hatte ihr so viele Standpauken gehalten, dass deine Mutter erst recht beschloss, ihr Studium langsam anzugehen. Vermutlich arbeitete sie deshalb bei einer Freundin, die als Goldschmiedin Ringe und Halsketten anfertigte, um sie auf einem Markt für Kunsthandwerk in der Oberstadt zu verkaufen.

Dann erhielt Flor plötzlich einen Brief aus Santiago, in dem die Tita ihr verkündete, dass sie, sobald sie ihr Studium abgeschlossen habe, an einer Schule unterrichten werde. Ich war glücklich: Endlich, mit vierunddreißig, würde das Kind nicht mehr von den Ersparnissen abhängig sein, die uns das *Arche* beschert hatte! Umso überraschter war ich allerdings, als sie eine Woche später bei uns in Iquique auftauchte. Sie behauptete, sie habe den Hafen, die Hunde und Flor vermisst. Sogar ich hätte ihr gefehlt.

Flor nahm ihr die Ausrede ab, doch ich traute dem Braten nicht. In ihrem Blick lag eine Traurigkeit, die ich nicht an ihr kannte. Ich fragte nicht nach, die Tita hasste es, wenn man ihr Fragen stellte. Sie litt unter starken Gemütsschwankungen. Manchmal kam sie überglücklich in Iquique an, und gleich darauf geriet sie wegen irgendeiner Lappalie in Rage. Mir war klar, dass Carmelo hinter all dem stecken musste. Als ich mich vorsichtig erkundigte, wie es mit seiner Arbeit in Santiago laufe, sagte sie, hervorragend, so hervorragend, dass sie ihn nach Iquique versetzen würden. Carmelo arbeitete mit der Kamera, er lieferte die Bilder zu den Reportagen, die ein Journalist für das Staatsfernsehen machte. Die Produktion hatte ihn regelmäßig beauftragt, und man war zufrieden mit seiner Arbeit, so dass er sich nun eine feste Stelle erarbeitet hatte, die er in einer Region mit großen sozialen Konflikten, so wie unserer, antreten wollte. Flor trug einen Krug mit Aprikosensaft und Gläser herein und nahm zufrieden auf dem Sofa Platz. Sie sah die Tita an, strich ihr über die Wange und wollte lächelnd wissen, ob sie Hunger habe.

»Nein, Mami. Ich bin müde.«

»Na schön, dein Bett ist gemacht.«

»Danke. Ich ruhe mich ein bisschen aus.«

Flor ging in die Küche, um den Fressnapf der Hunde mit ein paar Kartoffeln zu füllen. Tita starrte durchs Fenster auf die leere Straße hinaus, und bevor sie sich in ihr Zimmer zurückzog, winkte sie mich stumm zu sich. Ich folgte ihr auf ihr Zimmer, das noch genauso war, wie sie es verlassen hatte: vollgestopft mit Büchern. Als sie mir sagte, sie sei schwanger, wolle aber vorerst nicht, dass Flor davon erfahre, kippte ich das ganze Glas Saft auf einmal herunter, und mir wurde ganz schwindelig. Ich kehrte wankend ins Esszimmer zurück, starrte, so wie kurz zuvor die Tita, aus dem Fenster und legte mich aufs Sofa, um nachzudenken.

»Willst du nichts sagen, Papa?« Die Tita stand wie aus dem Nichts wieder vor mir.

»Es fällt mir schwer, mein Kind.«

Ich erklärte ihr, dass wir schwierige Zeiten durchlebten, dass unter anderen finanziellen Voraussetzungen die Aussicht auf ein Enkelkind sicher mehr Freude auslösen würde. Sie attackierte mich sofort. Wenn nur das Finanzielle zähle, dürften die Armen gar keine Kinder mehr kriegen – und trotzdem kämen jeden Tag Hunderte zur Welt.

»Darauf war ich einfach nicht gefasst, mein Kind«, erwiderte ich. »Ich weiß nicht, was ich dir sagen soll.«

Die Tita nahm mich in den Arm, als sei ich es, der Zuspruch brauchte. Ich weiß nicht, warum ich meinte, das tosende Meer zu hören, die Brandung, die sich an den Klippen brach. Erst als man uns für immer ihrer Gegenwart beraubt hatte, kam uns in den Sinn, dass man ihr das Schulpraktikum in der Hauptstadt vielleicht wegen der Schwangerschaft verwehrt hatte. Vielleicht sollte eine Studentin ihren Schülern kein schlechtes Beispiel geben. Flor, die sich bereits ihre Parallelwelt geschaffen hatte, eine Welt ohne Probleme, bemerkte Titas Zustand nicht. Unsere Kleine war im dritten Monat, aber unter diesen Hippiekleidern sah man nichts. Ich gestand Flor meinen Verdacht: Die Menge an Gepäck deute darauf hin, dass sie vorhabe, für längere Zeit zu bleiben. Da wachte meine Frau auf, machte sich Gedanken und fing an, die Tita mit Fragen zu löchern, denen unsere Tochter geschickt auswich.

Wenige Tage nach unserer Tochter traf auch Carmelo, der Vater ihres Kindes, bei uns ein. Sie gaben uns keine Erklärungen, verhielten sich als Paar jedoch seltsam. In fast allen ihren Briefen hatte die Tita uns geschrieben, wie glücklich sie mit ihm sei und wie gut er sie behandele. Doch als er in Iquique auftauchte, verschwand sie wortlos im Patio und widmete sich den Hunden. Sie behandelte ihn mit einer Gefühlskälte, die mich an ihre Mutter erinnerte, die Inglesa, die Sofanor stets damit gequält hatte, dass sie ihn nicht mehr brauche. Allerdings war Carmelo nicht so dumm wie mein Freund, er war der Tita gefolgt, um sie nicht zu verlieren.

Flor begrüßte Carmelo mit einer innigen Umarmung.

»Sieh mal, wer da ist.«

Ich war überrascht, ihn mit Bärtchen zu sehen. Carmelo nahm vor dem riesigen Fenster Platz, und ich bot ihm ein Fläschchen Bier an. Er trug sein pechschwarzes Haar noch immer lang, das Haar deines Vaters war dick und drahtig, Benito; doch seine Haut wirkte jetzt dunkler und gegerbter, so als hätte er Jahre unter freiem Himmel verbracht. Er kam aus Santiago, wo die Sonne nicht so brannte wie bei uns, aber Carmelos Haut war mit einem Mal dunkler als die der Kumpel, die in den Salpetergruben schufteten. Das machte mich stutzig. Flor hingegen erstaunte rein gar nichts, sie war hingerissen über den unverhofften Besuch. Ich weiß nicht, warum ich den Eindruck habe, dass Schwiegermütter sich gern in ihre Schwiegersöhne verlieben. Carmelo seinerseits nutzte die erstbeste Gelegenheit, um sich den Zuwendungen seiner Schwiegermutter zu entziehen und mit Tita zu sprechen. Wir hörten sie miteinander reden, doch sie gerieten rasch in Streit. Ich glaube, dass die Tita damals eher ratlos als verärgert war. Einerseits wollte sie Aufgaben für ihre Partei übernehmen, die ihren vollen zeitlichen Einsatz erforderten, andererseits mehr Zeit mit Carmelo verbringen. Das zumindest ging aus den vielen Diskussionen hervor, die beide am Tisch führten. Was das Politische anging, beharrte die Tita darauf, das Wichtigste sei, die Ignoranz auszumerzen, das zuallererst, und dann könne man die von Carmelo und seinen Kameraden angestrebten gesellschaftlichen Reformen angehen. Flor begriff gar nichts, sie schalt ihre Tochter, Carmelo so harsch anzugehen.

»Schade, dass ich nicht so einen Verehrer hatte, der mir wie ein Schatten überallhin folgte und noch gescheit dazu war«, sagte sie bedauernd.

Die Tita fragte zurück, was ihr denn all diese Klugheit nütze, wenn er sie kaum beachte. Carmelo blickte sie an, ohne ein Wort zu sagen. Da meiner Frau und mir die Köpfe vom vielen Reden und Denken schwirrten, beschloss Flor kurzerhand, es sei Zeit, ins Bett zu gehen. Und sie entschied außerdem, dass ihre Tochter in dem Zimmer neben ihrem schlafen solle und Carmelo in dem, das am anderen Ende des Flurs lag. Ich fand das albern, denn in der Hauptstadt lebten die beiden ja zusammen, aber als ich Flor das erklärte, meinte sie, unter ihrem Dach werde sie keine Unmoral dulden. Ich war überrascht, dieses Wort aus ihrem Mund zu hören. Es war das erste Mal, dass sie es benutzte. Ich wollte ihr sagen, ihre Sorge sei unnötig, unser Mädchen bekomme ein Baby. Doch als ich zu sprechen anhob, legte die Tita den Zeigefinger auf die Lippen, um mir zu verstehen zu geben, dass Carmelo noch nichts wisse. Ich war nun vollends verwirrt und schenkte mir einen ordentlichen Schluck ein.

Warum bloß verhielt die Tita sich in jeder Hinsicht äußerst merkwürdig? Es konnte doch nicht nur damit zusammenhängen, dass ihre Taille unter diesem Blumenkleid verschwunden war. Ich ahnte dunkel, dass es etwas mit Carmelo und der Politik zu tun haben musste, mit Dingen, von denen ich nichts verstand, etwa dem bewaffneten Kampf für die Demokratie.

Am nächsten Tag saßen Flor und Carmelo bereits sehr zeitig am Frühstückstisch. Die Tita schlief noch, als ich mich nach einer unruhig verbrachten Nacht zu ihnen setzte. Flor versorgte uns mit einem Stück Ziegenkäse und Milch, Rühreiern und Fladenbrot. Carmelo erzählte, dass er mit seinen Eltern den Sommerurlaub immer in der Region Araukanien verbracht habe. Die unglaubliche Armut, in der die Menschen in jenen südlichen Waldgebieten lebten, habe sich ihm tief eingeprägt. Er könne nicht vergessen, was er dort gesehen habe, und seither kämpfe er gegen Verhältnisse, die ihm von Kindheit an ungerecht erschienen seien. All das erzählte er uns, als gebe es in der Wüste kein Elend. Doch Flor war entzückt: So ein sensibler Mann! Sie träumte davon, dass er es zu einer bedeutenden Persönlichkeit mit beträchtlichem Vermögen für ihr Mädchen bringen würde. Dabei vergaß sie, dass er ein politischer Aktivist war, der weitaus mehr Chancen hatte, irgendwann im Gefängnis zu landen. Tatsächlich benahm Flor sich mit einem Mal wie eine andere Frau, eine, die einen gesellschaftlichen Wohlstand herbeisehnte, den Carmelo, dein Vater, überhaupt nicht anstrebte. Ich fragte ihn nach Tita, ob sie auch die Kurse besuche, woraufhin er mit leuchtenden Augen sagte, sie sei die Beste. Als unsere Tochter schließlich auch im Esszimmer erschien, begriff ich an der Art, wie Carmelo sie ansah, dass er sie wirklich liebte. Dass er in der Absicht nach Iquique gekommen war, um sich mit ihr auszusöhnen. Doch mit einem Mal herrschte bleiernes Schweigen. Die Tita schwieg, weil sie heimlich schwanger war, Carmelo schwieg, weil er wusste, dass sich der Sturm erst legen musste, und ich schwieg, weil ich Angst hatte, mich wegen des Babys zu verplappern.

Und so dachte ich daran, dass ich eigentlich gekommen war, weil Flor das Haus hier in Iquique verkaufen wollte, um gemeinsam mit den Hündchen zu mir nach Paitanás zurückzukehren. Denn bald würden wir zu alt sein, um ständig von einem Ort zum andern zu pendeln. Bis zu meiner Abreise hatten wir allerdings noch keinen Käufer gefunden.

Nach dem Frühstück beobachtete Flor, wie Carmelo sich im Patio der Tita näherte. Sie hielt weinend ein Hündchen im Arm, das aussah wie der kleine Ausreißer, den sie als Kind in Paitanás bis in die Kirche verfolgt hatte. Als Carmelo sich wortlos zu ihr setzte, schaute sie weg und doch rückte sie nicht von ihm ab. Er legte ihr seine Hand auf die Schulter und strich ihr zärtlich über den Rücken.

»Ich liebe dich doch, Kleines«, meinte Flor mit ihren gespitzten Ohren durch das Fenster zu hören.

»Ich dich auch, Karamell.«

Der Tita rann wieder eine Träne über die Wange, die Carmelo mit dem Finger bremste. Er schwor ihr, sie sei ihm das Wichtigste auf der Welt. Daher könne er ihr auch nicht verraten, was er gerade in der Hauptstadt treibe, doch sobald alles zu Ende sei, würde er sie als Erste detailliert über jeden seiner Schritte informieren. Die Tita überkam mit einem Mal die Lust, eine Zigarette zu rauchen, aber ihre Mutter oder das Baby in ihrem Bauch hinderten sie daran. Also beschloss sie, sich draußen ein wenig die Beine zu vertreten. Obwohl sie jetzt ruhiger war, dachte sie, dass Carmelos Kameraden die Linke zu spalten drohten. Zwei oder drei Hunde folgten ihr auf ihrem Spaziergang zum Hafen, wo die Sonne in den Ozean stürzte und die Bahn frei machte für die Nacht. Die Dunkelheit überzog die Wüste mit einem violetten Schimmer.

Paitanás, Dezember 1939

Das Geheimnis der Lorenzona sprach sich unter den Bewohnern von Paitanás erst herum, als die Agenten von López-Cuervo II die Ursache ihres Todes ermittelten. Das Mordsweib war nicht etwa durch eine Kugel oder eine üble Messerstecherei ums Leben gekommen, wie es sich die Leute ausgemalt hatten, sondern, so lautete das endgültige Ergebnis der Autopsie, sie hatte sich selbst vergiftet mit dem Schierlingskraut, von dem sie auch Sofanor etwas zum Abschied geschenkt hatte. Doch ich hege so meine Zweifel an dieser Version, und denke, die Wahrheit ist, dass das weibliche Herz dieses Mannweibs den Verlust Sofanors nicht verkraftet hatte.

Nachdem der Tod von Sofanor und der Inglesa im *Chanchoquín* ein ungewöhnliches Echo in der Presse erfahren hatte, stand der junge López-Cuervo II ziemlich unter Druck, den Mörder zu schnappen. Man hatte Sorge, dass er erneut zuschlagen könnte. Und als der seltsame Tod des Paares dann seine gänzlich unspektakuläre Erklärung fand, musste der Sohn des Satans sie ein wenig aufbauschen, um sich in den Schlagzeilen des *Atacameño* als Held feiern zu lassen. Kaum zu glauben, dass es Menschen gibt, die um jeden Preis auf Popularität aus sind, die nichts weiter ist als das Spiegelbild ihrer eigenen Erbärmlichkeit. Die Gene, Benito! Das war die einzige Erklärung, die ich für dieses ganze theatralische Getue des Polizeichefs fand.

Mir war der Besuch der Lorenzona im *Arche* nicht mehr aus dem Sinn gegangen, und eines Tages raffte ich mich auf und begab mich zu einem ihrer Quartiere, fernab der Landstraße. Als ich schließlich vor der verrotteten Hütte mit der Wellblechtür stand, niemanden sah und nichts hörte, erwog ich einen kurzen Augenblick, einfach kehrtzumachen. Ich hatte Durst und war müde, doch nach der nächtlichen Diskussion im *Arche* mit einigen Pampinos hatten sich in meinem Kopf eine Menge Fragen zu dem Mordfall im *Chanchoquín* aufgestaut, die ich klären wollte. In dem kleinen Hof hinter der Hütte entdeckte ich die Stute, mit der die Lorenzona ständig unterwegs war, und plötzlich schwante mir, dass irgendetwas nicht stimmte. Ich nahm all meinen Mut zusammen, hob einen Stein auf und warf ihn gegen die Wellblechtür. Nichts. Ich wiederholte das Klopfzeichen zwei, drei Mal. Keine Reaktion. Ich zögerte, ob ich insistieren sollte, denn ich fürchtete, das Mannweib könnte übellaunig öffnen, aber dann war meine Neugier stärker als alles andere. Ich entfernte den Draht, der die Tür verschloss, stieß das Wellblech zur Seite und trat ein. Behutsam setzte ich einen Fuß vor den anderen, aus Furcht, die Lorenzona könnte mich jeden Moment heftig am Schlafittchen packen, weil ich bei ihr so herumschlich. Doch mich umfing bloß die zähe Stille des Todes, die nur von einem dunklen Tropfen gestört wurde, der von der Decke fiel und geräuschvoll in einem Krug landete. Als ich die Tür zu einem anderen Raum öffnete, schlug mir ein so widerwärtiger Gestank entgegen, dass ich mir beide Hände vor Nase und Mund hielt. An den Wänden wimmelte es nur so von abscheulichen Insekten, und die Wanzen begnügten sich nicht mehr allein mit der Pritsche, sondern waren überall, wie Gott. Mein übernächtigter Körper geriet völlig in Aufruhr, und der Magen drehte sich mir um. Ich zog ein Taschentuch aus der Gesäßtasche hervor und band es mir vor das Gesicht, wie ein Bandit, der im Begriff ist, eine Bank zu überfallen. Lach nicht, Benito! Das klingt jetzt beinahe komisch, aber ich fand es in dem Moment überhaupt nicht witzig. Jeder Winkel schien einen anderen Gestank zu verströmen. Die Ausdünstungen der Betrunkenen im *Arche* dufteten verglichen mit dieser Hütte wie teures Parfüm! Ich stürzte zum nächstliegenden Fenster. Und da sah ich die Stute wieder, sah nun auch, dass sich ihre Rippen unter dem Fell abzeichneten – sie hatte offenbar seit langem nichts mehr gefressen. An ein dürres Geäst jenseits der Umzäunung angebunden, stand das Tier mitten in der Wüstenlandschaft. Ich nahm all meine Kraft zusammen und stieß eine weitere Tür auf. Da lag sie! Vollständig bekleidet in ihrer Piratenkluft mitsamt Stiefeln auf einer Pritsche ausgestreckt, als schliefe sie, doch der unerträgliche Gestank gab mir eindeutig zu verstehen, dass dieser Schlaf für die Ewigkeit war. Ich rannte ins Freie, als sei der Satan mir auf den Fersen. Als ich die

Berge schon kilometerweit hinter mir gelassen hatte, hielt ich erschöpft und schweißgebadet inne und erbrach die ganze Angst, die sich in mir aufgestaut hatte. Verdammt. Der Sohn des Satans lungerte jeden Tag im *Arche* herum, darauf erpicht, mir die Schuld am Tod meines Freundes und der Inglesa anzuhängen. Und nun gab es hier eine weitere Tote, die einzige Verdächtige im *Chanchoquín*-Fall außer mir, die dann wohl auch noch auf meinem Konto verbucht würde. Abgesehen davon war es beunruhigend, zu wissen, dass sich ein Mörder auf den Straßen von Paitanás herumtrieb, dass er irgendwo im Schatten der nächtlichen Vergnügungen lauerte, ganz nah, dass ich ihm vielleicht schon begegnet war oder am nächsten Tag begegnen würde, jemandem, der Freund, Nachbar oder Bruder sein konnte. Ich schlotterte heftiger als alle Toten, die den Boden unserer Wüste erschüttern. Kaum wieder zu Hause, verkroch ich mich in mein Bett. An dem Abend blieb das *Arche Noah* geschlossen.

Verschanzt hinter einer Maske, die Seriosität und Reife vortäuschte, eine spezielle Taktik für solche Fälle, lauerte López-Cuervo II darauf, dass die Lorenzona bei mir, ihrem mutmaßlichen Komplizen, im *Arche* auftauchte. Als sich jedoch nichts rührte und ihm die Zeit ein wenig lang wurde, stattete er mir zu Hause einen Besuch ab. Er versuchte, mit Drohungen herauszufinden, wo sich die Lorenzona, diese Bestie, versteckt hielt. Ich sagte ihm, ich hätte keine Ahnung. Seit der Finte mit dem Fingerabdruck auf einer Scherbe der zerbrochenen Vase, der angeblich mir gehörte, traute ich ihm nicht mehr über den Weg.

»Wir treffen uns noch, du und ich, Samu!«, zischte er.

Diese Warnung war eine Ladung Dynamit, die früher oder später explodieren musste. Die Kumpel erzählten mir kurz darauf, ein Maultiertreiber behaupte, ein einsames Pferd auf der Hochebene in der Gegend von La Antena gesehen zu haben. López-Cuervo II sei daraufhin gleich in Begleitung seiner Soldaten aufgebrochen, um der Sache nachzugehen.

Da die Lorenzona als hervorragende Schützin bekannt war, ließ der Sohn des Satans zwei Männer die Hütte durch die Vordertür stürmen und schickte zwei weitere Männer von hinten hinein, während er selbst zu keinem Zeitpunkt vom Pferd abstieg. Als der Richter die amtliche Untersuchung der Leiche anordnete, musste man sie zu acht Mann hochhieven. So endete die Geschichte dieses Mordsweibs, Benito. Der *Atacameño* ließ sich in seinen Lokalnachrichten besonders über ein Detail aus: Einer der Männer, die die stinkende Leiche hinaustrugen, kam vor lauter Ekel aus dem Tritt, wobei er unfreiwillig den Rock der Lorenzona lüftete und ihre behaarten Körperteile zum Vorschein brachte, die sie eindeutig als Mann auswiesen. Diese Anekdote schürte allenthalben das Grauen und die Sensationslust der Bewohner von Paitanás. Als man den Leichnam des Riesenweibs zur Autopsie überführte, stürmten die Reporter das Leichenschauhaus, um ein Foto zu ergattern. Und tatsächlich hob ein Amtsdiener ihnen zum Gefallen den Rock der Toten, um die schockierende Entdeckung allen zu offenbaren. Nach dem Blitzlichtgewitter verkündete López-Cuervo II zufrieden, der Mord an Sofanor und der Inglesa sei nun aufgeklärt.

La Serena, Februar 1974

Sechs oder sieben Tage nach der Hochzeit mit der Trini ahnte Alzamora, so wie die Menschen von La Serena ihn ansahen, dass etwas Unheilvolles im Gange war. Plötzlich wünschte er sich die Privilegien zurück, die er dank der Soutane genossen hatte, und bereute allmählich, der Kirche den Rücken gekehrt zu haben. Er steigerte sich so sehr in die Furcht über die möglichen Konsequenzen hinein, dass sie ihm in alle Poren drang, sich über die Blutbahn ausbreitete und in seinem Hirn einnistete. Als er nach einem Einkauf auf dem Markt La Recova am Abend zu Hause seinen Vetter Alberto, seinen Bruder Erasmo und seinen Schwager Sergio mit Freirina, seiner jüngsten Schwester, antraf, wie sie alle der Trini bei einem Glas Bier Gesellschaft leisteten, wirkte er völlig aufgelöst. Ohne seine Gäste zu begrüßen, verkündete Alzamora, fast unhöflich, es sei schon spät und sie sollten jetzt besser nach Hause gehen.

Die Trini erzählte, es sei kurz nach neun gewesen, und erst um zehn hätte die Sperrstunde begonnen. Erasmo, der einen Simca 1000 besaß, erhob sich als Erster.

»Nun gut, wenn wir jetzt aufbrechen müssen, fahre ich euch«, sagte er zu den anderen, die dreizehn Häuserblocks entfernt wohnten.

Doch Alzamora war noch nicht beruhigt, er bat Erasmo, ihm Bescheid zu geben, sobald er alle abgesetzt und bei sich zu Hause eingetroffen sei. Die folgende Stunde, die Alzamora wie eine Ewigkeit erschien, verging indes, ohne dass der verabredete Anruf erfolgte. Alzamora wanderte auf und ab, als hätte man ihn in einen Käfig gesperrt. Schließlich bat er die Trini, bei seinem Bruder anzurufen, doch niemand hob ab. Erschrocken über die Aufregung ihres Mannes, versuchte sie nun ihrerseits zu verhindern, dass er das Haus verließ. Doch es war zwecklos, und so blieb ihr nichts anderes übrig, als ihm zu folgen. Es war noch nicht zehn Uhr, und auf den Straßen waren noch Leute unterwegs. Alzamora atmete auf, als er den Simca seines Bruders Erasmo um die Ecke biegen sah, doch dann stellte sich plötzlich eine Funkstreife quer vor den Wagen, zwei Männer in Zivil und ein Polizeihauptmann stiegen aus und eröffneten ohne Vorwarnung das Feuer. Vor Alzamoras ungläubigen Augen ging der Simca 1000 in Flammen auf. Mit lautem Geschrei überquerte er die Straße, lief zu dem umgekippten Wagen hin, von dem nurmehr ein Haufen Blech übrig war. Als er in einiger Entfernung sah, wie sich Erasmo und Alberto völlig verstört aufrichteten, liefen ihm die Tränen über die Wangen. Gott hatte ihn erhört, trotz allem. Doch gleich darauf stießen die Polizisten, die sie überfallen hatten, Erasmo und Alberto in den Streifenwagen und brausten mit ihnen davon. Bleich vor Entsetzen hastete Alzamora zur nächsten Polizeiwache auf der Anhöhe von La Antena, während die Trini Mühe hatte, ihn einzuholen.

»Bleib stehen, du alter Sturkopf, das kannst du nicht alleine regeln!«, brüllte sie hinter ihm.

Im Kommissariat stießen sie unverhofft auf Schwager Sergio, den sie mit Fragen bestürmten.

»Was haben die beiden verbrochen?«

»Ich bin vorher ausgestiegen, um noch etwas bei einem Freund abzuholen, und auf dem Heimweg habe ich dann die Schüsse gehört«, sagte Sergio.

Alzamora und Sergio bemühten sich um ein Gespräch mit dem Chef der Patrouille, einem Polizeihauptmann namens Rodríguez. Vergeblich. Die Militärs, die ihn abschirmten, wimmelten die beiden harsch ab und nahmen nur knapp die Papiere zur Kenntnis, die Sergio ihnen vorlegte: seinen Personalausweis, den Führerschein, die Wagenpapiere und die Arbeitsbescheinigung. Zeit für Erklärungen gab es nicht, stattdessen warfen sie Schwager Sergio, die Trini und den Expriester mit vorgehaltener Flinte kurzerhand wieder hinaus. Alzamora willigte verzweifelt ein, heimzukehren. Was hätte er auch tun können? Zwar erwog er die Möglichkeit, sich an López-Cuervo II zu wenden und ihn zu bitten, sich einzuschalten, doch hatte er sich nicht gerade in Freundschaft von ihm getrennt. So blieb dem Pfaffen von einst nichts weiter, als mit einem herzzerreißenden Schluchzen Gott oder den Teufel um das Wohl seines Bruders und seines Vetters anzuflehen. Am nächsten Morgen sammelte er all seinen Mut, um dem Rest der Familie die Nachricht zu überbringen. Kaum aber war er bei seinem Schwager eingetroffen, stürzte die nächste Hiobsbotschaft über ihn herein: Sie hatten auch Freirina abgeführt, ohne ersichtlichen Grund und ohne dass sie erfahren hätte, warum die Schergen den Namen Alzamora mit solchem Abscheu aussprachen. Der Expriester konnte es nicht fassen: Er hatte Paitanás verlassen, um die Messe nicht vor den Paneelen mit den Fotos all der Toten halten zu müssen, die er zuvor in den Folterstätten besucht hatte, doch offenbar klebte ihm der Fluch an den Fersen. Die Alzamoras schrieben Briefe an die Presse und die Kirchenvertreter, auf die sie keine Antwort erhielten.

»Möglicherweise haben sie sich in den Personen geirrt. Kann doch sein, dass sie uns in ein paar Tagen sagen, es habe sich um einen Irrtum gehandelt«, meinte die Trini schüchtern optimistisch.

Aber es erreichte sie schließlich eine völlig andere Nachricht auf völlig anderen Wegen. Eine Nachbarin der Familie erzählte, auf der Herfahrt im Bus habe man jenseits der Brücke, die über den Elqui-Fluss führte, in Richtung Compañía Baja drei von Kugeln durchsiebte Leichen auf den Schienen gefunden. Als sie entsetzt mit den übrigen Passagieren aus dem Bus gestiegen sei, habe sie Erasmo und Freirina, Alzamoras Geschwister, erkannt. Ein anderer habe den dritten Leichnam identifiziert. Es sei Alberto gewesen. Alzamora und sein Schwager Sergio brachen wie von Sinnen sofort auf, doch als sie bei der Brücke ankamen, hatte man die Leichen bereits fortgeschafft. Ein mürrischer Landsmann reinigte eine Mauer mit einem

Wasserstrahl, weigerte sich jedoch, ihnen Auskunft zu erteilen. Erst nach langem Bitten erklärte der Alte:

»Die Erschossenen waren Extremisten, die auf den Dächern von Compañía Alta ihr Unwesen trieben. Zum Glück hat man sie gefasst!«

»Das ist eine Lüge! Eine Lüge!«, widersprach ihm Sergio aufgebracht.

Obwohl Alzamora die Verleumdung seiner Familienmitglieder ebenso schmerzte, packte er Sergio am Arm und zog ihn zurück in den Wagen. Es war zwecklos. Sie klapperten alle Polizeistationen der umliegenden Dörfer ab, bis die Beamten von Coquimbo sie in die Hauptstadt schickten, das Nationalstadion sei zu einem Konzentrationslager umfunktioniert worden. Also reisten Alzamora und Sergio nach Santiago, bezogen dort Quartier in einer Pension auf der Avenida Matta, um die dreitägige Frist abzuwarten, die sie laut Aussage eines Carabineros verstreichen lassen mussten, bis man sie empfangen würde. Die Nächte wurden ihnen zu einem Alptraum, in dem sich das Gelächter des Satans mit den Schüssen der Militärs vermischte. Als sie niedergeschlagen und unverrichteter Dinge wieder nach La Serena zurückkehrten, begab sich die Trini in Begleitung einer von Sergios Kusinen auf die örtliche Wache, um endlich bei Polizeihauptmann Rodríguez vorgelassen zu werden.

»Ihre Verwandten sind nicht erschossen worden. Ich habe sie lediglich wegen Trunkenheit am Steuer festgenommen, sie dann aber sofort wieder freigelassen. Ich weiß nicht, in welche Schwierigkeiten sie sich danach gebracht haben«, empfing sie der Polizeichef, bevor sie überhaupt das Wort ergreifen konnten.

Da nahm die Trini, dieses großartige Weib, das Heft in die Hand und stellte ihrerseits die Fragen, und zwar so, dass sie keine Ausflüchte zuließen.

»Warum hat man dann auf sie geschossen, wenn sie nur betrunken Auto gefahren sind?«

»Während der Sperrstunde auf der Straße zu verkehren, gilt als Widerstand gegen die Staatsgewalt«, erwiderte Rodríguez.

»Es war noch nicht zehn Uhr abends!«, protestierte die Trini.

»Ich sage Ihnen doch, Ihre Angehörigen wurden ins Nationalstadion überführt«, unterbrach sie der Polizeihauptmann ungeduldig.

»Mein Mann war dort, hat sie aber unter den Inhaftierten nicht gefunden«, widersprach die Trini.

Nun meldete sich Sergios Kusine zu Wort und appellierte an das Mitgefühl des Polizeihauptmanns.

»Bitte, Señor, wir wissen, dass an jenem Abend drei Personen festgenommen wurden, die man später in der Nähe der Brücke über dem Elqui-Fluss erschossen hat. Ich will mir gar nicht vorstellen, dass es sich dabei um unsere Verwandten handelt. Wir sind gläubige Katholiken. Unsere Familie hat sich nie in die Politik eingemischt.«

»Ich kann nur wiederholen, Señora, dass wir nichts damit zu tun haben. Die besagten Personen wurden in Coquimbo wegen Trunkenheit am Steuer festgenommen, Sie können also beruhigt nach Hause gehen«, behauptete Rodríguez.

Die Trini versuchte erneut, Einspruch zu erheben, sie wollte sich von niemandem verschaukeln lassen, doch die Militärs forderten sie auf, die Wache zu verlassen – man wollte die Liste ja nicht noch verlängern. Wenige Tage später wurde die Identität der Leichname im Institut für Rechtsmedizin festgestellt. Die Ergebnisse bestätigten, dass es sich um Erasmo, Freirina und Vetter Alberto handelte. Der Familienname Alzamora stand neuerdings für gefährlichen Terrorismus: In der Tagespresse erschienen Fotos von dem angeblichen Waffenarsenal der drei unter der Brücke am Elqui-Fluss, und es wurde von heimlichen Plänen für Anschläge berichtet, die sie vorbereitet hätten. Niemandem in der Familie erschloss sich die Logik der Fakten, wie auch, sie waren eine Finte der Mächtigen. Sergio zermarterte sich den Kopf, warum sie auch Freirina festgenommen hatten, obwohl sie gar nicht mit Erasmo und Alberto im Auto gesessen hatte. Erst sehr viel später sollten sie begreifen, dass das verbindende Element der Familienname Alzamora war – den sie alle trugen.

»Der allmächtige Gott wird es richten und für Gerechtigkeit sorgen«, sagte Alzamora.

Dabei wussten alle, dass es Bereiche gab, wohin Gott niemals einen Fuß setzen würde.

Paitanás, 10. Dezember 1973 – 2. Januar 1974

Ich folgte deiner Mutter ins Grab. Zwischen unserem Sterben lagen exakt vierundneunzig Tage. Nicht eine Stunde mehr. Als verdammte Seelen verließen wir in Reih und Glied den Zug in Richtung Sandgrube, schliefen im Stehen ein, um nicht zu sagen auf den Knien, wie gut schlief man doch auf den Knien, den Kopf in den Händen. Gleich darauf erfolgte der Genickschlag, dazu das höhnische Gelächter des Satans, das mir in den Ohren dröhnte, die ratternden Karabiner- oder Gewehrsalven, die fern klangen, aber vielleicht direkt über mir waren und mich zerschmetterten. Sandloch nennen sie es, Benito. Wir sagen Massengräber. In Pisagua wurde gefoltert, nicht etwa, um die Gefangenen tatsächlich zum Singen zu bringen, sondern um zu erzwingen, dass man Blankogeständnisse unterschrieb. Die sollten dem Ankläger später als schlagender Beweis vor einem Militärgericht dienen, das seine Entscheidungen bereits vor dem Prozess gefällt hatte.

Anfang Januar verließen gut fünfzig Gefangene das Handelsschiff *Maipú*, darunter die Tita und Carmelo. Jeder, der einer militanten Gruppierung angehöre, so verkündeten sie, werde erschossen. Man werde die Subversiven auf der Stelle exekutieren, und falls sie noch einmal davonkämen, würde man sie foltern und dann ermorden. Damit setzte man nur die Tradition fort, die grausame Regime seit jeher praktizieren.

Tita und Carmelo waren die Ersten, die aufflogen. Sie hatten Propagandamaterial der revolutionären MIR in ihrer Kleidung versteckt. Das erfuhr Flor jedoch erst viel später von einer Familie, die im gleichen Zug nach Santiago gereist war wie deine Eltern. Offiziell wurde man von niemandem informiert. So war das, Benito. Man wurde nicht informiert, die Leute verschwanden einfach so. In den Zügen wurden die Frauen von den Männern getrennt, nicht etwa, um sie besser zu behandeln, ganz im Gegenteil. Man trennte sie, damit sie sich nicht gegenseitig stützen konnten, damit die Frauen sich nicht beschützt fühlten und zusammenbrachen, bis sie am Ende gestanden. Ihre Männer klopften sie ebenfalls mit dem Los der Isolation weich. Mit Vorliebe rissen sie Paare auseinander und hielten sie tagelang in Einzelhaft, um ihnen Zeit zum Nachdenken zu lassen, bis sie von panischer Angst gepackt, beim Verhör einknickten. Es war vollkommen sinnlos zu sagen, man wisse nichts, denn diese Leute glaubten hartnäckig, dass wir Gefangenen alle irgendwie schuldig sein müssten, und wenn wir es noch so wenig waren und keine Ahnung hatten, was los war, wie in meinem Fall, wollten sie nichts davon hören.

Die Frauen, die allein und völlig verängstigt waren, bekamen Besuch von einigen Militärs, Bluthunden, die keine Skrupel hatten und auch keinen Vater, keine Mutter, keine Schwestern oder Kinder, denen nicht gefallen würde, was sie anderen Menschen antaten. Sie pflanzten sich vor den in einer Ecke zusammengekauerten Gestalten auf und bepissten oder bespuckten sie, setzten sie unter Druck, Namen, Details, Adressen zu nennen.

»Wenn du Papa nicht alles gestehst, werde ich dich erst recht das Fürchten lehren«, drohte ihnen Apablaza. Die einen weinten, weil sie ihre Kameraden nicht verraten wollten, und die anderen, weil sie zu allem bereit waren, wenn man sie nur in Ruhe ließ. Wieder andere hatten keine Ahnung, was man überhaupt von ihnen wollte. Sie weinten vor Angst, weil sie in der Ferne Schüsse hörten. Apablaza herrschte sie an, warum sie heulten, wo er ihnen doch noch gar nichts getan habe, und da sie nicht aufhörten zu weinen, quälte der Major sie mit den Worten:

»Du willst weinen? Na schön, dann sollst du auch einen Grund dazu haben. Dein Mann ist tot. Ich habe ihn mit diesen Händen umgebracht. Sieh sie dir an. Obwohl ich sie mir gewaschen habe, riechen sie noch nach seinem Blut.«

Die meisten Frauen gerieten dann außer sich vor Entsetzen, stießen diese grausamen Hände beiseite, schrien, nein, nein, das könne nicht sein, woraufhin man sie wieder isolierte und ihnen einen langen einsamen Tag gab, damit sie nachdachten und endlich die gewünschte Information lieferten. Vorher allerdings nahmen die Schergen ihre Schreie auf einem Tonband auf, das sie später vor den Ehemännern abspielten mit der Drohung, wenn sie nicht redeten, werde man ihre Frauen weiter foltern, bis zum Tod. So gelang es ihnen, die Menschen zu brechen, und niemand ahnte, dass das Grauen damit erst seinen Anfang genommen hatte.

Pater Alzamoras Nachfolger, Pater Remigio, hielt in der Kirche lange Predigten über alle möglichen Nebensächlichkeiten und schwieg sich über die wahren Probleme restlos aus. Ich versuchte, Flor klarzumachen, dass dieser Priester von den Militärs eingesetzt sei und sie diesem Mistkerl nicht trauen dürfe, aber sie setzte Himmel und Hölle in Bewegung, um herauszufinden, was mit der Tita passiert war. Als sie erfuhr, in welches Gefangenenlager man sie gebracht hatte, begab sie sich in aller Eile auf den Weg dorthin. Sie wurde an den Pforten der genannten Einrichtung vorstellig, wo sich bereits massenweise Angehörige anderer Inhaftierter versammelt hatten. Sie verlangte, die Tita zu sehen, sagte, ihre Tochter sei ein braves Mädchen und außerdem schwanger, weshalb man ihr gestatten solle, sie mit nach Hause zu nehmen, damit sie sich dort um sie kümmern könne. Es war zwecklos, doch Flor gab die Hoffnung nicht auf, denn außer mit dem Priester hatte sie auch mit López-Cuervo II gesprochen. Sie musste sich an jeden Strohhalm klammern, um nicht zu verzweifeln.

»Glaubst du, dass man unserer Kleinen weh tun wird?«, fragte mich deine Großmutter. »Alles wird gut werden«, beruhigte ich sie und drückte ihr Gesicht an meine Brust, während ich auf die Schotterstraße sah, die sich in einer schnurgeraden Linie in die Ferne zog. Ich sagte ihr, man werde die Tita ganz sicher wieder freilassen, da sie nichts mit der MIR zu tun habe, und starrte weiter auf die vagen Luftspiegelungen am Horizont.

Als López-Cuervo II die Tita im Kerker sah, mit strähnigem, verschmutztem Haar, die grünen Augen verquollen vom vielen Weinen, erschrak er dermaßen, dass er drauf und dran war, eine Torheit zu begehen. Er wollte sich über alle Regeln hinwegsetzen und sie fortschaffen, weit weg von diesem düsteren Ort. Als er dann allerdings erfuhr, dass sie im Dezember niederkommen sollte, fühlte er sich verraten. Und er beschloss, in Zukunft wegzuschauen, wenn man sie von einer Folterkammer in die andere schleppte. Vielleicht biss er sich auch auf die Lippen, denn obwohl er in voller Überzeugung den Säbel gezogen hatte, war er nun doch verwirrt angesichts all dieser Folterstätten, die das Land verwüsteten.

Sie führten die Tita durch Korridore in einen Raum, wo sich eine ihrer Freundinnen befand. Eine Frau, die jünger wirkte, als sie war. Sie blickten einander an, ohne sich zu erkennen zu geben. Die Folterer wollten wissen, wo sich Carmelos Kameraden, die Anführer der MIR, aufhielten. Die Tita musste mit ansehen, wie sie ihre Freundin vergewaltigten und brutal zusammenschlugen.

»Mach den Mund auf, oder wir bringen sie hier an Ort und Stelle um, du Schlampe!«, brüllten sie die Tita an, die jedoch hartnäckig schwieg.

Zwei Soldaten schleiften die Freundin zurück in ihre

Zelle und hinterließen dabei eine lange Blutspur auf den Gängen. Später erzählte man mir, López-Cuervo II habe hinter der Tür gestanden und erleichtert aufgeatmet, da man die Tita vorerst nicht körperlich angegangen war. Anschließend sei es zu einem Disput zwischen ihm und dem diensthabenden Soldaten gekommen, der die Folterung angeordnet hatte. Als man die Tita wieder zu den anderen Frauen sperrte, ging sie zu ihrer Freundin, wollte sie in den Arm nehmen. Doch die starrte nur vor sich hin, als wäre sie schon tot. Dieser absolut trostlose Anblick trieb meiner Kleinen die Tränen in die Augen, sie konnte gar nicht mehr aufhören zu weinen. Sie fühlte sich schuldig und auch wieder nicht, denn sie hatte tatsächlich keine Ahnung, wo diese Anführer sich aufhielten.

»Bring der Schwangeren ein Glas Milch«, befahl López-Cuervo II.

Der Soldat blickte ihn voller Widerwillen an.

»Sie hat uns schon zwei kaputtgemacht. Das Gleiche hat sie auch mit einem Teller Suppe getan. Die ist eine wilde Bestie.«

Es heißt, López-Cuervo II habe daraufhin einen Plastikbecher bis an den Rand mit Milch gefüllt. Viele haben mit angesehen, wie er in dem dunklen Kerker zwischen all den Häftlingen zu ihr vordrang. Ihre Mitgefangenen bedeuteten der Tita, sie solle trinken, doch sie schlug ihm den Becher aus der Hand, so dass sich die Milch über den Boden ergoss.

»Wenn du dich so sehr um sie sorgst, warum bringst du

sie dann nicht fort von hier?«, fragte ihn eine, als sie sah, wie er ihr über den Kopf strich. Doch sie befanden sich an einem Ort, an dem kein Platz für Zärtlichkeitsbezeugungen war.

Es tagte bereits, als unter den Gefangenen Hektik ausbrach. Die Soldaten brauchten eine Weile, um das Epizentrum des Aufruhrs auszumachen. Die Tita lag ausgestreckt am Boden, schweißnass, mit verzerrtem Gesicht, den Kopf in den Schoß einer Mitgefangenen gebettet.

»Diese Frau steht kurz vor der Niederkunft. Sie müssen ihr helfen!«, riefen einige aufgebracht.

»Klappe, oder ich schieße!«

Sofort verstummten alle, bis auf Tita, die sich stöhnend dem Schmerz jeder einzelnen Wehe hingab.

»Ihr seid doch Frauen. Kümmert ihr euch um sie«, sagte der, der das Kommando führte.

Kurze Zeit später erschien López-Cuervo II. Er wandte sich an den Kommandoführer und sorgte dafür, dass man ihm persönlich die Betreuung der Tita überließ.

»Stell mir ein paar Jungs an die Seite und eine der Frauen.«

»Sie übernehmen die Verantwortung. Wenn diese Schweinebande hier aufsässig wird, werden Sie dafür geradestehen«, erwiderte ihm der Menschenschinder. Doch er ging auf den Vorschlag ein.

Die Soldaten packten die protestierende Tita an Armen und Beinen.

»Falls du irgendwas versuchst, bringe ich dich um«,

zischte der Sohn des Satans der Frau zu, die der Tita beigestanden hatte und die er nun vor sich her trieb. Ihm ging es allein darum, die Schmerzen der Geliebten zu lindern.

Die Vorstellung, dass ihr Kind der Schlüssel zur Freiheit sein könnte, verblüffte die Tita. Sie durchquerte den Korridor zu dem Folterraum, der für sie nun zum Geburtszimmer werden sollte. Auf derselben Pritsche, wo sie sonst die Elektroschocks verabreichten, sollte sie nun ein Kind gebären. Es heißt, es sei eine schnelle Geburt gewesen. Du hattest es offenbar eilig, auf die Welt zu kommen, Benito. López-Cuervo II hielt deiner Mutter die ganze Zeit die Hand und strich ihr über die Stirn. Er war es, Benito, der dich zuerst auf dem Arm hielt, nachdem die Frau, die sich als Geburtshelferin betätigte, die Nabelschnur durchtrennt hatte. Zu diesem Zweck benutzten sie einen Schnürsenkel, den López-Cuervo II dafür hergab. Die Tita wiegte sich für einen Augenblick in Sicherheit, sie dachte, mit ihm an ihrer Seite würde ihr nichts geschehen. Vielleicht versprach der Sohn des Satans ihr sogar, sie da herauszuholen, vielleicht aber ahnte sie auch, dass sie dich nie wiedersehen würde ... Wer kann schon sagen, was wirklich geschah? Ich glaube, dass sie in ihrem Zustand nicht einmal sehen konnte, ob das, was sie da zur Welt gebracht hatte, ein Mädchen oder ein Junge war. Eine Stunde, nachdem du geboren warst, kam ein Arzt in das Lager und gab ihr eine Beruhigungsspritze. Und während sie benommen dort lag, erschien Apablaza bei ihr – er hatte gesehen, wie du in einem Helikopter das Areal verlassen hattest, Benito. Auch Pater Remigio fand sich auf Befehl seiner Kirche und des Sohns des Satans in der Kaserne ein, um alle Gefangenen zu segnen, die erschossen werden sollten. Bis die erdrückende Masse der Opfer ihn zwang, vor dieser Aufgabe zu kapitulieren. Der Flor sagte er, sie solle sich keine Sorgen machen, höchstwahrscheinlich werde man Tita und Carmelo freilassen. Dabei wusste jeder, dass das junge Paar ihm ein Dorn im Auge war und dass er sich vor den Bonzen im Gesellschaftsklub abschätzig über sie geäußert hatte. Ich bin überzeugt, wenn alle, denen bekannt war, was er gegen die beiden vorgebracht hatte, Jahre später die Zivilcourage besessen hätten, gegen ihn auszusagen, wäre seine Ehrbarkeit vor Gericht angezweifelt worden.

Am Tag nach der Entbindung erwachte die Tita mit Schmerzen und wollte ihr Kind sehen. Als man es ihr verwehrte, weinte sie, protestierte aber nicht, denn sie war sich sicher, dass sie und ihr Baby bald freikommen würden. Erst als man sie in einen anderen Raum verlegte und ihr, als sie gerade wieder auf den Beinen stehen konnte, befahl, sich anzukleiden, verlor sie die Hoffnung, dich jemals in ihren Armen zu halten. Man verfrachtete sie gemeinsam mit anderen Häftlingen auf das Handelsschiff *Maipú*, das aus dem Hafen von Caldera auslief.

Ich klammerte mich wie unzählige andere Landsleute an den Zorn, der aus Unrecht erwächst. Was konnten wir tun, verflucht, an wen uns wenden, wohin gehen? Unser Horizont war leer.

Man verscharrte deine Mutter in der Nähe des Meeres, Benito, auf einem flachen Gelände etwas außerhalb des Dörfchens Pisagua, das nur eine einzige Straße besitzt. Sie wurde erschossen und in ein Massengrab geworfen, das man mit Kalk, Steinen und Erde zuschüttete.

Natal Star, Mai 1939

Zwei Monate nach ihrer Niederkunft brach die Inglesa nach Paitanás auf, um Sofanor aufzuspüren. Sie war überzeugt, dass er sich ihr zu Füßen werfen würde, bereit, ihr die mehr als tausend Kilometer zu Pferd durch die Wüste bis nach Iquique zu folgen, wo zu dieser Zeit jede Menge ausländischer Schiffe einliefen.

Nach Titas Geburt hatten einige Matrosen der *Natal Star* mit Erstaunen Gefühlsregungen bei der Inglesa festgestellt, die niemand, der sie kannte, je von ihr erwartet hätte. Die Mutterschaft hatte sich bei ihr offenbar mit aller Macht durchgesetzt. Auf einmal schien es ganz normal, dass ihr Tränen in die grünen Augen schossen, wenn sie ihr kleines Mädchen nur ansah. Doch dieser Zustand währte nicht lange: Kaum konnte sie wieder aufstehen, verkündete sie Ronal, sie müsse fortgehen.

»Ich muss ein bisschen Geld besorgen, und sobald ich es habe, komme ich zurück.«

»Willst du das kleine Mädchen etwa alleinlassen? Auf diesem Schiff voller Kerle?«

»Ich habe keine andere Wahl. Ich tue es zu ihrem Besten«, erwiderte sie, wobei sie ihre beiden Ledertaschen packte.

»Keinem Kind tut es gut, von seiner Mutter verlassen zu werden«, warf Ronal ein.

»Ich habe dir doch schon gesagt, mein Plan ist es, nach England zurückzukehren. Bisher ging es nur um mich, aber jetzt, mit dem Baby, muss ich sicherstellen, dass ich gut gerüstet heimkehre.«

»Und deine Familie?«

»Ich habe keine Familie. Hätte ich eine, wäre ich nie nach Chile gekommen.« Das war deutlich, und obwohl es nicht stimmte, dass sie niemanden hatte, wollte sie darüber nicht reden. »Deshalb brauche ich Geld, um ohne Sorge mit dem Kind leben zu können.«

»Du weißt ja, wenn du hier auf dem Schiff bliebest, würde es dir und dem Kind an nichts fehlen. Ich könnte ein Häuschen in der Oberstadt von Coquimbo mieten.«

»Sprich nicht weiter, Ronal. Dein Leben ist auf der See.«

»Und deins in der Wüste?«

»Du weißt doch, dass wir beide immer Freunde sein werden.«

»Und wo willst du dir das Geld holen?«

»Ich muss es mir in Iquique besorgen.«

Die Inglesa verstaute einige Geldreserven in der Tasche, was Ronal mit Erstaunen registrierte. Sein Blick verhehlte es nicht, und sie lächelte verschlagen, während sie eine Bluse glattstrich, die Sofanor ihr geschenkt hatte. Ronal ging zu dem Körbchen, in dem die Tita schlief, und betrachtete die Kleine nachdenklich.

»Willst du es dir leihen?«

»Nein, nein. Wenn er es mir nicht gibt, werde ich es mir von ihm holen. Und dann gehört es mir.«

»Willst du etwa diesen Nichtsnutz aus Paitanás, den Vater des Kindes, darum bitten?«, wagte Ronal zu fragen.

Die Inglesa schwieg. Ein Schweigen, das als Bestätigung zu verstehen war.

»Hat dieser Taugenichts überhaupt Geld?«

Die Inglesa wechselte ungeduldig das Thema.

»Ich bitte dich nur, dich um die Amme zu kümmern, solange ich nicht da bin.«

»Ich? Was verstehe ich schon davon?«

»Ich weiß, dass du das gut machen wirst, alle glauben, dass du für sie sorgen kannst.Du weißt doch, das sind zu viele Kilometer für einen zwei Monate alten Säugling.«

Ronal fühlte sich geschmeichelt, und er wusste, dass nichts diese Frau von ihren Absichten abbringen würde. Seufzend gab er sich geschlagen.

»Versprich mir, dass du auf dich aufpasst.«

»Das brauche ich nicht zu versprechen. Ich habe immer auf mich aufgepasst.«

Ronal wollte etwas entgegnen, doch die Entschlossenheit der Inglesa ließ ihn verstummen. Mit grimmiger Miene zog sie den Reißverschluss ihrer beiden Ledertaschen zu und trat an das Körbchen, um ihrem Töchterchen einen Abschiedskuss auf die Stirn zu drücken.

»Keine Sorge, dein verflixter Vater wird uns das Geld schon geben, damit wir heimkehren können. Das verspreche ich dir, und wenn ich ihn töten muss.«

Paitanás, Mai 1976

Was Doña Ojerosa betraf, so übte sie sich weiter vergeblich in der Schminkkunst und verbrachte unzählige Stunden vor dem Spiegel, um sich die Wimpern zu formen, doch ihr Vogelgesicht vermochte sie nicht zu kaschieren. Allerdings begann sie mit der Zeit, sich Sorgen zu machen, wenn sie deine Großmutter an ihrem Fenster vorbeikommen sah. Die Flor hat es bereits ereilt, dachte die Wirtin des *Chanchoquín*, wie ein Erdbeben, ihren Körper und ihren Geist. Flor bewegte sich, als gehörte ihr Körper nicht mehr zu ihr, als drohte er jeden Augenblick unter ihr nachzugeben. Sie hielt sich an jedem Fenstergitter fest, das sie greifen konnte, und atmete tief durch. Die Nachricht von unserem Tod hatte sie um den Verstand gebracht. Sie konnte nicht glauben, dass sie dich nie kennenlernen sollte, Benito. Die Babykleidung, die sie für dich zusammengetragen hatte, Wollsachen für den Winter … All das ging zum Teufel.

Ich sah sie auf dem Sofa sitzen, den Blick starr auf die Straße gerichtet, die in die Wüste führte. Ich machte ihr Zeichen, doch sie schwieg. Sie schaute mich an, schaute mir direkt in die Augen, wenigstens bildete ich mir das ein, doch sie sagte nichts. Inzwischen denke ich, es war ganz logisch, dass sie mich nicht erkannte, denn ich hatte mir einen Piratenbart stehenlassen, um nicht mit den glattrasierten Dreckskerlen wie Gott Alzamora verwechselt zu werden. Ich setzte mich neben sie, bot ihr zum Trost meine Schulter, aber sie schien nicht zu begreifen, dass ich da war. Trotz allem lächelte sie.

Als sie wieder die provisorische Festung aufsuchte, wo die Tita niedergekommen war, und die Information durchsickerte, dass man ihre Tochter auf das Handelsschiff *Maipú* mit unbekanntem Ziel verfrachtet habe, wurde ihr erklärt, sie habe dort nichts mehr zu suchen. Flor erkundigte sich nach López-Cuervo II, doch es hieß, man kenne niemanden dieses Namens. Es gibt nichts Schlimmeres als einen Sehenden, der sich blind stellt, Benito, und deine Großmutter wollte diese wenigen Worte einfach nicht verstehen. Sie fragte in vielen Gefängnissen nach, ob man die Tita dort festhalte oder festgehalten habe oder ob man wisse, was mit den jungen Leuten geschehen sei – ich sage absichtlich »junge Leute«, denn das waren sie. Doch keiner gab ihr Auskunft, was mit ihrem Mädchen geschehen war, ob sie tot war, wo sie begraben sein könnte. Deshalb kehrte meine Flor stets an denselben Ort zurück. Auf ihr beharrliches Nachfragen, ihr Bitten und Betteln und ihr ständiges Erscheinen hin, ließ sich ein Militär schließlich zu der Aussage hinreißen, dass sie nicht weiter nach ihrer Tochter zu suchen brauche, denn die würde sie nicht finden, nirgendwo, und wenn sie sich noch einmal blicken lasse, würde man sie ebenfalls einsperren. Im Laufe eines Lebens vermischen sich die Ereignisse wie in einem Wirbelwind, der einem die Sicht raubt und keine Wahl lässt, so dass auf einen glücklichen Augenblick unvermittelt ein blutiger folgt, einfach so.

Die Ojerosa beobachtete ihre Freundin von einst, wie sie die Straße entlanghetzte, um den üblichen Termin nicht zu verpassen. Sie sah Flor ungern in der immergleichen Kleidung vorbeilaufen und hätte sie am liebsten gefragt, wie die Dinge bei ihr stünden. Einmal, als sie ihr auf dem Markt begegnete, folgte sie ihr ein Stück, doch dann bereute sie es. Verblüfft beobachtete sie, wie Flor die Luft umarmte, als könnte sie mich sehen. Wie ein Lauffeuer verbreitete sich das Gerücht, Flor habe den Verstand verloren. Die Hunde bellten den ganzen Tag lang vor Hunger, weil ihnen keiner mehr die Fressnäpfe füllte, und bald machten die Leute einen Bogen um unser Haus wegen des üblen Gestanks, der durch die Fenster nach draußen drang. Die Hündchen gingen nicht mehr raus, um ihr Geschäft zu machen, und Flor ließ des Öfteren das Essen anbrennen. Angelockt durch den Qualm, waren ein paar Nachbarn zu Hilfe geeilt, damit nichts Schlimmeres passierte. Doch die meisten zogen es vor, jeden Kontakt mit ihr zu meiden, denn sie begannen sich vor ihr zu ekeln, selbst auf der Straße gingen sie ihr aus dem Weg. Meine arme Flor verkam zu einer stinkenden Alten, und keiner von uns konnte sie vor dieser Grausamkeit bewahren.

Eines Abends, als zum Nationalfeiertag aufgespielt wurde, lief mein armes altes Weib singend und tanzend durch die Straßen, ohne zu bemerken, dass sie sich lächerlich machte. Auf dem Platz vor der Kirche blieb sie stehen, um dort ein ganz besonderes Schauspiel zu liefern: Sie bestreute die Passanten mit Konfetti und äffte die Musiker pfeifend und auf einem Bambusstück trommelnd nach. Bald begann eine aufgebrachte Menge, sie übel zu beschimpfen und Gegenstände nach ihr zu werfen. Es wirkte wie eine erniedrigende Steinigung vor aller Augen. Die Ojerosa unterbrach das grausame Spektakel, als Flor gerade zur Höchstform auflief.

»Macht, dass ihr fortkommt, ihr verfluchtes Pack! Schämt ihr euch nicht, eine arme Frau so zu verhöhnen?«, brüllte sie nach rechts und nach links.

Da die Ojerosa allerdings selbst nicht allzu sehr geachtet in Paitanás war, richtete ihr Erscheinen auf dem Platz auch nichts aus. Der ganze Hohn, den Flor geerntet hatte, wurde nun über ihr ausgeschüttet.

»Ojerosa!«, rief man ihr zu, »von welcher Farbe sind Sofanors Stiefel?«

Flor kicherte kraftlos vor sich hin, ihre Welt drehte sich in anderen Sphären. Die Ojerosa hockte sich neben sie und kämmte ihr das Haar mit den Fingern. Als sie den fernen Glanz in ihren Augen aufschimmern sah, wusste sie, dass meine Frau nicht mehr in die Realität zurückfinden würde.

»Ja, Mamita, jetzt bist du in Sicherheit. Ich bin gekommen, um dich hier wegzuholen.« Mit viel Mühe half sie Flor auf die Beine.

»Gehen wir heim, mein Mann wartet schon«, verkündete Flor.

»Ja, gehen wir.« Und die knochigen Arme untergehakt, liefen die beiden Frauen die Prat entlang nach Hause.

Schon bevor Flor angefangen hatte, mit ihren Hunden zu reden, als seien wir es, war der Ojerosa zu Ohren gekommen, dass ihre ehemalige Freundin seit Monaten bemüht war, etwas über das Schicksal ihrer Angehörigen in Erfahrung zu bringen. Es kursierten die unterschiedlichsten Versionen über unseren Verbleib: Man habe gesehen, wie ich in den Zug verfrachtet wurde und dann in ein Flugzeug, wo man mich getötet habe. Jemand anders wollte in Iquique mit der Tita gesprochen und sie mit ihrem Baby auf dem Arm gesehen haben. Besonders Schlaue glaubten zu wissen, wo man uns verscharrt habe. Die Ojerosa mutmaßte, dass Flor über all diese Ungeheuerlichkeiten, die sie sich anhören musste, erst in Resignation verfallen und schließlich verrückt geworden war. Und weil sie das begriff, so glaube ich, vielleicht liege ich ja falsch, fasste sie sich ein Herz und sah kein Problem darin, sich die Nase zuzuhalten und unser Haus gründlich zu putzen. Die zum Skelett abgemagerten Hündchen wurden wieder aufgepäppelt. Die sorgfältig gefaltete Babykleidung ließ sie von einer jungen Frau abholen, die einen Monat später ein Kind zur Welt bringen sollte und in den Sachen einen wertvollen Schatz erkannte. Die Ojerosa half meiner Flor, so gut sie konnte, als wollte sie die vier getrennt verbrachten Jahrzehnte wiedergutmachen und in die Jahre ihrer gemeinsamen Jugend zurückkehren, als sie noch Hand in Hand über die Felder gerannt waren. Das Gehirn ist ein Labyrinth, dem niemand entkommt, was dieses plötzliche Aufflammen der Jugenderinnerungen aufs Neue beweist.

»Schaut mal! Da kommen die beiden Spinnerinnen«, riefen die Dorfbewohner, wenn sie die Freundinnen auf dem Weg zum Friedhof sahen. Eine ihrer Hauptbeschäftigungen bestand darin, ganze Nachmittage lang die Gräber ihrer Liebsten zu schmücken. Eines war das von Ojerosas Ehemann, das andere eine Gruft, bei der man nicht wusste, zu wem sie gehörte. Sie füllten Wasser in die Flaschen und Gefäße.

»Wir bereiten dir ein Bad«, verkündete meine Frau.

Es wurde ihnen zur Gewohnheit, einander zum Baden ihrer Männer einzuladen. Wieder daheim, ging die Pantomime weiter.

»Ach, wie schrecklich, dieser Mensch!«, schimpfte die Ojerosa, während sie die Hundehaare zusammenfegte.

»Komm, Schätzchen!«, rief Flor einen der verspielten Welpen zur Ordnung. »Lass die Tita in Ruhe!«

Plötzlich bückte sie sich, um nach mir zu rufen. Doch der, der herbeigelaufen kam, gefiel mir nicht. Mich mit einem alten, mürrischen Hund zu vergleichen, also ehrlich! Das zimtfarbene Hundemädchen, dem sie als Einzigem erlaubte, jede Nacht am Fußende ihres Bettes zu schlafen, nannte sie Tita, meine hübsche Tita. Die Ojerosa, die zu dem Zeitpunkt schon fast bei ihr eingezogen war, schaffte schließlich auch noch ihren Kosmetikkoffer herbei und einen riesigen Spiegel, den sie in Titas Zimmer aufstellte. Ihre Manien legte sie nie ab. Sie konnte keinen schmutzigen Teller länger als fünf Minuten ertragen. Und immer noch kleisterte sie ihre Wimpern mit dieser schwarzen Paste zu, obwohl sie schon dermaßen verklumpt waren, dass sie die Augen nicht mehr problemlos auf- und zubekam. Doch anders als sie es sonst ihr Leben lang wegen jeder Bagatelle getan hatte, machte sie kein Drama, als sie den umwölkten Blick ihrer Freundin sah. Umstandslos ging sie zu Flor, die in ein Zwiegespräch mit dem vorlauten Hündchen vertieft war, schluckte ein paar Mal, um keine Träne zu vergießen, und sagte:

»Komm Flor, sieh mal. Da ist Paolo, mein Paolín!« Dabei deutete sie auf einen unansehnlichen Hund mit ausgedünntem dunklen Fell.

»Ja, stimmt!«, freute Flor sich. »Wie hässlich der Ärmste ist!«

Copiapó, Mai 1974

Nach dem Vorfall in Pisagua stieß ich auf die Zeitungsausschnitte aus dem *Atacameño*, die ich für dich aufbewahrt habe, damit sie dir ebenso wie die Geschichten von Sofanor und der Inglesa zufällig in die Hände fielen. Ich fuhr mit dem Finger über die Liste der Namen, die sie dort veröffentlicht hatten, und als ich die Tita unter den Genannten entdeckte, bezahlte ich mein Frühstück und verließ den Markt. Es gibt Dinge, die wir niemals verwinden werden, möge noch so viel Zeit darüber hinweggehen. Ein ätzender Schweiß lief mir über den gesamten Körper und veränderte meine Hautfarbe. In einem gesonderten Artikel erwähnten sie Carmelo als einen der gefährlichsten Studentenführer, was nicht stimmte, denn er war schon seit Jahren kein Student mehr. Sie bezeichneten ihn außerdem als Mitglied einer Verbrecherbande, die auf den Schiffen im Hafen unterschlüpften, und als einen der Verantwortlichen der aufrührerischen und terroristischen MIR-Bewegung. Wenn du wüsstest, wie sie die Tagesnachrichten manipulierten, Benito, Quellen verdrehten, Dialoge und Episoden erfanden und lächerliche Tatmotive anführten, alles Dinge, die im seriösen Journalismus strengstens tabu sind. Wenn ich dir zusehe, wie du mit dem Heft unter dem Kopfkissen schläfst, bin ich erleichtert. Die Zeit der Dunkelheit zwischen uns hat eine Bresche des Schweigens geschlagen. Ich spürte deinen Ruf, nachdem du Sofanors Webley Mark gefunden hattest. Du wolltest endlich wissen, welche Geschichte du mit dir herumschleppst. Und als du den angelaufenen Stahl der Waffe mit der dir eigenen Geduld blankpoliertest, konnte ich dich finden und eilte zu dir, damit du endlich davon erfuhrst. Die Geographie der drei Generationen wird einen Großteil deines Buches füllen, doch erzähle niemandem, dass ich dir diese Dinge im Traum eingeflüstert habe, sie würden dich als kauzigen Spinner abtun, denn sich in die Erinnerungen der Toten einzuschleichen, ist beim Sohn des Satans unerwünscht. Ich würde dich ja gerne belügen, wie meine Frau die Tita belog, doch wer gesehen hat, wie das *Arche Noah* im Sand von Paitanás versank, weiß, wie flüchtig die Momente des Glücks sind. Wer Inhaftierung und Folterung durchgemacht und das Böse erlebt hat, vergisst nie. Deshalb ist es auch sinnlos, wenn die Toten die Erde beiseiteschieben und sich aufrichten, sobald sie die Trommeln und Trompeten hören – der trostlose Anblick unseres Hauses und das Gefühl ständiger Gefahr bleiben unverändert bestehen.

Wenn du zwei und zwei zusammenzählst, findest du sicher heraus, wer deine Eltern und deine Großeltern waren. Meine liebe Flor konnte es kaum erwarten, dass du auf die Welt kamst, und hat dich dann doch nie kennengelernt. Aber ich bin zufrieden, denn trotz der Familie, die dich aufgezogen hat, scheinst du einiges von Flor mitbekommen zu haben. Immerhin hältst du vier Hunde im Haus! Und das Wichtigste ist, dass du lebst.

Es ist mir nicht leichtgefallen, mit deinem Vater zu reden. Obwohl er es nie offen gesagt hat, wusste ich, dass unser Schiff in seinen Augen eine für den Menschen verderbliche Lasterhöhle war. Er wetterte gegen die Heuchelei der Mächtigen, vor allem der Kirche, aber seine politischen Aktivitäten im Rahmen der MIR behielt er für sich. Wenn er zum Essen heimkam, nahm er Platz und öffnete den Mund nur zur Nahrungsaufnahme. Sein Schweigen machte mich immer nervös. Carmelo stand am Fenster und blickte zum Himmel hinauf, als meditierte er oder kommunizierte mit dem Jenseits, und irgendwann fragte ich die Tita, ob unsere Anwesenheit ihn störe, woraufhin sie mir einen Klaps auf den Hinterkopf gab. Dann beugte sie sich ganz nah an mein Ohr und sagte, sicher, sicher, Carmelo war gestern Abend im *Arche* und das hat ihm die Sprache verschlagen. Wir haben schallend gelacht. Aber wie ich bereits sagte, irgendetwas muss ihn beschäftigt haben, denn innerlich war dein Vater von einer Angst getrieben, die ihn nie losließ. Es heißt, er habe geraucht, ohne die Zigarette je aus der Hand zu legen, während die Tita Pläne schmiedete, um die Welt zu verbessern. Aber alles, was ich dir nicht erzählen kann, wirst du allein herausfinden, denn einen der letzten Zeugen, der sie lebend gesehen hat, ist ganz in deiner Nähe. Die Erinnerungen verblassen nicht, nur das ständige Gefühl der Angst, der Worte, die du jetzt, verdammt noch mal, nach eigenem Gutdünken in dein Heft schreiben solltest. Mit sechzig Kinder zu bekommen, ist zwar kein Ding der Unmöglichkeit, doch in diesem Fall war es nicht so, Benito. Du weißt, dass López-Cuervo II nicht dein Vater ist.

Paitanás, 19. September 1939

Der Wirbelwind, der alles aufwühlt und die Spuren des Weges verwischt, vermengt sich mit der Hitze der Erde und schließt sich der Sonne an, die einem mit ihrer erbarmungslosen Glut das Hirn versengt. Er lässt eine Staubschicht aufsteigen, die sich auch auf meine Kleidung legt. Am ersten Tag war alles neu, ich wanderte unbemerkt umher, zögernd setzte ich einen Schritt vor den anderen unter der unwiderstehlichen Schönheit des Sternenhimmels über unserer Wüste. In gewisser Weise war das auch angenehm, denn ich entdeckte eine Menge Dinge, die deinen Roman nun ausschmücken könnten: ein Gestell ähnlich dem Fischkarren, den ich als Junge besaß, alte Matrosenschuhe, allerlei Arbeitsgeräte, die nach der kürzlich erfolgten Schließung einer weiteren Mine liegengeblieben waren. Am zweiten Tag meiner Wanderung verspürte ich trotz meiner gestaltlosen Erscheinung Anzeichen von Schwindel und Müdigkeit. Ich weiß, dass du neugierig bist zu erfahren, wie es auf der anderen Seite zugeht. Ich kann dir nur sagen, Benito, dass jeder Geist an den Ort seiner Herkunft zurückkehrt. Das ist allgemein üblich. Der Tod ist die Luft, die zwischen den Schwingen der Geier hindurchgleitet, eine schwindelfreie Art der

Fortbewegung, ein Flug über die Sonne und die Erinnerung hinweg. Obwohl nichts bleibt, entsteigen einige Kumpel immer noch schwankend der Erde und blicken voller Staunen auf den Kupferglanz der Trompeten. Unbewusst, als hätten sie einen Kater, ahmen sie den Tanz nach, der ihre Sinne fesselt, erleben dieses wiederholte Fest, das Fest ihres eigenen Todes, und manch einer verfängt sich im kreisenden Wirbelwind und versinkt wieder im Sandboden, das Gesicht vom roten Schein des Fegefeuers erleuchtet, bis die Musik von neuem ruft.

Ich komme noch einmal auf Sofanor zu sprechen, der wie ein Wahnsinniger hinter meinem Wecker her war, und das nur, weil der zwei Glocken hatte, die auch den Taubsten unter den Tauben geweckt hätten. Die Ojerosa jedenfalls hatte er gründlich aufgeschreckt. Als López-Cuervo II sie verhörte, gab sie zu Protokoll, das Paar habe sich ohne Begleitung einer dritten Person in ihrer Pension aufgehalten. Das Pferd der Lorenzona habe sie ebenfalls nicht gesehen – anders als später behauptet wurde –, überhaupt sei ihr nichts Verdächtiges aufgefallen. Tatsächlich hätten Sofanor und die Inglesa einen ganzen Tag lang das *Chanchoquín* nicht verlassen. Der Lärm des Straßenfests zu Ehren des Nationalfeiertags habe den Schuss und den Schrei der Inglesa vor ihrem Tod ganz offenbar übertönt.

Während der Sohn des Satans auf die Ergebnisse der Autopsie wartete, die damals noch in der Hauptstadt vorgenommen wurde, kam er zu mir, um mich mit dem Fingerabdruck auf der Vase verrückt zu machen. Nach dem

Besuch der Lorenzona bei Pater Alzamora allerdings sah López-Cuervo II sich genötigt, mich aus Mangel an Beweisen laufenzulassen. Aus Mangel an Beweisen! Selbstverständlich hätte ich meinem Freund niemals eine Kugel in die Stirn gejagt. Ich gebe zu, dass ich die Inglesa mit ihren Schlangenaugen liebend gerne erwürgt hätte, aber bei all den Gaunern, die sich auf dem Straßenfest tummelten, hätte jeder der Mörder gewesen sein können.

Jetzt biege ich gen Osten ab, schlendere unsicher die Calle Serrano entlang, um zu sehen, wie sich der Markt verändert hat. Das einstige Dach aus Binsengeflecht ist verschwunden, und viele Häuser liegen nach den zahlreichen Erdbeben in Trümmern. Prominente aus Paitanás wie der Gewerkschaftler Pedro Pablo Seura, glänzen jetzt durch Abwesenheit. Wer erinnert sich noch an die Furcht, die die Lorenzona hoch zu Ross verbreitete? Es gefällt mir, dass du all diese tragikomischen Geschichten recherchierst, Benito, und damit eines ganz klar ist: Sofanor war kein Mörder, wie der *Atacameño* in seinem Lokalteil berichtet. Mörder sterben hochbetagt und fast immer in ihrem Bett, innig umsorgt von den Gebeten der Familie und korrupten Pfaffen wie Alzamora, die bestens darin geübt sind, ihren Nutzen schon von weitem zu riechen.

Das Städtchen Paitanás hat sich zweifellos verändert. Die alten Pfefferbäume sind gewachsen, und der Platz mit der Palme in der Mitte und dem blauen Brunnenbecken ist hübscher geworden. Die Menschen aber wirken genauso resigniert wie damals. Inzwischen haben sie die

Trommeln und Trompeten vergessen und tanzen jetzt Technocumbia. Die Backsteinmauern der Kirche stehen noch, nur die Kuppel hat man mit einer Eisenkonstruktion versehen. Ich gehe weiter bis zu der Stelle, wo das *Arche Noah* stand, und komme auf dem Weg dorthin am Gesellschaftsklub vorbei, ein Haus im Kolonialstil mit großzügiger Terrasse, das sich einen Hauch von Herrschaftlichkeit bewahrt hat.

Als die Ojerosa damals das Zimmer von Sofanor und der Inglesa betrat, um nachzusehen, was los war, schien es ihr, als habe die Engländerin, diese teuflische Strippenzieherin, mit ihrem Mörder gerungen: ihr Haar war zerwühlt, die frischen Rosen lagen über das Bett verstreut und am Boden die Scherben der zerbrochenen Vase. Niemand vermochte zu sagen, wie viele Steine, Juwelen und Pfund die beiden Ledertaschen der Toten enthalten hatten. Das war das Erstaunlichste an der ganzen Sache, Benito, dieses Detail musst du unbedingt in deinem Heft erwähnen. Die Beute wurde nie mehr erwähnt.

Heute werden an der Stelle, wo das *Arche Noah* sich einst in ein Häuflein Asche verwandelte, Autos gewaschen. Ich schreite seine alten verfallenen Mauern entlang, vorbei an der unsichtbaren Bar, wo ich die Machete versteckt hatte, vorbei an der Stelle, wohin sich die Strolche mit den Mädchen zurückzogen. Zwei Straßen weiter, oberhalb der Calle Maule, befand sich das *Chanchoquín*.

Jedes Mal, wenn López-Cuervo II den Ablauf des Verbrechens rekonstruierte, entdeckte er eine neue Spur. Zuerst suchte er nach einem Mörder, doch als er niemanden überführen konnte, kam er zu dem Schluss, Sofanor und die Inglesa hätten in gegenseitigem Einvernehmen Selbstmord begangen. Seltsam erschien nur, dass der Webley Mark VI an Sofanors Zeigefinger hing, als habe ihn jemand dort hingehängt wie an einen Haken. Die Inglesa, so wie sie gefunden wurde, mit der ungeheuren Blässe ihrer Haut, den Augen, die ins Grauen starrten, und den von den Stacheln blutigen Handflächen, schien die These vom Doppelselbstmord zu bestätigen. Der Sohn des Satans fühlte sich jedenfalls veranlasst, rasch nach dem für eine eventuelle Vergiftung verantwortlichen Getränk zu suchen. Sein Augenmerk galt vor allem der halbvollen Bierflasche und dem halbleeren Glas auf dem Nachttisch neben der Inglesa. Und all das geschah viele Jahre, bevor die Deutschen das synthetische Nitrat erfanden, viele Jahre, bevor die Klipper aufhörten, ihre Laderäume zu füllen und das Leben der Dörfer zum Teufel ging. Oder vielleicht war es auch anders, aber so habe ich es in Erinnerung, Benito. Das Geschäft der Frauen, egal ob hübsch oder hässlich, florierte, und vor dem *Arche* mussten die Strolche Schlange stehen. Einige Europäerinnen kamen mit dem festen Vorsatz her, Geld zu verdienen und für die Rückkehr in ihre Heimat zu sparen, doch wegen der beschwerlichen Schiffsreise oder warum auch immer blieben sie am Ende da. Immer mehr Mädchen aus Europa lockte man her, schwärmte ihnen von den Wundern der Wüste und dem weißen Gold vor und davon, wie leicht das Leben hier sei. Nicht anders erging es den Strolchen mit den Sandalen, die voller Hoffnung kamen, im Bahnhof schliefen, unter dem Blätterdach auf dem Markt oder wo auch immer, und am nächsten Morgen, mit dem ersten warmen Sonnenstrahl, sich einschrieben und verschuldeten, um mit Hacke und Schaufel in der Grube Nitratschichten herauszuhauen. Staub schluckend arbeiteten sie länger, als die Uhr Stunden hat, so hart, dass sie von der ganzen Plackerei Blasen an den Händen und am Rücken bekamen. Kerle, zäh und rau wie grüner Pfeffer. Ich kannte Kumpel, die sich Salpetersäcke von hundertzwanzig Kilo auf den Buckel hievten, und die, wenn sie über die Bretter zum Laderaum des Klippers rannten, sich dennoch den Luxus erlaubten, kurz stehen zu bleiben, mit den Hüften zu wackeln und einem Mädchen Kusshände zuzuwerfen. Natürlich war auch der frühzeitige Tod ein Riesenproblem. Darüber solltest du auch schreiben, Benito. Denn der Geruch der Kumpel haftet auch an dir, vergiss das nicht. Wenn du willst, kannst du es auch ganz unauffällig erwähnen, aber verschweig es nicht. Manchmal sind die Dinge, so wie wir sie in Erinnerung haben, einfach und wahr, obwohl sie sich vielleicht nicht in der Weise zugetragen haben. Du wandelst immer im Bewusstsein deiner wahren Eltern, Benito. Die Erinnerung ist eine Wunde, die mit der Naht deiner Worte verschlossen wird, doch die Narbe wird, wie du weißt, nie verblassen. Das, was man meiner Tita und Carmelo angetan hat, ist nicht mehr zu ändern, genauso wenig, wie die Tatsache, dass andere dich mit Ansichten erzogen haben, die ich nicht teile. All das schlängelt sich durch diese Geschichte und vermischt sich mit Dingen, die ich nicht deuten konnte, als sie geschahen. Doch was wäre unser Leben ohne den Zufall, Benito! Hätte Sofanor der Inglesa das Geheimnis der Lorenzona anvertraut, wäre vielleicht alles anders verlaufen. Gleiches gilt für die Geburt deiner Mutter auf der *Natal Star* und die Absicht der Inglesa, in die Heimat zurückzukehren.

Dieser verfluchte Tanz wird mich am Ende noch aus der Bahn werfen. Wenn ich die Geister um mich herum tanzen sehe, frage ich mich, was zum Teufel ich inmitten all dieser Toten zu suchen habe. Für mich war der Tod immer eine ernste Angelegenheit. Der Triumph der Verlierer erstickt mich ebenso wie der durch die Büsche pfeifende Wind. Ehrlich gestanden bin ich mir nicht sicher, ob ich in der Welt der Trunkenbolde bleiben oder mich endgültig in die des Wahnsinns, der Massakrierten zurückziehen soll, die sich im Rhythmus der Becken und Trompeten aufrichten.

Wenn sich im Morgengrauen die Wolken auf Paitanás herabsenkten, drohten die Leute zu explodieren oder zusammenzubrechen. Es zog sie zum Schiff der Wollust, des Alkohols – »ich saufe, du säufst, er säuft, so soll es sein«, trällerten sie –, denn man musste das Ungeheuerliche, an dem wir alle Schuld hatten, in der Wüste begraben. Darauf stießen die Toten an, auf die Fata Morgana einer perfekten Zukunft.

»Hoch die Tassen auf das Vaterland, auf Wein, Weib und Gesang!«, rief mir einer zu. »Weißt du, Kumpel«, unterbrach ich ihn, »bevor wir das Trinkerlied weitersingen, mach dich auf die Suche nach diesem Geier, der dir das Auge ausgehackt hat, denn du siehst nicht, wo du langgehst und wirst jeden Moment auf der Nase landen.« Doch sein Auge, sein einziges, mit dem er mich anglotzte, schien unerreichbar. »Wenn mein Gesicht dir nicht passt«, sagte mir der Säufer, »mach du dich doch selbst auf die Suche nach dem Köter, der dich ausgebuddelt und deine Eingeweide gefressen hat«, und dann zog er mit dem gleichen Gelächter ab wie Sofanor, als seien all das Eingebungen eines Irren.

Als man aus Santiago López-Cuervo II die Ergebnisse mitteilte, erfuhr er, dass die halbleere Bierflasche Schierling enthielt, dieses Kraut, das einen unangenehmen Uringeruch verströmt. Die Inglesa wies keinerlei Spuren von Gewalt auf, abgesehen von den blutverschmierten Handflächen, wahrscheinlich in Folge eines krampfartigen Aufbäumens vor dem Tod. Sie war nicht stranguliert worden, wie Flor und ich gedacht hatten. Die Gerichtsmediziner, die die Autopsie durchführten, sagten, sie habe die Rosen gepackt, um Sofanor den Strauß entgegenzuschleudern, doch das Ersticken und die Lähmung der Atemwege hätten das Vorhaben vereitelt. Alles sei so schnell gegangen, dass sie mit den Rosen in den Händen rücklings aufs Bett niedergesunken sei. Als López-Cuervo II die Taschen der Inglesa und Sofanors Kleidung durchsuchte, stieß er in der

Wildlederjacke meines Freundes auf das Säckchen mit Resten von Schierling, das ihm seinerzeit die Lorenzona zugesteckt hatte. Doch Sofanor hockte in seiner Ecke, getötet durch eine Kugel mitten in die Stirn, den deutschen Revolver an seinen Zeigefinger geklemmt. Folglich konnte es nur die Inglesa gewesen sein, die das Schierlingskraut in die Bierflasche gemischt hatte. Andererseits deuteten ihr Ausdruck der Verzweiflung und das Durcheinander der zerfetzten Blütenblätter darauf hin, dass sie sich nicht hatte umbringen wollen. Eher war zu vermuten, dass sie plante, am nächsten Tag rasch zur *Natal Star* zurückzukehren, wo die Tita und Ronal sie erwarteten. Die Beute befand sich unter dem Bett, die Taschen fertiggepackt für einen eiligen Aufbruch an einen fernen Ort. So schloss López-Cuervo II erneut die Anwesenheit einer dritten Person im Raum nicht aus. Und so wie es der Sohn des Satans sah, musste dieser Dritte ich gewesen sein.

Allerdings glänzte eine vergoldete Taschenuhr in Sofanors Gesäßtasche. Also konnte sich auch alles so zugetragen haben: Sofanor steckte einen Schierlingszweig in die Bierflasche, die er mit dem Strauß frischer Rosen mitgebracht hatte. Die Inglesa befand sich derweil im Bad, wo sie sich die Milch vor dem Spiegel abpumpte. Als sie heraustrat, fiel ihr sofort der Revolver ins Auge, der auf der Erde lag, und diese Unvorsichtigkeit bedeutete für sie eine Gelegenheit, die sich so schnell nicht wieder bieten würde. Sofanor hatte soeben meinen Wecker gestellt, als die Inglesa ihm in die Stirn schoss und den Webley Mark dann an seinen Zeigefinger klemmte, um es nach Selbstmord aussehen zu lassen, was exakt um zehn nach zwei geschah. Das zeigte die kaputte Taschenuhr in der Gesäßtasche meines Freundes an; mit der Wucht des Todes hatte sein Hinterteil die Uhr um diese Zeit angehalten. Die Inglesa blieb noch ein paar Stunden bei dem Leichnam. Sie packte die Taschen, um am frühen Morgen aufzubrechen. Vielleicht beschimpfte sie ihn, weil er den Rubin der Lorenzona geschenkt hatte, vielleicht warf sie ihm auch seine Freundschaft mit ihr vor. Sicher aus Furcht, entdeckt zu werden, verließ sie das Zimmer nicht – nicht mal, um sich etwas Kaltes zu trinken zu holen. Sie wollte keinen Verdacht erregen. Die Ojerosa klopfte an die Tür und erkundigte sich, ob sie einen Wunsch hätten. Anschließend zog sie sich zurück in der Annahme, die beiden genössen ihre intime Zweisamkeit, während Sofanor in Wirklichkeit bereits tot war. Die Inglesa musste den Anblick jenes in der Ecke sitzenden leblosen Körpers ertragen, der sie die ganze Zeit angrinste. Doch dann empfand sie Erleichterung: Die gemeinsame Zukunft mit ihrem Mädchen schien gesichert. Der Wecker würde um fünf Uhr dreißig losschrillen. Irgendwann beschloss die Inglesa, sich den üblen Geschmack, den ihr die Gegenwart des Leichnams verursachte, wegzuspülen, und da besänftigte sie ihre Kehle, indem sie den Inhalt der halben Flasche Bier hinunterkippte. Sie verstand nicht, was geschah, als das Getränk ihr den Mund austrocknete, ihr das Schlucken plötzlich schwerfiel, ihre Pupillen sich weiteten und ihre Beine schließlich nachgaben, sie nicht einmal mehr bis zur Tür trugen. Die italienische Vase fiel zu Boden und zersprang in tausend Scherben, ihre Finger umklammerten den dornigen Rosenstrauß, als sie wild um sich schlug, und die Blüten zerstieben. Vielleicht wollte sie mit dem Strauß auf Sofanor einschlagen, weil sie sein Schnurrbartlächeln nicht länger ertragen konnte, vielleicht öffnete sie auch das Fenster, um frische Luft hereinzulassen, oder sie legte sich hin in dem Glauben, dieses Unwohlsein würde rasch vorübergehen. Mag sein, dass es auch anders verlief, denn all das ist schon so oft von Mund zu Mund gegangen, dass viele es inzwischen für eine reine Legende halten. Jedenfalls lagen die zerfetzten Blütenblätter überall verstreut, und um halb sechs riss das Schrillen des Weckers das halbe *Chanchoquín* aus dem Schlaf. Sicher weiß ich nur, Benito, dass du allein das letzte Wort in dieser Geschichte haben wirst. Die Aufgabe von uns Toten ist es hingegen, immer wieder aufzuwachen im Rhythmus der Trommeln und Trompeten, und – was bleibt uns sonst – mitten auf dieser verlassenen Landstraße zu tanzen, die sich im Unendlichen verliert. Meine Stimme ist nur ein Hauch, der immer schwächer wird in deinen Ohren, Benito. Jedes Mal, wenn ich deinen erzählerischen Impuls spüre, steigen die Erinnerungen auf wie die Toten aus der kargen Erde. Deshalb bleibt mir nichts weiter, als dir Glück zu wünschen, mein geliebter Enkel. Deine Zukunft wird immer eine Unbekannte sein, niemand kann vorhersagen, was die Welt, in die du dich nun begibst, aus dir machen wird.

Jetzt, da ein neuer Tag beginnt, überquere ich die Eisenbahnlinie. Ich lasse den Bahnhof hinter mir. Einige Hunde springen an mir hoch, wollen mir das Gesicht ablecken, doch es gelingt ihnen nicht. Sicher habe ich zu viel Sonne abbekommen, denn plötzlich bin ich eingeschlafen, tief und fest. Ich laufe weiter, um mir die Müdigkeit zu vertreiben, die gar nichts mehr wiegt, und erkenne inmitten des Wirbelwinds, der auf mich zukommt, den blitzenden Revolver meines Freundes, den Glockenwecker, den Sattellederbeutel und vieles andere, das im Herzen der wirbelnden Staubwolke kreist. Nun verschwimmt alles, alles, mit Ausnahme der Bilder, die Jahre später wieder auftauchen sollten wie die Zeitungsausschnitte aus dem *Atacameño,* Bilder, die der Wirbelwind mitreißt. Der Wind pfeift wie wild durch die trockenen Zweige, die das Meer anschwemmt, das Lachen von Flor und Petronila geht unter im Rauschen der Brandung, der Duft nach frischen Wiesenblumen vermengt sich mit dem salzigen Geruch des Ozeans. Ehe meine Füße im Polster aus Sand und Staub versinken, schlüpfe ich rasch in den Windstrudel, bevor er sich auflöst.